강제원의 휴먼 스토리 가족

강제원의 4부작 휴먼 스토리

가족

강제원 지음

민낯이 드러나는 머뭇거림으로

권태와 게으름이 삶의 허리를 마뜩찮게 지분거리는 사이, 어느 날 강아지 꼬리 흔드는 것처럼 수전증이 온몸을 경련케 하였습니다. 그로 인해 곱은 손을 붙들어 허공에 삿대질하는 심정으로 글을 쓰기 시작했습니다.

주제도 없고 내용도 없는 문자를 하얀 여백에 한 땀 한 땀 바느질하듯 수를 놓아야만 권태를 일상의 도돌이 같은 생존을 겨우 잠재울 수 있었습니다. 어릴 때 친구도 없이 혼자 웅크리고 앉아 사금파리로 땅을 이리저리 파헤치듯 개발새발 적은 나만의 세계인 상념의 글들이 어느 날 되돌아보니 나를 위로하고 있었고 늘 사랑하고 있다고 소곤거립니다.

사실 활자화 되어 책으로 나오게 될 줄은 전혀 생각지도 않았습니다. 아무리 보아도 생존에 대한 개인적인 독백이고 내 가난한 삶을 자위하기 위한 너스레 일색이라 그렇기도 하거니와 형식적으로 보아도 어디에 방점을 찍기 어려운 잡문이라 더욱이 언감생심이었습니다.

그런데 출판사 대표인 이재욱 친구가 재미있다고 책으로 한 번 내보자고 제의하여 막걸리 한 잔에 취한 덕담 정도로 여겨왔는데, 결국 이렇게 서문까지 작성하게 되니 이제사 실감이 듭니다.

'나는 누구인가'로 푸른 고등학교 시절부터 지금껏 화두삼아 손만 꼼지락거리고 있습니다. 존재성에 대한 물음에는 답도 없음을 알고 있으나 그래도 보이지 않는 곳에서는 꾸준히 마음에 대해서 삶에 대해서 용암처럼 질문을 던지고 있으니 강아지들이 한심하다고 쳐다봅니다. 마치 '씨부리지 마라. 다 알고 있다'처럼……. 해서 이제는 '나는 그 누구도 아니다, 일체가 나다'라고 안심하는 사이 강아지는 소르르 잠이 듭니다.

글을 쓰는 동안 내가 사라집니다. 오로지 비추이는 대로 촬영하는 카메라만 있을 뿐입니다. 관객을 의도하자마자 초점이 흐려집니다. 오로지 수동태로 각본 없이 긁적이기 시작했습니다. 대부분의 글들이 생각과 의도와 동떨어진 글 나부랭이들이라 출판 의뢰가 왔을 즈음 민낯이 드러나는 머뭇거림으로 손사래를 쳐야만 했습니다.

그러나 시절인연으로 이렇게 책으로 나오게 되어 내 어리석은 영혼이 만천하에 널브러져도 그 일체가 삼라만상이 나를 다시 일으켜 세울 것이라는 착각으로 책을 내는 것을 혜량하시기 바랍니다.

그동안 부산고등학교 27회 동기 여러분, 청조 동문 여러분, 그리고 부산고 동문 합창단 '아스라이' 단원들에게 많은 도움을 받았습니다. 감사드립니다. 특히 새로운사람들 대표인 이재욱 사장에게 고마움을 표합니다.

부모님, 장모님, 아내, 아들 딸 사위 형제들이 훌륭한 버팀목이 되어 주었습니다. 강아지 테리 마린 단비 미니 하니가 말 없이 한없는 사랑으로 내 존재를 안온하게 했습니다.

책을 다 보신 후 내용이 머릿속에 하나도 남지 않아 오로지 생각 없어지기를 바랍니다. 그래야 서로 숨을 쉴 수 있습니다. 소통을 원하지만 백색 소음만 웅웅거립니다. 오로지 내면의 붓다에게 경배 드리며…….

2015년 가을
강제원

차례

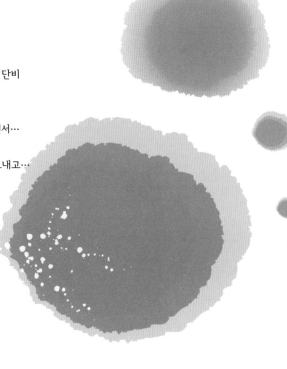

제2장 자녀

제3장 부모

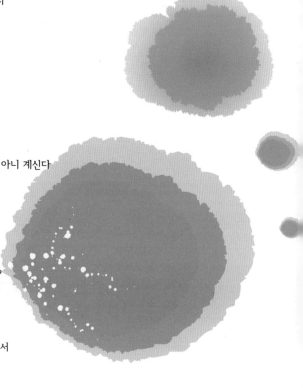

제1장

가정과 별(別)식구

명견 테리

강아지 성함이 테리다. 물론 성은 진주 강(姜)씨다.

강테리 이 넘 맨 처음 올 때 똥 굵기가 빨대 굵기만 하더니 1달 반을 무지하게 사료를 먹인 결과 이젠 굵기가 쏘시지만 하다. 종자는 코카스파니엘 아메리카산이다.

안사람이 "맘마 먹으러 가자." 하며 뛰면 이 넘 얼반 죽는 소리 지르며 밥그릇 있는 곳으로 번개같이 뛰어간다. 딸이 엄청 좋아한다. 밤에 보이지 않으면 이 넘은 딸내미 팔 베고 침대 머리맡에 늘어지게 자고 있다.

사무실에 와도 그 넘의 귀여운 모습이 눈에 아른거린다.

똥오줌을 제대로 못 가려도 상관없다. 마치 어린 자식 똥냄새는 달다 하더니만 꼭 내 짝이다. 3개월밖에 안 되는 넘을 신병 훈련시키듯 제식훈련에 들어갔다.

우선 "앉아!" 명령을 8분 만에 소화해 내는 것이 아닌가. 두 번째 "손!" 명령은 10분 만에 하기 싫은 듯 인상 찡그리며 넙죽 손을 준다.

순간 이 넘은 명견의 피가 흐르고 있다는 직감에 먹이를 앞에 두고 "먹지 마!" 명령을 하달하였다. 당근 먹기 바쁘다.바로 '대가리 박아'와 얼차려 10분 후 이 넘은 입을 씰룩거린다.

입 모양이 "야~이, 이 씨xx 갖고 노네." 하는 것 같아 종이 빳다 몇 대 하사하니 그제사 정신 차리고 "먹어!"라는 지시가 내리기까지 참는다.

그래 인생은 참음의 연속이야. 참을 인(忍)자가 셋이 모이면 사람도 살린다 안 카더나.

아래 조금 훈련의 강도를 높여 "엎드려!" 과정을 수행하였다.

처음에는 "수구려!" 하니 이 넘은 경상도 말을 못 알아들어 그래서 고소한 과자를 코앞에 대고 "니가 엎드리면 과자 준다." 하고 10분을 땀 흘리며 교육훈련 들어갔다. 그렇지만 이 놈이 죽어도 안 수구리는 것이었다.

마지막 이 넘이 젤로 좋아하는 치즈 한 조각을 주둥이 꽉 잡고 코앞에 바짝 갖다 대니 이 넘은 비명을 지른다. 고문이지….

그러기를 10분, 마침내 피는 못 속인다 하듯이 "엎드려!" 한마디에 큼큼거리며 바닥에 납작 엎드리는 게 아닌가.

물론 분노의 눈망울과 치즈를 얻어먹으려는 구차함으로 주둥이가 씰룩거린다. 명견이다. 문득 장삿속이 발동을 한다.

저 넘을 연일 계속 강도 높은 훈련을 시켜 CF나 영화에 출연시켜 한 몫 잡는 거다. 안사람이 제일 좋아할 거다.

매일 저 노무 개자슥 때문에 한 사람 일 몫이 더 생겼다고 늘상 투덜거리지만 어느덧 질색을 하던 안사람의 눈가에 강아지를 바라보는 자애로운 눈빛을 발견한다.

얼른 퇴근하여 오늘 다시 테리에게 새로운 교육과정을 이수시켜야지 하는 교관의 부푼 가슴이 나는 좋다.

(2001년 8월)

사춘기에 접어든 테리

이놈이 벌써 사춘기다.

8개월 정도밖에 되지 않았는데 숫넘 행세를 하려 한다. 대체로 강아지 수명을 14년을 보고 사람 나이로 환산해보면 4~5살 정도밖엔 되지 않은데 벌써 지랄염병을 한다.

요즈음 부쩍 창밖을 넋 놓고 보는 일이 잦다. 감히 침대 위로 올라가 머리맡에 청승스레 앉아 물끄러미 암놈 생각하며 밖을 쳐다보는 그 넘을 보면 안쓰럽다.

지난 일요일 중앙공원을 한 바퀴 산책을 나갔는데 시베리안 허스키와 알래스카 맬라뮤트 종의 장모(長毛)가 있었다. 이넘들은 평균 체중이 30키로 이상 가고 여성들은 끄는 힘을 감당치 못한다. 테리는 2개월 된 허스키 개자슥 한테도 못 이기고 깨갱거린다.

마침 같은 종 코카스파니엘이 눈에 띄었다. 짙은 갈색으로 아메리카 30% 잉글리쉬 70% 섞인 잡종 같았지만 나이가 비슷한 암놈이었다. 꼬랑쥐만 졸졸 따라다니며 코를 큼큼거리며 테리가 한 번 올라타려고 해도 틈을 주지 않는다.

보통 수컷들은 5~6개월이 넘으면 거세를 시킨다. 시키지 않으면 사람을 못살게 굴기도 하고 빨간 쏘시지 같은 거시기가 나와서 보기가 민망하기 때문이다.

그러나 난 아직도 거세시킬 생각이 조금도 없다. 인간을 위해 자연적인 조물주가 준 생식 기능을 없앤다는 게 나에겐 마땅치 않다. 물론 애완견이란 인간들의 필요에 의해 열성적인 유전자를 억지로 개량시켜 소형화시키고 보기에도 불편한 견종들을 만들어 왔다.

사실 스파니엘 귀만 해도 그렇다. 밥 먹을 때 귀가 밥통에 다 빠지고 땅에도 끌린다. 당연히 우성인자는 귀가 작고 쭈뼛 서 있는 것이다. 그 넘을 미용을 위해 꼬리까지 자르니…….

여튼 그 암컷과 헤어지는 길에 그 주인에게 명함을 주면서 사돈을 맺자고 제의하니 연락 주겠다고 한다. 이 넘은 그녀와 헤어지면서 계속 돌아보며 힘달가지가 없다.

이웃에게 테리의 근황을 얘기하니 이웃 왈.

"바깥에 그냥 풀어 놓으소. 온 동네 쏘다니면서 처녀 다 따 묵구로…….."

한참 웃고 말았다.

나는 암놈을 한 마리 더 사서 같이 키우고 싶은데 아내는 결사반대다. 새끼 낳으면 마리당 3~40만 원은 족히 생기고 테리는 마눌 있어서 좋고 한데 말이다.

'테리 사듯이 사고 함 쳐봐?'

(2001년 12월)

제주도 나들이

오랜만이다. 제주도 갔다 오다.

21년 전 큰 넘 만들러 왔던 곳을 다시 오니 그때가 새롭다.

1981년 10월 25일 제주 칼 호텔에서의 첫날밤은 노가다로 시작했다. 예약을 했음에도 불구하고 사무 착오로 방이 없어 VIP룸으로 배정받는 것까지는 그런 대로 괜찮았는데 들어가서 보니 트윈 베드였다.

그래도 따로 국밥을 하란 말인가. 조상의 음덕을 입은 나로서 후손을 만들겠다는 일념으로 공사를 시작했다. 베드 중간의 데스크를 뜯어내고 트윈을 더블로 만들었다. 허리에 무리가 왔으나 준비운동으로….

근 10여 년 만의 여유를 만들었다. 제주도는 따스했고 공기는 퉁랑하고 초록이 지천으로 깔려 있었다. 용두암 한림공원 곽지 해수욕장등을 첫날 맘껏 구경하고 푸근함과 가족의 단란함을 재삼 확인하다.

인터넷으로 예약한 서귀포의 밀레니엄 빌은 인상적이었다. 통나무집으로 지은 콘도인데 인터넷도 가능하고 뒤편 감귤농장은 마음대로 양껏 따서 먹을 수 있었다. 아내와 딸내미는 아마 한 자루는 족히 땄을 것이다. 일박에 9만 원, 바베큐 시설도 되어 있고, 시설은 호텔 수준.

눈 덮인 1100도로 정상은 까마귀가 을씨년스러웠다. 천제연 폭포의 물색은 푸르다 못해 진청색이다. 폭포 물보라에 무지개가 선명하다. 산방굴사 스님의 눈빛에 못 이겨 5000원

시주하다. 시줏돈 모아서 그 스님이 단란주점에 안 갔으면 하지만 어쩌랴.

협재해수욕장의 광활함에 넋을 잃다. 모래사장을 밟으니 신발이 반이나 푹푹 빠진다. 갈매기 물떼새가 지천으로 널려 있다. 아들놈이 조폭 스타일로 갈매기를 협공하나 그 녀석들은 한가롭다. 입장료가 없는 볼 만한 데가 외돌괴이다. 어디를 가나 6600원을 상납해야 프리 패쓰다. 외돌괴 절벽 아래 검푸른 물빛을 보니 죽음이 가까운 데 있다.

근처 널따란 잔디밭을 보니 테리 생각이 난다.

그 넘 '나 홀로 집'의 주인공이다.

남겨진 강아지들 때문에 물 한 바께쓰와 먹이를 머슴밥 모양으로 한가득 놓아두었다. 큰 넘 여자 친구에게 시간 파출부 알바를 부탁했다. 그래도 맘에 걸린다. 당초 강아지와 같이 가려고 항공사에 문의하니 그 경우 5키로 미만은 기내 반입이 가능하단다. 근데 이 넘은 다이어트 시켜도 12키로다.

다른 방법으로는 특수 캐리어에 실어 화물칸에 짐짝 취급할 경우 편도 2만 원이란다. 해서 이참에 테리에게 견생(犬生)이 무엇인가를 참구할 기회를 주기로 했다.

문 앞을 나오는데 그 넘의 울부짖음이 가슴을 아리나 그 아픔을 통해 그 넘이 거듭나리라고 생각하며 매몰차게 나왔다. 그래도 식사할 때나, 그 넘이 뛰며 오줌 누기 좋은 장소가 눈에 띄면 문득 그 넘 생각이다.

제주 날씨는 그야말로 야시(여우) 둔갑하는 날씨다. 하루에 눈보라 보고 흐리고 햇빛 쨍쨍하고 비바람 치는 지경을 단 3시간에 보았으니…

도로는 드라이브하기에 딱 좋다. 곳곳에 현무암 덩어리로 담을 친 밭이며 억새밭과 그 너머 짙푸른 바다와 맞닿은 하늘…… 이 모두가 한 폭의 파노라마다. 제주 무덤은 모두 돌로 담을 쌓은 형국이다.

조랑말이 무덤을 파헤치기 때문이란다.

성산 일출봉 꼭대기를 아내 꽁무니 뒤로 테리처럼 졸졸 따라 오르는데 숨이 턱에까지 찬다. 아들은 성큼 앞질러 보이질 않고 딸내미와 나만 뒤쳐져 주위 풍광을 놓치지 않고 카메라에 담았다. 분화구가 자궁같이 따스하게 보인다.

아내는 그 사이 또 쑥을 캔다. 나는 담배 한 모금 깊숙이 피운다. 소처럼 누운 우도가 지척이다. 바람이 모질게 불었으나 쉬이 귀로의 발걸음이 떼어지지 않는다.

아들 여자 친구 선물을 골라주다.

핸드폰 커플 줄하고 감색 물들인 머리핀을 골라주다. 이 녀석은 필요 없다고 하나 그래도 어찌 인정상 그럴 수 있냐.

만장굴 협재굴 속에서 아내인 종무씨님과 아들 넘의 대화가 울리어 두런두런하다. 원래 말이 없는 넘인데 굴속이니 분위기가 대화하기에 좋다.

아무리 마음을 다잡아도 아들놈과 일상의 대화 폭을 넘을 수 없다. 머릿속에, 가슴속에 어떤 색의 불꽃이 이는지를 가늠할 수 없다.

자리돔젓 한 통만 달랑 사다.

아내와 딸은 8시 10분 서울행 비행기고 나와 아들 넘은 8시 15분 부산행 비행기다.

공항의 이별을 앞두고 나는 화장실에서 구정예복으로 옷을 바꿔 입다. 신발도 2,000원 주고 닦고….

부산 구포 본가에 도착하니 아버지께서 아들 대입 축하금을 내놓으신다. 일금 일백만 원. 할아버지가… 평소 제대로 부모님께 잘해 드리지도 못했는데 받는 손이 쑥스럽다.

넉넉한 구정을 보내다.

(2002년 2월)

생일 선물

어제 저녁 일이다. 아들과 여자 친구가 영등포에 갔단다.

"빨리 들어오너라. 같이 저녁 밖에서 간만에 식사하게…." 하니 제 동생과 아버지 옷이나 한 벌 사가지고 온단다.

그런데 하필 오늘이 부녀지간 같이 세상 구경 나온 날이다. 나는 음력 7월 8일이니 오늘이고, 딸내미는 양력으로 하니 또 오늘이 생일이다.

돈도 없을 것인데 그 넘이… 또 요새 비가 많이 와 가지고 노가다도 못 갔을 것이고… 에미 왈 "여자 친구 아르바이트한 돈하고 어저께 만 원 준 거 가지고 사겠지, 아마도…." 꽤 비산 유명브랜드 셔츠를 쑥 내민다. 굵은 체크무늬에 색깔이 고상하다. 딸내미도 브랜드 셔츠에 옅은 노란색 바탕에 하얀 실금이 간 이쁜 옷이다.

작년 생일엔 동생을 꼬드겨 손수건 사주더니 이번엔 여자 친구를 회유했나 보다. 그래도 맘 씀씀이가 해가 갈수록 좀 나아 보인다. 돈을 꽤 많이 썼을 터인데……

"너 머 먹고 싶노?"하니 당근 삼겹살이다.

"저번에 묵었던 데로 가입시더."

"그러자. 너 여자 친구는 어디에 있냐?"

"그냥 안 온다고 가 버렸네요."

"아니다 내 차 줄 테니 얼른 데리고 오너라. 그러면 안 된다."

 사실 우리 집사람이나 내가 그리 탐탁케 생각지 않는 내심을 미리 아들이 알고 있는지라 오기가 머슥할 것이다. 햇수로 3년을 사귀고 있으니 슬슬 걱정도 된다.

 대학 한 해 재수한 것도 여자 친구 몫이라고 굳게 믿는 마음의 집사람도 여자 친구를 보면 측은지심이 발동을 한다.

 부모를 2~3년 전에 차례로 다 잃은 고아 같은 아이다. 숙모 집에 얹혀살고 있으니 얼마나 눈치가 보이겠냐마는 부모 입장은 또한 그렇지 않다. 그래도 집안에 사람도 있고 그럭저럭 사는 집의 며느리 보길 원하는 게 인지상정 아니겠는가.

 아내가 몇 군데 사주보는 곳을 기웃거려 궁합을 맞추어 보아도 별 시원한 대답이 안 나온다. 대부분 우리 아들한테는 별로라 한다. 어찌 되었든지 인연이 저리 질기게 가면 방법이 없을 것이다.

 허겁지겁 데리고 온 여자 친구를 오랜만에 보니 이쁘고 착하게 보인다. 고기를 이것저것 권하니 잘도 먹는다. "오늘 저녁에 노래방에 함 가(갈)까?" 하니 손사래를 친다. 아마도 밥 먹는 것도 어려운 자린데 노래방이라 하니 눈이 똥그래진다.

 나는 맘속으로 몇 년 간 개네한테 살갑게 대해주지 못한 앙금이 남아 있는 게 늘 걸렸다. 너무 어렵게 생각 말고 그냥 한 번 가보자. 끌다시피 데리고 가서 아들, 딸, 여자 친구, 그리고 나는 노래를 불렀다.

 아들 어깨가 좀 으쓱해 보인다. 나의 18번인 〈마이웨이〉와 제일로 아이들 노래에 가까운 〈아름다운 구속〉을 목 놓아 불렀다.우리와 간격은 그냥 그대로인 듯싶어도 간간이 여자 친구 얼굴에 미소가 보인다. 주머니를 탈탈 털어보니 2만 몇 천 원이다.

아들녀석 보고 "너거 친구한테 돈 좀 주라."고 내미니, 딸아이가 "오빠야, 진짜로 언니한테 돈 주라. 중간에서 날름 삼키지 말고…." 하니 "이 가시나야, 확인해 보면 알 거 아냐? 웃기는 가스나네. 꼭 줄 끼다. 걱정을 말아라." 한다.

나처럼 그 아이도 강아지를 매우 좋아한다. 숨이 넘어갈 정도로 좋아하니 심성은 착할 것이다. 나에겐 생일이 정말 의미가 없다. 매일 매일이 생일이다. 매일 밤에 디비자고 아침에 깨면 또 생일이 나를 반긴다. 그저 아이들이 있으니 생일을 기억시킨다.

어머니는 언제나 전날 전화를 주신다.

사실 생일날엔 부모님께 음식과 술을 드려야 한다. 부모님이 아니 계셨다면 내가 이리 살아가고 어떻게 글이라도 쓰고 술이라도 잡숫고 싸돌아다니겠느냐. 멀리 계시니 맘만이라도 고마움을 전할 뿐이다.

그리곤 부모님께 무통장 입금뿐이다.

(2002년 3월)

강아지와 아내 그리고 사랑

똥오줌 제대로 못 가리는 강아지를 나는 가차 없이 베란다로 내몬다.

강아지를 그리 탐탁하게 여기지 않는 아내는 바깥으로 내몬지 5초도 안 되어 낑낑대는 걸 차마 보지 못한다. 나는 아내와 달리 강아지를 무척 좋아하나 낑낑대거나 말거나 눈길 안 주고 참아낸다.

하지만 결국 불쌍타고 슬그머니 베란다 문을 연다. 깡총거리며 내 발 가까이로 붙어 앉아 냄새나는 발가락을 냄새나는 주둥이로 킁킁 대며 붉은 혀로 핥는다.

아내는 외강내유(外剛內柔)하다.

매사 일처리는 빈틈없고 고지식할 정도로 완고하나 남 어려운 일 불쌍한 걸 보면 못 참고 팔을 걷어붙인다. 그리고 어려운 일, 심기 건드는 일이 있으면 불같이 반응을 한다.

반대로 나는 외유내강(外柔內剛)형이다. 보기는 순둥이처럼 생겨 일견 얼빵하게도 보인다. 일처리도 그냥 좋은 게 좋은 걸로, 내좋은 대로 대강하는 스타일이다. 남의 일은 별로 거들떠보지 않는다.

무슨 일이 생기면 특히 머리 아픈 일일수록 찹찹해지며 냉정을 잃지 않는다.

아내와 내가 로봇처럼 합체하면 최강의 무기다. 게다가 강아지는 잘 문다. 누군가 나를 건드리면 강아지를 첨병으로 보내면 된다. 양말과 셔츠를 가지고 구멍을 내도 그리 이쁘고 귀여울 수 없다.

한 3개월 쉬었으니 개발새발 뭐라도 풀어내고 싶은데 살아갈수록 모자라고 보잘 것 없이 느껴지는 가난한 영혼이 이젠 거의 바닥을 드러낸다.

긴장과 이완이 늘상 함께하길 바라지만 이완과 게으름과 나태함이 친구하자고 먼저 손을 내민다.

아내는 금강경 5독 100일 기도를 끝내고 이제 7독 100일 기도를 매일 향 피우고 중얼거릴 때 나는 드라마 왕건과 여인천하를 1독 365일 기도드린다.

　큰스님은 지극정성으로 삶을 살아가라고 못이 박히도록 설하시나 나는 흰 구름 운운하며 노자장자 '소요유(逍遙遊)' 아스피린만 장복한다.

　이제 조상님이나 나를 어여삐 여기는 만물님이 나를 한 번에 내몰아 광야의 고독과 찬바람의 시련을 얼마 안 가 나에게 주실 것으로 본다.

　거듭날 수 있는 내 안에서 다시 본래 무일물인 나를 찾을 수 있는 절호의 기회가 더 이상 올 성싶지 않음이다.

　낼 모레 카드 대금, 월말에 사무실 월세, 장모님 치료비 등등이 더 이상 나를 지분거리지 않는다. 방법을 안다.

　나를 향해 열차시간표처럼 정확하게 매월 공격해오는 이따위 청구금액을 삶을 담보로 한 나의 다른 모습인 장사꾼의 술수로 달래다가 공격이 치열하면 슬쩍 비키고 배 째라면 된다. 에너지를 그놈들한테 빼앗길 내가 아니다.

　거듭나기 위한 총알이 이젠 얼 마 남지 않은지라 아껴서 써야 한다.

　하루빨리 잘난 놈이라 조금이라도 생각한 나 자신을 향해 비수가 꽂히길, 만약 아니 오면 비수를 찾아 나서야 한다.
껍데기들만 웅웅대며 호불호 나불거리는, 보이는 세상의 참모습은 이미 그 참담함을 태초부터 귀납이든 연역이든 별 볼일 없음이 자명하고 증명되었다.

　나비의 날개 짓, 500원짜리 아이스크림 같이 생긴 나팔꽃 몽오리, 강아지 머리털의 보드라움 흐르는 햇발에 춤추는 금초록 잎새들…….

　시리도록 눈알에 박힐 수 있는 만물의 아름다움의 촉감이 이제 나에게 얼마 남지 않음을 감지한 나는 아마 오늘 소주 한 잔을 독배하며 아내의 금강경 독경 소리에 기도할는지 모른다.

(2002년 4월 7일)

16강과 테리

초록빛 잔디밭엔 6시부터 붉은 물감들이 하나둘 내려앉더니 7시에는 초록빛이 사라지고 빨간 열정들로 뒤덮여 있었습니다.

테리는 난생 처음 개떼(?) 같은 무리들을 보고선 짤려진 꼬리를 아래로 깔았습니다. 아내의 어깨가 들썩이고 딸내미의 손끝엔 힘찬 '오 필승 코리아'가 하늘로 닿았더랬습니다.

난 흥분한 테리를 끌어안고 우선 맥주와 쥐포를 입속에서 상봉시켰습니다. 테리의 시선이 쥐포로 박혔습니다. 우선 "앉아!"를 명령한 뒤 응원을 시켰습니다.

"대~한~민~국~~" 외치면 박수 대신 '멍멍 멍멍멍' 구령을 시켰으나 이 넘은 눈만 멀뚱…. 그래도 남은 쪼가리를 주지 않을 수 없습니다, 그 애처로운 눈빛을 본 사람은.

우리 선수가 너무 잘하고 있었습니다. 곧이어 맥주와 프라이드와 양념치킨의 상봉도 이루어졌습니다. 기분은 얼반 죽이는 상황에 강아지 테리 줄 프라이드 치킨은 거의 딸내미, 아내, 내 목구멍으로 넘어가고 있는데 박지성이 골을 터뜨렸습니다. 내 동서가 박씨입니다.

그때였습니다. 귀가 멍멍할 정도의 함성이 터져 나오고 끓는 기름 솥에 가물치 튀듯 난리 브루스가 되자 테리가 침묵을 깨고 한 마디 합니다.

"야 이거 완전 개판이네!"

결국 테리는 닭 날개 2개와 양념치킨 찌꺼기에 만족해야 했습니다. 아내는 이리 뛰고 저리 뜁니다. 테리가 멀뚱 쳐다보며 또 한 마디 합니다.

"맛이 완저히 간네, 이 아지매가!"

그렇습니다. 완전히 맛이 갔습니다. 광복절 이후 이렇게 남녀노소가 동락이 된 일은 없었습니다. 오랜만에 아내의 얼굴엔 붉은 홍조가 깃들었습니다.

집으로 돌아가는 길, 아내가 손수 운전하며 클랙션을 누릅니다. "대한민국~" 하면 주위 차들이 일제히 '빠빵빠 빵빵'을 외칩니다. 아내도 덩달아 누릅니다. 거리에 넘치는 젊은이들은 태극기를 휘날리며 목 놓아 외쳤습니다.

대한민국 파이팅~!

너무 기분 좋은 유월 저녁이었습니다.

(2002년 6월)

테리의 북한산 산행기

왜 국립공원에는 강아지 반입이 엄금인가? 개자슥보다 더 더러븐 종자도 지 맛대로 왔다리 갔다리 하는데…… 관리자에게 물었다

"아저씨요, 와 안 되는데요?"

눈도 주지 않고 안내문을 읽어 보랜다. 개 배설물로 인해 산

짐승들이 병에 걸려 다 죽어 버린단다. 일리가 있고 삼사도 있긴 하다.

해서 비닐 봉지와 휴지를 보여주며 "아저씨요, 우리는 깨끗한 클린 피플이고 야는 차밍 독꾸요. 함 바 주소."

근데 이 인간은 봄이 살짝 묻어나오는 건너 산만 멍하니 쳐다보고 손바닥을 보이면서 "노!"라고 손금을 보여준다. 테리가 옆눈을 흘긴다. 속으로 '얌마 평생 국립공원 산지기나 해쳐묵어라.' 하는 것 같다.

잠시 아내와 작전회의를 한다.

아내는 테리를 차에 가둬 놓고 우리끼리 산천 구경하자는 판결을 내린다. 그 넘을 3시간씩이나 형무소 독방 고문을 시키잔다. 나는 항고한다.

"판사님, 당신이나 차안에 처박혀 있으이소."

아니 될 말씀이다. 차라리 테리랑 개천에서 도랑 치고 가재 잡고 말지….

나는 비밀통로를 찾는 데는 개코다. 테리와 눈을 맞추고 서로의 코로 큐 사인을 맞추고 지형지물을 탐색했다.

역시 뜻이 있는 곳에 등산로가 있다 카든가… 식당 뒤로 희미한 오솔길이 외로이 서 있다. '그래 내가 너의 고독함을 달래주마.' 30도 경사면을 오르기 시작했다.

테리의 클라이밍은 프로다. 훌륭한 가이드처럼 보인다.

여기저기 다리를 들고 노란 물을 발사한다. 시원하겠다. 나도 발사다. 어느 정도 오르니 능선이 나오는데 맞은편에 승가사가 보였다. 일단 성공이다. 2,800원 입장료 벌었다. 아무도 보이질 않는다. 파도타기처럼 능선 종주는 재미가 있다. 칼등 걷는 기분은 오금을 저리게 한다.

주변 풍광이 점점 아래로 보인다. 산수유만 노란 얼굴을 빼꼼 내민다.

갑자기 테리가 허리를 동그랗게 만다. 큰일 할 넘은 틀린다. 곡괭이 자루 같은 노란 배설물이 북한산을 도배한다. 산 사면에 깎아놓은 듯한 회백색 암괴가 눈을 어질하게 만든다.

아내는 늘 숨이 차게 오른다. 얼굴이 바위색이다. 테리와 나는 항상 경보다.

수직 암벽 아래에 10평정도 편편한 곳이 보인다. 참선하기 딱인 곳이다. 부처님을 모신 듯한 좌대 같은 돌도 보인다. 허나 이런 산천경계 좋은 곳에서 발아래 사바세계를 내려다보며 득도한들 무슨 소용이 있겠는가.

부처님 경전 유마경에 일컫듯이 저자거리에서 터득한 도가 참 도지, 이런 좋은 자리는 점슴(점심) 배불리 먹고 한 잠 늘씬하게 디비자는 게 상책이다.

한 줄에 1,000원 하는 김밥 4줄을 목구멍으로 반입시키는데 테리의 눈빛이 점점 깊어만 간다. 개자슥, 제 먹을 사료는 입에도 안 대고 교양 없이 넘 묵는데 침을 흘리다니… 저걸 명견이라 할 수 있겠는가.

'언제 철이 들라나. 하기야 나도 철들라믄 아직 멀었다.'고 늘 아내는 설법하신다.

나 역시 한 사나흘 굶겨놓으면 저 넘보다 더할진대…… 한 점 주니 꿀꺽. 결가부좌로 미동도 하지 않고 다음 타순을 기다린다. '떡 하나 주면 안 자바 묵지.'를 천수경 독경조로 계속 암송하고 있다. 더러운 놈….

아내가 거든다. 미운넘 떡 하나 더 주자고 자비심을 낸다.

'오이야, 많이 처먹어라.' 여섯 개 정도 처잡숫고 사과까지 넘본다.

아삭거리는 사과 씹는 소리를 나는 좋아한다.

이제 하산이다. 믿을 넘이 하나도 없다.
이 강아지는 분명히 올라오는 길목마다 쉬를 했을 테니 저
넘 앞세우면 된다고 믿은 내가 등신이었다. 아니 축구였다.
한참을 내려오는데 길이 이상하다. 테리를 불러 세우고 "니
똑바로 대라. 이 길 맞나?" 하니 이 넘 눈이 풀어지며 샛빠닥
(혓바닥)만 헤헤거린다.
다시 내려왔던 길을 올라가는 기분은 정말 노란 기분이다.
노래가 절로 나온다. 치악산에서 데미지를 입은 오른쪽 연골
이 욱신거린다.
하산이 오르기보다 더 힘들다. 겨우 이정표를 찾다.
테리의 면구스러움을 나는 안다. 병가지상사지…. 봄을 기
다리는 산은 조용하다. 꽃 폭풍 전야다. 보무도 당당히 국립
공원 매표소를 비껴 내려가니 참 흐뭇하다.
귀로에 테리는 대자로 뻗었다. 테리 엄마도 노독에 주무시
고, 큰 머슴인 나는 소달구지를 끌어야만 했던 눈물겨운 사연
이 지난주에 있었다.

(2002년 7월)

일상 탈출 기행문

늘 나는 지리산 주변을 맴돌다간 그 넉넉한 품에 제대로 안
겨보지도 못한 채 마감시간에 쫓기듯 뒤돌아서야만 했다. 실
상사와 뱀사골은 청년시절 푸르럼의 잔상이 묻어 있다.

다시 한 번 가보고 싶은 그곳을 장인어른 제사를 빌미로 하부하기로 하다. 나의 일상을 키 두 개로 잠가 버렸다. '휴가중' 팻말과 함께….

제사를 모시고 다시 찾은 함안군 칠북면 운곡리는 시간이 정지되어 있었다. 오랜만에 다시 산골에 발걸음하시는 장모님 손은 쉴 틈이 없다.

동반자인 테리는 갑자기 수십 마리의 개떼들 앞에서 오금이 저린다. 월드컵으로 개 값이 엉망이다. 처남 얼굴은 생존의 치열함으로 눈만 빤짝거린다.

그 아름다운 풍광도 골프장 개발로 사라질 것을 생각하니 하늘만 더 깊고 슬퍼 보인다. 아들은 큰 덩치로 일일이 개들과 수인사를 하느라 정신이 없고 딸내미는 벌써 병풍 같은 산을 닮아가고 있었다.

테리는 벌써 목표를 찾았다.

발정기에 접어든 암놈을 조우하곤 넋이 나가 있었다. 그 암놈도 싫지 않은 듯 엉덩이를 조신하게 테리에게 내어준다. 웬떡이냐 싶게 달려드는 테리를 아내는 박살낸다. 그날 테리는 종일 아무 것도 먹지 못한 채 그녀가 갇혀 있는 방문 앞에 석상처럼 앉아 있었다.

비가 비실내리는 중에도 조그마한 계곡을 찾아가니 아들은 내 아련한 기억 속의 7살 어린이로 변한다. 그놈은 어릴 때 항상 물 막기 공사를 즐겨하곤 했다.

큰 돌을 낑낑대며 물막이 공사를 하는 사이 나는 테리에게 개헤엄을 교육시킨다. 이 녀석은 물을 엄청 싫어한다. 겨우 꼬드겨 안고선 물 중간에 내려놓으니 눈이 똥그래지면서 바로 개 헤엄은 이런 것이야 하며 네 발을 열심히 움직인다. 물가에 도착하고선 나를 옆눈으로 째려본다. 다시 입수훈련 2

단계를 하려고 하자 벌써 저만큼 뛰어가선 날 잡아봐라 하고 있다.

모기와 이름 모를 벌레가 땅거미를 반긴다.

재작년에 먹었던 토종닭이 압력밥솥에서 다소곳이 나온다. 시원소주가 감칠맛이다. 까만 새끼 강생이 두 마리가 초롱한 눈망울을 던진다.

두런두런 이야기 소리와 서늘한 바람 속에 밤은 그 어둠을 더하고 나는 알코올 속에서 나를 잊어가고 있었다.

아침 일찍 뱀사골로 방향키를 잡다.

진주에 들러 촉석루를 다시 보다. 논개의 혼백이 남강 속에서 일렁인다. 왜놈 적장을 안고 강물로 뛰었던 바위 위에 선다. 가슴이 뛴다. 어찌 일개 아녀자로, 그것도 기생 신분으로 그리 할 수 있었는지 자신이 부끄러워진다.

진주에서 생초 가는 길에 성철스님 생가가 있었다. 겁외사라 는 사찰과 함께 호랑이 눈을 한 스님 동상이 나를 반긴다. 뉴턴의 등가법칙과 소립자 이론에도 밝아 불교이론이 현대물리학자가 발견한 법칙을 이미2500년 전에 설하신 점을 누누이 강조하셨다.

"일생동안 남녀 무리를 속여서 하늘을 넘치는 죄업은 수미산을 지나친다. 산 채로 무간지옥에 떨어져서 그 한이 만 갈래 되는지라 둥근 한 수레바퀴 붉음을 내뿜으며 푸른 산에 걸렸도다."

겁외사를 뒤로하고 생초와 화개로 접어드니 지리산의 둔중한 자태가 구름에 걸려 있다. 비온 뒤라 산자락을 휘감은 물은 하얀 이빨을 드러내며 청록의 산을 배경으로 우람차게 흐른다.

테리는 세상모르게 차속에서 잠만 자고 있었다.

뱀사골은 입구에 다리 공사 진행 중인 모습만 다를 뿐, 그 모습 그대로 앉아 있었다. 장마철이라 사람은 드문드문하였고 계곡 물살은 바위를 삼킬 듯하다.

허리 정도 오는 물 안으로 덤벙 한 발 내디디니 소름이 끼친다. 딸내미가 준비해온 물안경은 오빠 차지다. 몇 번 망설이다가 아들 넘이 자맥질을 한다. 오랜만에 환한 얼굴을 본다.

테리는 이미 입수 경험이 있는지라 멀찌감치서 내 눈치만 살핀다.

그래도 명견이 되기 위해선 지옥훈련을 감수해야 한다. 입수하려고 안으니 이 넘 얼굴이 소태 씹는 형상이다. 물에 떠내려가면서도 쌔(혀)가 만발이 빠지게 헤엄을 친다.

아내는 감탄사 연발이다. 시간이 여유롭지 못함이 아쉽다. 대원사 계곡에 처녀 때 가보고선 지리산엔 이십여 년 만에 처음이란다.

우연찮게 지리산 전체를 볼 수 있는 기회가 왔다.

남원으로 가는 길을 물으니 바로 직진하여 달궁을 지나 정령치 고개를 넘으면 된다고 한다. s자 u자 도로를 차는 숨차게 오른다. 끝이 보이지 않는다.

정령치에 올라서서 지리산을 보았다. 해발 1,174미터… 백두대간의 표시가 있다. 남원 쪽으로 시선을 돌리니 구름이 산을 훑어 내려가고 석양이 구름 틈 사이로 현묘한 빛 잔치를 하고 있었다. 지리산의 웅장한 자태가 어찌 좁은 동공 속에 자리 잡을 수 있으리오.

대자연 앞에 나는 옹색한 모습을 감추지 못하나 테리는 당당하게 오른 발을 들어 영역 표시를 하는 데 여념이 없다.

지리산을 뒤로하고 남원을 둘러 어둑한 길을 찾아 나는 진

안으로 가고 있었다. 캄캄한지라 암마이산을 만져보고 돌탑을 어스레 쳐다보고 신령스런 기운을 느낀다.

전주비빔밥이 기다리고 있었다. 아들 넘이 맛있게 먹는다. 운전면허를 5개월 전에 딴 덕에 아내와 내가 편하다. 정확히 12시 57분에 일상과 접선을 하다.

(2002년 7월 25일)

명견 테리 몸 푼 날

워낙 강아지를 좋아하다 보니 늘 하루에 두 번 이상 공원으로 같이 산책을 나간다. 그러니 우리 집 아파트 주민은 물론 사무실 주변 사람들도 '저 노무 개자슥'은 누구 집 강아지인 줄 담번에 안다.

한 달 전 사무실 공원에서 여느 날처럼 명견 테리를 위해 산책의 기쁨을 주고 있는데 호들갑을 떨면서 아저씨가 다가온다. 한눈에 명견임을 알아보고 청혼을 한다. 자기 집 강아지가 잉글 코카인데 좀 있으면 발정이란다.

당근 오케이를 했다. 이놈이 매일 저녁만 되면 자기보다 큰 인형을 애처롭게 안고 허리운동을 하곤 했다. 아내는 거세를 시키자고 여러 번 권했으나 나는 차마 그 넘 거시기에 어떠한 수술을 할 수가 없었다.

나는 이미 그 넘을 사랑하고 있었다. 혹자는 강아지를 돌볼 여유와 정성이 있으면 불우이웃 운운하시는데 그것은 별개의 문제다.

옛말에 머리 검은 짐승을 믿지 말라는 이야기가 있다. 사람만큼 믿음을 하루아침에 교언영색으로 잘 바꾸는 포유류가 있을까.

강아지는 나와의 교류에서 변함없는 신뢰와 믿음을 준다. 외국의 한 조사기관의 조사 내용을 보면 애견인이 다른 사람보다 행복지수가 높다고 한다. 나로서는 그냥 좋아할 뿐이다.

며칠 전 신부 집에서 연락이 왔다. 발정기… 사람은 천 날 만 날 거시기한데 동물들은 1년에 한 번 혹은 두 번이다. 테리의 환장할 모습을 상상하니 내가 입이 벌어진다.

도착하여 신부의 자태를 보니 초콜릿 색상에 조신하기 이를 데 없는 잉글리쉬 코카였다. 사람은 합방하는 데 얼마나 많은 절차와 검증을 거치는가. 그리곤 모노가미(일부일처제도)의 운명 한평생 한 남자 한 여자다.

허나 동물의 세계는 본론만 있을 뿐이다. 종족보존의 지상 명령체계만 입력되어 있다,

4월의 신부가 먼저 테리에게 입맞춤을 한다. 테리의 코가 벌렁거린다.

그리곤 정원을 신랑 신부 입장하듯 천천히 거닐며 탐색전을 펼친다. 테리가 '차렷 총' 자세에서 기마 자세로 바꾸니 신부가 엉덩이를 돌린다.

"테리야!" 불러도 안중에 없다. 정신 나간 넘이다. 한참을 테리가 읍소하며 구애를 처절하게 신청하니 어느덧 신부가 가만히 서 있는다. 테리가 기마자세로 전진하니 신부는 하늘만 쳐다보며 체념한 듯 조용히 받아들인다.

주인 이야기를 들으니 신부가 처녀가 아니다. 지난해 집 넘어온 똥개에게 겁탈을 당했다고 한다. 테리는 생짜배기 총각인데…….

그러나 테리의 사격솜씨는 완전히 빵점이었다. 헛발질이다.

그동안 인형을 가지고 무수하게 실전을 대비한 연습을 게을리 하지 않았는데…… 사무실을 오래 비워둘 수가 없어 확인 사살을 하지 못하고 돌아섰다.

한참 지난 후 연락이 왔다. 합궁에 성공했노라고…….

이제 개새끼가 아니고 개 애비다. 오매불망 그리던 짝을 만났으니 그 마음이 얼마나 좋았을꼬. 사무실로 데리고 온 테리는 여전히 흥분을 감추지 못하고 사료를 허겁지겁 먹는다. 눈알이 많이 풀려 있는 걸로 봐선 폭풍같이 일을 치렀나 보다.

코카 스파니엘이라는 종자는 원래 영국이 원산지다.

물오리, 오소리 사냥용으로 개량되어 지금도 수렵견의 특성이 남아 있다. 성격은 온순하고 사냥개답게 잘 짖지 않는다. 성견의 경우 체중은 10~12키로까지 나가며 털이 많이 빠지는 게 단점이다.

아파트 실내에서 키우기에는 좀 버거운 종자다.

원래 잉글리쉬 코카 한 종뿐이었는데 160년 전 미국으로 건너가 개량을 거듭하여 아메리칸 코카 스파니엘 종으로 새로운 개체가 생겼다.

주둥이가 길고 샤프하면 잉글이고, 뭉툭하고 모발이 길고 눈이 아몬드 형이면 아메리칸이다. 모색에 따라 버프, 투 칼라, 쓰리칼라, 블랙으로 대별되며 가장 비싼 종자는 아메리칸 코카 버프 종이다.

버프는 수입견의 경우 러시아산은 대략 암놈이 120~150만 원을 호가하며 족보 중 3대가 미국 챔피언을 먹었을 경우 2~300만 원을 호가한다.

테리는 자라면서 애석하게도 잉글도 아닌 아메리카도 아닌 어정쩡한 넘으로 모양이 바뀌었다. 관찰해본 결과 잉글 60%, 아메 40%가 섞인 준 잡종이다.

그래서 쳐다볼 때 가급적 아래에서 위로 그 넘 얼굴을 쳐다본다. 그러면 거의 아메리카종의 모습이 나온다.

아내에게 저 넘이 심심하니 암놈 한 마리 키우자고 상소를 올리나 "뭬~야?" 소리만 허공을 울린다.

딸은 만일 한 마리 더 키우면 테리가 소외될까 봐 꺼린다. 딸의 마음이 다사롭다.

제대로 된 넘 아메리칸 코카 버프를 한 번 키우는 게 내 소박한 바람이다. 그리고 우리 집에서 새끼도 낳아 고물거리는 아가들을 보고 싶은데 아내는 결사반대다.

테리는 그담 날도 몸을 풀었다. 4월은 테리가 몸소 개 팔자가 상팔자라는 의미를 다시금 되새겨준다, 테리의 자손을 빨리 보고 싶다.

(2003년 4월)

입양한 테리 예비신부 단비

빌어보고 얼려도 보고 오두방정을 부려 겨우 아내로부터 반승낙을 얻었다.

왜 나는 강아지를 좋아하는가. 나도 참말로 모를 일이다. 그냥 보고 있으면 마음이 편해지기 때문일까. 천 날 만 날 인터넷을 뒤진 끝에 테리 예비신부 감을 찾았다.

아내는 늘 어이가 없어하는 표정이다. 어제 밤늦게 가수 김흥국이 살던 동네, 번동을 찾아가 단비를 보았다. 다섯 마리 강아지 새끼가 오골오골 노는 모양을 보니 무궁동이다.

암컷이 단 한 마리이다 보니 먼저 찍는 쪽이 임자다. 폰뱅킹으로 바로 찍었다. 기관지가 좋지 않은 상태이나 시중가의 반 정도 가격이니 망설임 없이 데리고 왔다.

생김새가 아메리칸 코카 거의 오리지널이고 투 칼라다. 주둥이도 넓고 모질도 장모이고 무늬도 50% 정도다. 부모견이 훌륭하다.

아내에게 열심히 설명을 하다.

단비가 커서 테리하고 결혼해서 새끼를 낳으면 평균 다섯 마리를 놓는다. 한 마리에 평균 40만 원이면… 자 곱해보자. 200만 원이다. 1년에 두 배 뽑을 수 있으니 연 수익 400만 원이다. 가임기간을 6년으로 치면 이천 사백만 원이다.

챔피언 혈통이 있는 넘과 50만원 주고 교배하면 새끼 가격은 80만원이 평균이다. 그러면 1년에 400만 원이다. 아내는 가자미 모양의 흰 눈을 뜨며 잘해 먹어라 하는 듯하다.

그래도 어쩌랴, 가능하면 내 하고 싶은 대로 살려고 마음 먹고 있다.

절제, 자기 관리, 목표를 위한 오늘의 희생 따윈 내 파일에서 지워진 지 오래다. 그냥, 그냥 내 생겨 먹은 대로 물 흐르듯 하루를 맞이할 뿐이다.

(2003년 6월 5일)

강아지와 깨소금

새로 입양한 강아지 단비를 아내는 '비야'로 부릅니다.

옛날 촌에서는 가스나들 대부분이 자야였습니다. 어느 날부터인가 관계에 대한 호감이 엷어지더니만 급기야 자폐증 자체가 편한 자리가 되었습니다.

외부의 소통은 이미 신뢰를 잃어버린 지금은 나하고 꼼지락거리며 놀기가 '딱'입니다.

소통이 원활해야 사람 사는 맛이 나는 것은 당연지사이나 지구별 위의 모든 살아 있는 것들이 스스로 존귀한 자라고 설쳐대니 당최 시끄러워서… 나 혼자라도 구업(口業) 짓지 말고 조용히 개똥이나 치우면서 살아야지 하는 생각입니다.

머릿속이나 가슴속에 사무친 게 없으니 글도 나오질 않습니다. 일상의 단음을 소중히 여기리라는 이 노무 암시 때문에 내가 봐도 밋밋하게 어정쩡한 모습으로 하루를 지워 나갑니다. 나의 정적을 늘상 단비가 건드립니다.

제 주둥이로 내 입을 늘상 핥는 통에 손사래를 치면 곧장 귓불을 애무하니 지랄 맞습니다마는 어디에 가서 저 같은 이에게 완전한 사랑을 이러히 철저하게 느껴 볼 수 있겠습니까.

개털이 난분분해도 사랑은 항상 제자리에 그대로 있음입니다. 기감 깨달음도 초각 상근기를 식은 밥에 고루고루 섞어 넣어 참기름 한 방울과 업장 맛인 고추장으로 두루 비벼 비빔밥을 해 자시기 바랍니다.

살짝 깨소금을 얹어 자셔 보시면 세상이 달라 보일 겁니다. 깨달음은 일상의 깨소금입니다. 맛있게 자셔서 모두 똥으로 만드시기 바랍니다.

(2003년 6월 27일)

갈등

갈등(葛藤)[-뜽] ['칡과 등나무'라는 뜻] ①개인이나 집단 사이에 목표나 이해관계가 달라 서로 적대시하거나 불화를 일으키는 상태. 노사간(勞使間)의 ~ / 고부간의 ~이 심화되다.

②마음속에 두 가지 이상의 욕구 등이 동시에 일어나 갈피를 못 잡고 괴로워하는 상태. 내면적 ~ / 이상과 현실 사이에서 ~을 겪다.

③(문학) 소설이나 극(劇)에서, 등장인물 사이의 대립이나 인물과 운명, 환경 사이의 충돌. 또는 한 인물의 내면적인 욕구의 대립.

국어사전에 찾아보니 칡과 등나무 관계란다.

무심코 쓴 말이다. 다시 의미를 짚어봄도 유익하다.

아래 테리 새끼 다섯 마리 중 눈에 넣어도 아프지 않을 한 녀석을 테리의 허리 놀림 수고의 대가로 가져 왔다.

그러나 이 녀석은 이미 안방 화장실 비데 수리공으로부터 낙점이 되었다. 사연인즉슨 우리 명견 테리를 보는 순간 그 아저씨는 이성을 잃기 시작했다.

더군다나 테리가 종족 보존에 성공하여 7월 초순께 새끼를 놓는다고 하니 반가움에 떨며 수리비를 받지 않고 테리 새끼 분양 예약금으로 한단다.

대수롭지 않게 생각하곤 테리 머리를 쓰다듬으며 "이 넘이 밥값 하네. 귀여운 녀석…." 하며 분양키로 했다. 가격은 시중가의 절반인 25만 원 정도로.

테리 사료 값이 한 달에 만 원이고 그간에 약값 들어간 걸로 따지면 거의 그 돈이다. 그러나 테리의 분신인 딸 제니의 초롱초롱한 눈망울을 보는 순간 나는 갈등에 빠진다.

이 녀석이 나를 보곤 "아저씨 저를 버리지 마세요. 정말 부탁이에요." 하는 것 같다. 당초 토요일 날 가져가기로 한 넘을 이번 주로 미루었다.

아내의 눈치를 본다. 테리의 눈치도 본다. 모두 못마땅한 눈초리다. 특히 테리는 제 딸인지 까맣게 모르고 자기 영역을 침범한 자식을 보곤 으르렁댄다. 아내는 똥오줌을 함부로 싸는 것보다는, 정 들면 더 못 주게 되니깐 빨리 주자고 한다.

갈등 생긴다. 속마음은 키우고 싶다. 아내도 한편으로는 그리 귀여운가 보다.

조그마한 일로 갈등을 하는 내 모습이 무척이나 한가하다.

(2003년 7월)

테리의 딸 제니를 보면서…

테리 딸내미가 제니입니다. 제니에게 얼차려 교육을 시켰습니다. 교육내용은 우리 집 의사결정의 대빵인 아내에게 귀여움과 재롱을 떨어 도저히 출가는 불가하도록 하는 내용이었습니다.

특히 애잔한 시선을 띠면서 시선을 고정한 채 꼬랑쥐를 몸통이 흔들릴 정도로 치는 것입니다. 일단 절반의 성공을 거두었습니다. 비데 수리공 아저씨는 예선에서 탈락했습니다.

"우째 보내겠노… 그래도 더 정들기 전에 보내야 될 건데…."

2차 교육은 모성 본능을 자극하는 훈련입니다.

앵겨서 끄응 하는 애끓는 소리와 꼬옥 파묻혀 잠을 새근새근 자는 것입니다. 제가 할 일은 아내가 제일 싫어하는 똥오줌을 잽싸게 치우는 일과 배변 교육입니다.

테리는 드디어 혈친의 지극함을 내보입니다. 맛있는 소고기 캔 음식을 제 밥그릇에 놓으면 제니와 같이 먹다가 슬그머니 자리를 비껴줍니다.

모든 지구상의 인연들은 맺어졌다간 어느 날 스러집니다.

인연이 진행형일 때 우리는 그것이 영원할 것이라 여깁니다. 가급적 인연이 다함을 굳이 생각하려 하지 않습니다.

제니의 초롱초롱한 눈망울을 보며 나는 그 속에서 인연의 사라짐을 봅니다. 제니는 현재진행형만을 나에게 고집합니다. 나의 이기적인 계산을 탓합니다.

원래 내가 존재한 적이 없으므로 인연조차도 한갓 흰 구름이라 말하는 듯합니다.

실크 같은 보드라운 촉감과 체온, 그리고 지금 여기의 아름다운 존재만이 참이라고 하는 듯합니다.

아~ 언젠가는 그대들이 떠나고 홀로 남은 나마저 흔적 없이 사라질 때가 오더라도 그 잔잔했던 행복한 그 순간은 시공에 걸친 별빛이 되어 늘 살아 숨 쉴 것입니다. 언젠가는 떠날 제니도 내 마음 속에 늘 빛나는 별이 될 겁니다.

그놈 많이 이쁩니다.

(2003년 7월 10일)

공상과 푸념

　잠들기 전 나는 공상으로 허황된 그림 등을 그리다가 수마와 조우하곤 한다.

　공룡이야기를 보면서 내 몸 어느 구석에 공룡의 유전인자가 있으려나 하는 생각에 다윈의 〈종의기원〉이 떠오른다. 내 몸 받기 이전의 또 이전으로 주~욱 거슬러 올라가다 보면 그 처음은 어떤 모습일까.

　이미 내가 세상에 몸 받을 때 수정된 동그란 하나의 개체에서 이분열 사분열로 세포분열을 하여 배아상태에서 물고기에서만 볼 수 있는 허파가 생기고 그러다가 몇주후 공룡처럼 꼬리가 생기고 어쩌고 하는 과정이 진화의 전 과정을 보여준다고 한다.

　그러면 육신이 그러하니 생각도 그 처음이 있지 않겠느냐는 생각에 엊저녁 뒤척이며 후진 기어를 넣고 더듬다가 잠이 들고 말았다.

　아마도 그 처음은 태허(太虛)이었겠지. 내 마음속에 공룡의 마음도 들어앉아 있다고 생각하니 그 당시 보고 듣고 느낌이 어떠하였는지도 혹 알게 될 수도 있으리라. 해서 전생 체험도 가능하리라 본다.

　각설하고 요즘 글도 쓰기가 만만찮고 사금파리로 소꿉장난하듯이 세월 보내니 청구서 결제일이 너무 빨리 쫓아와 당혹스럽다. 꿈속에서 청구서를 받을까 한다. 조금 뒤척이다 깨면 그만일 테니까.

테리 딸 제니가 법무부장관의 처분을 기다리는 입장에 서 있다. 해임건의안이 아니고 분양건의안을, 표결이 아니고 아내가 힘으로 밀어붙인다.

우리 가정엔 민주주의가 없다. 목소리 크면 끝이다.

이유는 털이 억쑤로 많이 빠지고 어쩌고 귀엽기는 하지만 돈도 많이 들고 저쩌고 해서 분양을 하기로 가결심을 하고선 그 넘 정 떼기 훈련에 들어간다.

속으로 "니는 머리카락 안 빠지나?" 하면서….

(2003년 7월 20일)

❊

테리 딸 제니를 떠나보내고…

어지간히 집안 구석구석을 뒤집어놓고 뒤도 돌아보지 않은 채 떠나갔다.

아들이 늘 끼고 다니던 헤드폰 줄을 3개나 끊어 놓고 딸내미 헤드밴드 2개 작살내고 내가 애지중지하던 자생란인 새우난을 작살내놓고 그것도 모자라 아버지인 테리 귓털을 물어 뜯어 뒤엉키게 하고선 급기야 흉하게 잘라내고 말았다.

그래도 나는 변을 한 번밖에 밟지 않았다. 물론 쉬한 것은 바닥 색깔과 비슷한지라 여간 조심을 해도 몇 번이나 발을 적셨다.

부녀지간 장난을 치면서 거실을 도둑맞은 듯 하루에 열두 번도 더 폐허로 만들었다.

그렇지만 바라보고만 있어도 좋았다.

장모님 말씀이 든 정은 몰라도 난 정은 표가 난다고 하신다.

보낸 지 이제 24시간이 채 되지 않는데 눈에 자꾸만 잔상이 되어 어른거린다. 아내도 말로는 이제 집이 조용하다고 하지만 벌써 궁금하여 분양한 집에 전화를 해 봤단다. 그래도 남의 집에 가서 징징거리지 않고 사람 품에 떨어지지 않으려 하고 잘 잔단다.

제니 꿈에 제일 먼저 딸아이가 나올 것이다. 무척이나 아끼고 사랑했다. 40일간을 머리맡에서 새근새근 자던 녀석이다.

다음으론 아비인 테리가 눈에 밟힐 것이다.

아무리 맛이 있는 먹거리도 딸인 제니에게 항상 양보를 하던 참한 놈이다. 제니는 송곳 같 은 이빨로 물지만 아비는 입만 벌리고 웅웅거리며 무는 척만 했다.

그 다음으론 아내와 장모님이 생각 날 것이다.

먹을 것을 늘 챙겨주고 특히 고구마엔 목숨을 걸던 개구쟁이 였다.

마지막으론 내가 이따끔 생각 날것이다.

나는 늘 바깥으로 산보를 간 시간이 많았다. 바깥으로 초록이 지천으로 깔린 공원을 다니다보면 내가 생각날 것이다.

40일간 우리를 참 행복하게 만들어준 놈이다.

똥오줌을 밟아도 눈빛만 보면 마음을 누그러뜨리게 하는 마력을 가지고 있었다. 사실 분양 받으러 오기 전까지 아내가 그냥 키우자는 소릴 하길 바랐다.

그러나 서로 눈치만 보다가 등 떠밀리듯 분양을 하고 말았다. 시절인연이 고작 40일간일 줄 알았으면 애시당초 데려오지 않았을 터이다.

마음이 애잔하다. 테리가 이제 더 눈에 들어온다. 더 따뜻하게 감싸준다. 딸이 갔는지 어땠는지 반응이 없다. 속으로 울고 있는지 모른다.

세월이 한참이나 지난 어느 날, 다시 제니를 반추하고선 잔잔한 미소가 입가에 깃들기를 바랄 수밖엔…….

(2003년 7월 25일)

테리 이바구

테리의 외모와 품성은 잉글랜드 귀족의 면면이 품어져 나온다. 세바스찬 시니어 가문일 것이다. 비가 이리도 추적이는 날이면 그놈도 나도 고민에 싸인다. 이놈은 당최 집안에서 응가나 쉬를 거부한다. 이 역시 기품 있는 일이다.

바닥에 물기가 조금이라도 있으면 나가기를 거부한다. 거의 이틀가량 배뇨를 참는 모습을 보노라면 동양으로 보면 군자요, 서양으로 보면 백작의 작위를 받기에 충분하다.

겸양지도가 몸에 배어 있어 암놈 단비가 먹이에 입을 먼저 대면 가만히 앉아서 차례를 기다린다.

그리고 그윽한 눈망울로 먹이를 탐하면 "상놈이제."라고 말하는 듯하다.

늘상 식탁 밑에 품위 있는 몸가짐을 잃지 않은 채 내가 아무리 불러도 째려보며 내 마음을 알아차린다. 웬만한 먹을 것을 줘도 쉽사리 꼬리를 흔들지 않는다.

사대부의 혈통이 어딜 가겠는가. 뛰는 형상을, 겨우 내가 퇴근하면 나에게 선물을 한다. 바깥나들이 가자, 이 말이다.

하루에 삼세번을 나들이한다.

단비는 미친년처럼 널뛰듯 천방지축일 때 테리는 성곽의 영주처럼 몇 안 되는 포인트에 찍찍 오줌발을 날리며 영토 표시를 한다.

그리고 앞발뒷발로 바닥을 긁으며 건재를 과시하는 모습이 기사(knight) 모양이다. 명상과 와선을 즐긴다. 내는 너를 좋아한다는 메시지를 엄청 보내도 일별만 준 채 수행의 끈을 놓지 않는다. 개로서는 이번 생만으로 족하고, 다음 생을 인간으로 환생하려는 것인지….

단비는 프렌치키스로 나를 조지는 사이 테리는 간단한 입맞춤도 내가 그 넘을 안아야 겨우 허락한다. 내 말을 어느덧 다 이해한다는 눈빛이다.

어느 때는 내가 무얼 할런지를 다 꿰뚫고 있는 듯한 몸짓을 할 때 잠시 섬뜩해진다. 사람 같다는 느낌이 든다. 요즘 귀가 좋지 않아 약을 먹이고 있다. 약 근처로 발자국을 딛자 말자 대뜸 침대 밑으로 숨어버린다.

테리가 나와 동거한 지도 2년이 넘어간다.

아내는 털과 냄새를 구실로 나를 '이지메'하지만 식구로 이미 등록한 그 넘을 어찌 매몰차게 격리시킬 수 있으리오.

현존의 즐거움을 몸소 보여주는 그 넘을 지근에서 시봉하는 짓거리가 씨잘 데기 없어 보이나 나 역시 지금 여기 있는 그대로를 그 넘 통해 맛을 볼 수 있으니 상생의 기쁨이 이보다 더하리오.

삶이 그대를 속일지라도 테리는 나를 속이지 않는다.

완전한 신뢰, 완전한 사랑을 그 속에서 볼 수 있음에 행복한 오후다.

(2003년 7월 28일)

사건 셋

1.

며칠 만에 글을 씁니다. 매미 때문에 어수선한 터에 마음마저 꼼짝을 않으니 더 쪼그라들고 있습니다. 별 사건사고는 없고, 아니 사건이 하나 있었습니다.

연휴를 마치고 귀가하여 맨 처음 난실에 들립니다.

여린 청향이 코끝에 맴돌기에 개새끼처럼 코를 벌렁거리기 시작합니다.

아… 탄성이 나옵니다. 6년 전인가 동생이 직접 채란한, 우리나라에서는 보기 힘든 일경구화를 저에게 선물하였는데 그냥 내버려두었지요.

참고로 일반 춘란은 한 대의 꽃대에 하나의 꽃만 맺는데 제주한란처럼 일경구화 종류는 한 대에 여러 개의 꽃이 달립니다. 그리고 육지에서는 거의 발견되지 않습니다. 동생이 경남 일광 정관이라는 곳에서 손수 캤으니 중국난이나 대만난이 아닌 순수혈통의 자생란입니다.

이놈이 꽃 세 대를 달고 올라와 그 중 두개의 꽃이 활짝 피어 난실을 청향으로 뒤덮은 것입니다.

일상을 묵묵히 지켜온 그 넘의 인고 세월에 순간 고개가 숙여집니다.

동생에게 급히 전갈하니 당시 여러 사람에게 분주하였으나 꽃피운 것은 형님이 처음이라며 서로 기뻐합니다. 일상의 조그마한 것에 대한 감사와 기쁨이 없다면 지구별 위에서 더 많이 서성대었을 것입니다.

2.

또 하나의 사건은 새로 입양한 마린입니다.

이 넘 채 2달 10일밖에 안 된, 사람으로 치면 4살 정도이나 순수한 세바스찬 혈통입니다. 거금을 들여 혈통서 신청을 했습니다.

이 넘 "앉아!"라는 명령어는 순식간에 알아듣고, "손!"이라는 명령어는 훈련시키는 데 10분 걸렸습니다. 그 다음 어저께 밤 저는 "엎드려!"라는 구호를 밤새 외쳐야 했습니다. 이 넘이 제일 좋아하는 간식을 손에 들고 머리가 흰한 초로의 남정네가 쪼그리고 앉아 손목만한 강아지에게 애처로이 목 놓아 이바구합니다.

"엎드려!"

진땀이 나기 시작한 지 1시간여가 지난 뒤 이 넘이 엎드리기 시작했습니다. 딸내미를 부르고 아내를 부릅니다.

"바라바라 마린이 엎드린다. 시범 보여 주께. 일로 와 바라."

정작 관중이 모인 자리에서 이 넘은 나의 절규와 애원에 가까운 "엎드려!" 소리에 일별도 주지 않습니다.

아내 왈, "참 할 일도 없다. 아직 얼라(어린애)인데, 와 그래 못살게 하요. 마린아, 얼른 디비자라 아부지 말 듣지 말고……."

아침에 다시 시도했습니다. 혈통이 어디 갑니까. 이젠 잘도 엎드립니다. 파브로프의 조건반사의 일종이지만, 저는 애써 이 넘이 머리 좋은 훌륭한 넘이라고 자부합니다.

3.

어제로 아들이 군에 간 지 꼭 6개월째입니다.

아직 하루걸러 전화가 애비한테 오는 거 보니 힘드나 봅니다. 어젠 쫄아 가지고 전화가 옵니다. 유격복을 하사받은 모양입니다.

고참들이 원체 겁을 많이도 주는 모양입니다. 몸이 아픈 아이이니 신경은 많이 쓰이나 내버려둘 수밖에 없습니다.

이 넘은 애비와 달리 고지식하고 요령부득입니다.

아이에게 애비의 찬란한 군생활의 잔머리 다큐멘터리를 세세히 들려주었습니다.

저는 입대한 지 3개월도 채 안 되어 이등병 시절에 외박 나온 놈입니다. 멀쩡한 안경을 깬 것입니다.

당시 제 안경은 고굴절 난시라 통합병원에서는 만들지 못하는 점을 노렸습니다.

물론 여분의 안경 하나는 고이 모셔 놓았지요. 그때부터 쑈가 시작됩니다.

식판 들고 가다가 일부러 넘어지고 앞이 전혀 안 보이는 당달봉사 연기를 며칠 했습니다. 결국 외박 나가서 술 엄청시리 퍼마시고 여분의 안경을 잘 닦아 귀대하였습니다.

유격…… 제가 왜 유격을 갑니까. 3년 동안 미꾸라지처럼 잘 빠져 한 번도 유격을 가지 않았습니다.

몸을 상하게 하여 빠진 게 아니고 교육계라 교묘히 서류조작을 하여 중대장, 소대장, 선임하사, 그리고 사수인 서무계를 다 속이고 저는 일주일 동안 내무반에서 사색을 하면서 뒹굴었습니다.

이 넘은 월요일부터 유격훈련을 간다고 하니 제가 할 일은 포천지방 유격장에만 비가 장대비처럼 내리게 하는 기우제를 지내는 수밖에 없습니다.

천지신명께 소주와 삼겹살을 제물로 바쳐 그곳만 폭우가 내리도록 오늘부터 기도 들어갑니다.

비가 정말 지지리도 내립니다. 아열대성 몬순기후로 완전히 바뀐 것 같습니다.

기도합시다. 자연이 벌할 만큼만 벌하시고 이제 쉬시라고 하여 앞으로 환경 파괴는 안 하겠다고 다짐합니다.

(2003년 8월 29일)

하오의 북한산 정상

오후 3시가 넘어 북한산 북쪽 산자락에 있는 삼천사에나 갔다 오자고 하여 테리랑 집사람이랑 떠났다.

분명히 절에서 약수나 한 잔 마시고 절 위쪽의 개울가에서 여유나 즐기다가 퍼뜩 내려오자고 암묵적 약속을 하였으나 테리가 산으로 올라가고 따라서 아내도 올라가니 나도 아니 올라갈 수 있겠는가.

오후 4시 반이 넘어 산자락을 타고 오르니 으슬하게 춥기도 하고 모기떼가 극성을 부리고 모퉁이 돌 때마다 "얼마나 올라갈끼고?" 하며 궁시렁댔다.

내가 궁시렁대거나 말거나 테리는 대꾸도 않고 잘도 기어 올라간다. 내친 김에 어영부영 북한산 꼭대기 비봉까지 올라가고 말았다.

아무도 없는 정상에서 마시는 물은 감로수이고 포도의 달콤함은 선정이다.

해는 뉘엿뉘엿 넘어가면서 한강을 금색 비단 띠로 물들인다. 하산하려는 발걸음이 무겁다.

으스레한 대웅전이 보이자마자 범종소리가 골짜기를 은은하게 채운다.

저녁 예불 소리를 뒤로하고 집으로 오다.

(2003년 9월)

갈비탕

아내가 갈비탕을 만들고 있습니다.

아내의 갈비탕을 먹어본 기억이 없습니다. 강아지 두 마리가 부엌을 맴돕니다. 아침 겸 점심을 먹어야겠지요. 김이 모락모락 나겠지요. 그 속으로 만족이 보일 겁니다.

예정된 스케줄이 없는 휴일 아침은 늘상 저를 안절부절 못하게 만듭니다. 무어라도 해야 하는 관성을 잠재우지 못하는 강박증상이 나이와 함께 부쩍 늘고 있습니다.

아무 것도 하지 않음이 얼마나 지난한 일인 줄 알지요. 그래서 수형생활 중 더 큰 중벌이 독방생활이겠지요.

무엇을 할 것인가 하는 생각을 버리는 중에 있습니다. 단지 본능에 맡겨 그 흐름대로 반사적인 몸놀림이나 할 참입니다.

아마 오늘의 화두는 마린 오줌받이를 구하는 일이 될 것입니다.

명견의 혈통이라 100% 대소변을 가리는 넘이나 오줌을 신문지 위에 싸는 이 녀석이 자세에 따라 옆으로 번짐을 막아야 아내의 잔소리 톤이 좀 낮아지겠지요.

씨잘 데기 없는 일이라도 내 본능이 좋아라고 하면 몸을 움직여야지요. 나는 강아지를 참 좋아합니다. 또한 강아지를 좋아하는 사람을 좋아합니다. 싫어하는 사람은 대번 50% 감점입니다, 나한테는.

날씨가 보기 좋게 춥습니다.

아파트 사이로 매섭게 불어치는 바람 맛은 제법 앙칼집디다. 한 많은 여인네처럼. 고개를 옷깃에 숨기기만 하면 추운 바람 즐길 수가 있습니다. 사우나 열풍보담 찬바람은 정신을 번쩍 나게 해주어 좋습니다.

아침부터 흰소리만 나불대어 좀 그렇습니다. 아무 생각이 없기 때문입니다. 생각을 버리면 그 자리에 본능이라는 새순이 자랍니다.

본능은 또한 자연의 다른 모습입니다. 자연의 뿌리는 자유로움입니다. 있는 그대로 받아들이기입니다. 나는 어느 세월에 자유로울 수 있을까요.

늘 따라다니는 이 생각, 저 생각, 그리고 납덩이같은 걱정들…… 그래도 주일 예배처럼 오늘 하루만이라도 생각 없기를 바랍니다.

그리하여 테리나 마린 정도의 수준으로 하루가 살아지기를 바랍니다.

호불호의 따짐에 익숙한 상중생 마음에 일요일 하루라는 아스피린을 한 알 집어넣습니다. 목구멍이 싸아합니다.

아내의 갈비탕이 다 되었다는 파발이 왔습니다. 가서 잡수어 주어야 합니다. 일성이 "와아, 맛있다."가 무조건 나와야 합니다.

(2003년 12월 2일)

하얗게 비우자, 마음을…

무엇과 같이 "하얗다."는 어떤 수식어를 하얀 눈앞에 가져다 놓겠느냐.

아침 미답의 눈밭을 발 도장 10개를 가지고 어지럽게 찍고 다닌 아파트 단지 내 공원에는 나무들이 흰 수건을 너도 나도 머리에 두르고 있다.

강아지 두 마리와 나는 아무 생각 없이 휘젓고 다닌다. 발자국이 앙증맞다.

돌아와 맞는 아침 식탁엔 장모님이 손수 끓인 도가니탕이 나를 반긴다. 한 줌 눈을 부어 만든 듯한 하~얀 국물에 파와 소금으로 간을 맞추고 서너 숟갈 밥을 말아 우걱우걱 한 입에 그득하다.

강아지 4개의 눈동자가 숟갈과 입으로 움직이는 궤적을 따라 부지런히 반복 운동을 한다. 이 녀석들 길을 잘못 들여 놓았다. 한 줌씩 무어라도 식사 때 주는 습관 때문에 내 입에 밥 넣기가 참으로 무안할 정도로 빤히 쳐다본다.

나에겐 좋지 못한 습관으로 밥과 국을 조금씩 남기는 버릇이 있다. 이 덕에 남은 도가니 국밥은 이 넘들 아침 잔치 상이 된다.

장모님이 근자에 몸이 아프시다.

웬만한 아픔은 일상이 된 지 오래이나 이번 등허리 통증은 직접 표현하실 정도로 지독한 아픔이라 바라보는 내 마음을 아프게 한다.

침도 맞고 탄약에 양약에 근 보름을 다녀도 차도가 보이지 않아 통증 전문병원에 최근 다니시는데 당신의 병으로 사위인 내 보기가 그런지 장모님의 불편함이 보인다.

아내 역시 괜한 돈 걱정을 하기에 역정을 냈다. 수백, 수천만 원이 들더라도 개의치 말라고… 이유 없다고….

다행히 원인을 알게 되었다. 목 디스크로 인해 발생하는 통증이란다.

아마 함안 영동에서 창원으로, 마산으로, 친정인 진례로 무거운 짐 머리에 이고 산 넘고 물 건너 하루 종일 걸어 다니신 결과이리다.

고단한 삶을 사신 내력을 이제 통증으로 내보이니 '생즉시고(生卽是苦)'가 또한 떠오른다. 어제 저녁엔 아내가 친구로부터 들은 처방으로 1,000원짜리 쑥 팩을 사서 몸에 붙이고 주무셨는데 효험을 보셨다고 주름이 다소 펴지신 얼굴에 미소가 번진다. 효과가 오래가길 기도할 수밖에…….

이러히 눈이 하염없이 쏟아지면 포천에 있는 아들은 걱정이 또 하나 늘 것이다. 군바리 시절 나도 눈을 꽤나 치워 보았다. 고역이다.

그래도 좋은 점은 하나 있다고 아들은 나를 안심시킨다.

눈을 치우는 날은 아침에 알통 구보를 실시하지 않는다는 것이다.

이제 대대에서 일병 중 고참이란다. 아래로 스무 명 쫄병을 거느리고 있단다. 전화 오는 횟수도 반으로 줄었다. 면회 간다고 해도 손사래를 친다. 이제 반 마음이 놓인다.

자식은 평생 부모 근심 덩어리다. 장모님 역시 근심으로 자식을 바라보나 그것이 이제 참 사랑으로 보인다. 설백의 눈으로 모두들 가슴에 붙어 있는 근심 걱정을 일순 털어내길 바란다. 내일 또 다른 넘이 올지라도 오늘 하루만 하얗게 비우자, 마음을….

(2004년 1월 18일 오전)

봄 강아지와의 만남

은행에서 볼일을 보고 새로 오픈한 슈퍼에서 먹거리를 사가지고 나서는 건물 모퉁이에 아래깨 본 발발이 한 마리가 또 보인다.

며칠 전 내 사무실 앞에서 우두커니 앉아있던 그 넘을 무어라도 줄 양으로 사료를 챙겨 나간 순간 보이지 않았던 녀석이다. 얼른 참치 캔 뚜껑을 따서 고깃점을 슬며시 내미니 경계하는 듯 몇 발자국 저편에서 나를 유심히 쳐다본다.

지친 삶에 눈이 깊어 보인다.

몇 점을 박스 위에 놓아두고 뒷걸음치니 살금살금 와서 흘끔거리며 맛있게 먹기 시작한다.

다시 사무실로 돌아와서 저번에 못 준 사료를 가지고 가서 먹인다. 내 전생이 아마 개였는가 보다. 눈에 길 잃은 개를 보면 이리도 마음에 밟히니…….

진달래와 목련과 개나리가 이제 막 기지개를 켜고 있다.

마음도 사계절이 있었으면 좋겠다. 먹먹한 겨울 같은 마음도 조금만 견디면 연보라 샛노란 아이보리색으로 덧칠한 봄 마음이 저절로 올 수 있으니 말이다.

아무래도 도시를 하루빨리 떠나야 할 것 같다. 마음 여린 사람이 살아가기엔 너무나 척박하다, 이 도시가…. 눈앞에 보이는 것은 모두가 직선투성이다. 곡선이 사라진 그물코같이 촘촘한 사각 틈바구니에서 한 숨 제대로 쉬기도 수월치 않다.

고향 남쪽으로 허우적허우적 내려가는 꿈을 어제도 꾸다. 그곳에는 곡선이 나를 기다릴 것이다.

한참을 지나 다시 먹다 남은 참치에다가 사료를 정성껏 섞어 종이컵에 받쳐 들고 강아지 있던 곳으로 가다. 아무리 쳐다보아도 흔적이 없다.

내 의도는 그 넘과 내가 친해져서 배고플 때쯤 내 사무실로 오게 함인데 보이지 않아 잘 다니는 길목에 놓아두고 오다.

나보다는 자연과 자유에 더 가까운 넘이라 가까이 쳐다보고 교감하는 것만으로도 하루가 좀 느슨해진다.

그리고 보면 우리 집 강아지 두 마리는 호강에 바쳐 요강에 똥 싸는 녀석들이다.

아내 말마따나 모두가 다 지 팔자다.

(2004년 3월 26일)

내 속의 조상 찾기

검버섯, 짧은 머리, 동그란 안경, 그리고 헛기침…… 정지된 화면처럼 남아 있는 할아버지의 모습이다. 문득 오래전 본 킨타쿤테가 생각이 난다.

영화 〈뿌리〉의 장면 몇 스틸과 구전으로 내려오는 조상의 이야기를 들려주는 것이 마음에 남았다. 기억에 의존한 것을 기록으로 남겨야겠다고 생각하는 건 나이가 든 탓일까.

몇 안 되는 기억 부스러기를 모아야겠다고 나는 간밤 몸을 뒤척거려야 했다.

내 아들에, 또 그 아들에게 윗대 진하게 묻어 있는 피 나눔의 흔적들을 전해야 된다는 생각이 든 까닭은 또한 무엇일까.

자식들의 눈 속에서 그 흔적들이 살아 움직이는 것을 본 탓일까. 야튼 남겨야 할 그 무엇이 생겼다는 것만으로도 짧은 흥분을 느낀다.

내 몸 어디엔가 구약의 첫 구절처럼 아브라함이 이삭을 낳고, 이삭이 야곱을 낳고, 누가 누구를 낳고…… 하는 역사의 흔적이 살아있으려니 하는 생각에 부친께서 십수 년 전에 주신 족보 책을 다시 보기로 하였다.

두꺼운 책 맨 뒤를 보니 발행인으로 아버지 함자가 또렷하다. 종친회 양산문중의 회장으로 오래 재임하신 사실은 알았으나 발간을 주관하신 줄을 까맣게 잊고 있었다. 나의 뿌리에 대한 무심함에 장자인 내가 부끄러울 따름이다.

이 글은 내 자식과 내 형제들의 자식들에게 조상의 면면을 살피어 부디 마음가짐과 몸가짐을 바르게 하고 부끄럽지 않은 삶을 살아가기를 바라면서 한편으로는 나 자신 역시 윗대 삶의 치열했음을 거울삼기를 바라서다.

내 몸속에 흐르는 기질이 이과가 아닌 문과 쪽임을 고등학교 1학년 입시를 위해 반 편성할 때부터 감지할 수 있었다.

부친이 그런 기질을 후천적으로 교육시킨 점이나 환경이 그러하질 못했는데도 불구하고 나는 줄곧 문과를 고집하였다.

이후 7~8년간 아버지와 갈등이 있었다. 먹고살기 위해선 공대를 가라고…… 나는 사색과 책읽기, 종교, 사상 쪽에만 마음이 모아져 있었다.

결국 전혀 다른 길인 공학계열을 전공하고 한참 뒤에야 내가 원하는 공부를 조금 할 수 있었다. 이러한 나에게 내재되어 있는 문과 쪽 성향이 유전적일지도 모른다는 생각을 늘 해 왔었다. 지금 여든이 다 되신 아버지는 대학에서 법학을 전공하셨음에도 불구하고 늘 생존에 쪼들려 한평생을 학문과는 다른 길을 걸으셨다.

아마 이런 경험으로 나를 기어이 공대로 보내려 하신 것은 이해가 되지만 한사코 반대한 아들의 내면을 들여다보기엔 아버지의 삶이 너무 절박하셨다.

족보를 찬찬히 들여다본다.

가까이로 부친과 할아버지를 기억치 아니 하더라도 26대조 할아버지 강계용 이하 10대조까지 대부분 문과로 과거 급제한 사실이나 지내신 관직이 모두 한 결 같이 문과였다.

눈이 번쩍 뜨이는 내용들이다. 무관의 재직 내용은 단 한 건도 없다. 비로소 내가 왜 그리 동물적으로 한 결 같이 문과를 고집하였는가의 유전적 열쇠가 보이는 듯하다.

하여 시시콜콜한 이야기이고 개인적인 집안 내력이지만 내 윗대 어르신의 행적을 좇아 보고자 한다. 쓰다 보니 여간 조심스러운 게 아니다.

사실 있는 그대로 기술한다고는 하지만 아무래도 팔은 안으로 굽는다고 자칫 선조 자랑꺼리나 늘어놓는 게 아닐까 조심스러워진다.

(2004년 10월 8일)

우리 집 강아지

강아지 두 마리가 우리 집에 살고 있습니다. 종류는 아메리칸 코카스파니엘이고 둘 다 숫넘입니다.

매일 세 번씩 산보도 시켜 주고 일주일에 한 번 목욕도 시켜 주어야 합니다.

퇴근할 땐 볼을 부비며 애정 표시하는 걸 냄새 나지만 받아 주어야 합니다. 개털이 난분분하니 늘 청소해야 합니다. 아내의 구박을 3년 내리 소귀에 경 읽기로 눈만 껌벅이며 받아내고 있습니다. 제대로 오랜 기간 여행을 하지 못합니다. 이 넘들 때문에……

아침이면 내 방문 앞에서 머리를 풀고 끙끙대며 아침 문우 인사를 기다립니다. 아내가 없는 틈을 타 이불 속으로 이 넘들을 불러들입니다.

핥고 뒹굴며 난리를 칩니다마는 내 눈에는 천진 순수 그대로를 보여줍니다.

일전 슈퍼 앞 쌓아놓은 상품에 테리가 다리를 들고 쉬를 했습니다. 덕분에 그 과자를 사야만 했고 지금 시나브로 맛있게 먹고 있습니다.

마린은 전화가 오는데 아무도 없으면 짖고 야단이지요. 제가 하모니카를 불면 따라서 응응응 아리아를 부릅니다.

손수 전동 바리깡을 사서 깎아주고 있습니다마는 군데군데 쥐가 파먹은 데가 보입니다. 있는 그대로 털을 길게 해 엘레강스하게 가꾸고 싶지만 털 날림에 대한 아내의 구박으로 어찌해볼 도리가 없습니다.

언젠가 산속으로 거처를 옮기면 이 넘들에게 아버지 자연을 돌려주고 싶습니다.

새해를 맞았지만 전과 동입니다.

인사는 수없이 받았지만 제대로 나서서 인사를 하지 못하였습니다. 이러히 관계에 있어서 내가 먼저 손을 내밀지 못하는 성향이니 인복이 없다는 점쟁이 이야기도 맞는 말입니다.

하고 싶은 일을 수십 년째 방치하고 생존에 급급하게 살다 보니 이제 그 일이 무엇이었는지 기억에도 가물가물합니다. 보람차고 충만한 기쁨이 있는 일이 이리 게으르게 감 떨어지도록 기다리는 넘에게 기별을 주겠습니까.

하지만 적어도 식구들, 특히 강아지 두 마리에게는 내가 그냥 존재한다는 사실만으로도 축복일 겁니다.

나의 내밀하고 아름다운 바람은 어제와 내일 때문에 오늘을 늘 우울하게 보내는 어리석음에서 깨어나고자 하는 것입니다. 그럼에도 불구하고 지금 여기를 온전히 내 것으로 만들어야 하나 업식이 두텁고 아상타파 공부를 게을리 하다 보니 나를 쳐다보면 한숨이 절로 나옵니다.

해서 나는 강아지 두 마리의 온전한 현존을 즐김을 관찰하고 있습니다. 그 넘들은 지금 여기 있는 그대로 외엔 통 관심이 없습니다. 관계망상에 사로잡힌 나를 그 넘들은 의아하게 바라볼 것입니다.

아마 그 넘들이 말을 할 줄 안다면 나보고 그러겠지요.

"관계에서 자유로워지세요, 주인님."

"나도 안단다, 그쯤은……."

"알면 뭐해요? 늘 전전긍긍하며 텔레비전이나 죽돌이처럼 보면서."

"………."

(2005년 1월)

삶은 그렇고 그런 것

딸아이 대입시험 때문에 숙명 여대와 외대를 처음 가 보았습니다.

숙대가 있는 청파동은 내 유년시절 할머니로부터 익히 들은 지명입니다. 저녁을 일찍 지어 먹고 안방 장판이 군불로 검붉어진 아랫목에 할머니가 자리를 잡으시면 김해 큰집은 안개가 착 가라앉는 안온함이 감돕니다. 우선 나에게 입을 쫑긋하시며 일침을 놓습니다.

"이 노무 손, 한 번만 더 실 가지고 불장난 해 바라, 내 가마이 안 나둔다."

나는 기어들어가는 목소리로 "할매, 아라따." 하며 꽁지를 뺍니다.

한겨울 무명실을 한 번 태워 보셨습니까.

밤에 호롱불이 출렁이며 춤을 추면 늘 나는 안절부절 못했습니다. 할머니가 삽짝(대문) 너머로 가는 모습을 확인하고 사촌과 나는 실 끄트머리를 호롱불에게 인사시킵니다.

하얀 실연기를 피워올리며 반짝거리는 불빛과 알싸하게 실 타는 내음은 한겨울의 무료함을 충분히 견디게 해주었습니다. 이윽고 할머니의 딸네 걱정 넋두리가 시작됩니다.

"옥시기(옥숙이, 딸 이름) 가가 청파동인가 그짜게 방을 얻었다 카더만. 내가 함 올라가 봐야 될 낀데……."

옥시기 고모는 제일 막내 고모님이십니다. 촌에서 그것도 50년대 말 60년대 초에 여식 아이를 대학 보낼 리 있겠습니까. 할머니 푸념이 늘어집니다.

"이 노무 가스나가 이기 돌았제… 내 계돈을 지가 말캉 다 가지고 가서 떡하니 입학금으로 다 주어 버렸다 아이가? 숙대인지 머긋댄지 그카는 대학인데…… 아이고, 이 노무 가스나가 지가 먼데 대학 간다고 지랄병을 다하고…….

나는 서울엔 청파동이 제일 크고 좋은 데인 줄 알았습니다.

딸아이 보고 말합니다.

"네가 여기 합격하면 고모 할매 후배가 된다 아이가…….

괜스레 부담을 줍니다.

"너거 고모 할매도 댕긴 학교인데 네가 떨어지면 좀 그렇다, 그쟈?"

남보다 1년 일찍 치렀던 시험이라 좀 느긋하게 생각하면 될 터인데 그렇지 않은 모양입니다. 아무 데고 무조건 간다고 합니다. 그래 나도 아무 데나 갔지, 너만 할 때…….

아침엔 외대로 논술 치러 간다기에 애비가 대동해 주었습니다. 문제가 칸트의 순수이성비판에 관한 내용이었나 봅니다.

이기 문제입니까…? 철학과 교수보고도 칸트에 대해 논하라 하면 골에 찌가 내릴 텐데… 한때 하도 유명하다는 책이라 사서 읽어본 적이 있습니다마는 채 10페이지도 못 읽고 던져버린 책입니다.

"니 그래 우째 적었노?" 하니 "그냥, 그냥 적었어."

안 보아도 비디오입니다. 어찌 어찌 되겠지요…….

세월은 제 알아서 1월도 중순에 가져다 놓습니다. 두문불출 허공에 면벽하고 있습니다. 소통단절로 인한 수전증 같은 마음을 오로지 가족이 토닥여 줍니다.

가슴은 늘 아래로 저리게 뻐근합니다. 우울 모드를 즐길 줄도 알아야 하는데 워낙 내성이 없는지라 그냥 손을 놓고 있습니다.

엊저녁 꿈엔 라즈니쉬(인도 성자)를 만났습니다. 참 별 꿈도 다 꾸어 봅니다. 문지방에 걸쳐 앉아 있는 나를 앞으로 유도합니다. 무어라 한 것 같은데 종내 기억이 안 납니다.

머리를 바닥에 대면 나는 꿈을 꿉니다. 강아지도 나오니 참말로 개꿈입니다. 그리고 각각의 꿈마다 예전에 꾸었던 꿈 내용이 연속으로 이어집니다.

그러니까 여러 편의 다른 꿈 드라마에 나는 매일 출연합니다. 재밌습니다. 불가에선 꿈을 꾸지 않아야 식이 맑은 거라 하지만 그래도 좋습니다. 그 긴 밤을 꿈이라도 꾸지 않으면 정작 하얗게 보내면 너무나 아깝지 않겠습니까.

지천명을 이제 뛰어넘으니 세상사가 빤한 스토리로 느껴집니다.

"허망하고도 허망하다."는 부처님 열반 시의 말씀이 가슴에 젖어듭니다. '고(苦)'의 진면목을 이제사 들여다봅니다. 모든 것이 이 한 자로부터 시작됩니다.

부처님이 득남하시자마자 왜 아이 이름을 '라훌라(장애)'로 지으셨는지 이해가 갑니다. '까르마(업)'가 결국 '라훌라'를 잉태합니다. 이것이 인연입니다.

태어나면서 '고(苦)'는 그림자처럼 일상이 됩니다. 그래서 인도에서는 왜 탄생을 슬퍼하고 죽음을 축복하는지 조금은 이해가 갑니다.

똥밭에 굴러도 이승이 낫다고 합니다. 단 잘 굴러야 합니다. 내 몸과 마음을 잘못 굴리면 다음 생도 똥밭입니다. 그러니 어찌 납작 엎디어 하심 아니 하겠습니까.

정면승부 하여야 합니다. 이 '고'란 것에 대해…….

피할 자리가 시공 중에는 없습니다. 맞장을 뜨든지 수그리고 충성을 맹세하든지 아님 꼬셔서 친구하든지 이 넘을 잘 돌보아야 합니다.

사실 뻔한 이야기인지라 별 얘기 거리도 되지 않지만 이러히 일상 빤한 거라 치부하다 보면 사바세계에 얼굴 내밀 일도 없습니다.

어제 인터넷으로 주문한 테리 방석이 도착했습니다. 네 발을 하늘로 두고 늘어지게 잠을 때리는 모습에 나는 잠시 세상사 '고(苦)'를 일순 잊어버립니다.

강아지의 편안함이 또한 나를 편안하게 해줍니다. 삶은 그렇고 그런 것입니다.

(2005년 1월 10일)

강아지 귀양

우리 집 개 두 마리가 사나흘 전부터 베란다로 거처를 옮겼습니다.

물론 그 놈들이 가겠다고 졸라서이겠습니까. 그 노무 개털과의 전쟁, 냄새 등등 아내가 이 노무 개자슥들 때문에 학을 떼고 있는 지가 4년째입니다.

저는 당초 족속이 중국 뙤놈, 즉 한족과라 엄청 추접고 냄새에 둔한지라 불편 없이 지낸 탓도 있고 또한 그 넘들의 애처로운 눈길을 피하기가 어려웠습니다.

베란다를 깨끗이 청소하고 개자슥들을 내보내고 나니 집안은 깔끔하나 눈은 항상 그 넘들에게 가 있습니다. 벌써 난 화분을 깨고 문을 긁고 난리를 치지만 그래도 나는 이를 앙다물고 참고 있습니다. 내가 왜 개자슥을 이리도 좋아하는지 글코 그렇습니다, 좀은……

글 한 땀도 나가지 않을 때가 대부분이요, 그리고 살음이 살얼음판이라 마음이 지저분하게 가난한 탓도 있습니다.

나가는 돈은 규칙적이게 불규칙적이게 '제멋대로 항상'이지만 들어오는 돈이란 넘은 가물에 콩 나듯 합니다. 술을 부어 넣어도 불안 모드가 잠재워지지 않고 도리어 마음은 생경하기만 하지요.

그래도 개자슥들이 두 마리나 있고 난이 100여 화분, 내달 초면 제대하는 아들, 늘 사천왕 같은 자애로운 눈빛의 아내, 환상적인 푸켓 여행을 마치고 온 딸내미가 주변에서 늘 나를 건드리며 서성거리니 순간순간 나의 존재감 확인으로 하루를 여일하게 보내야지요.

어려운 일이 있을 때 그 어려운 넘을 잠재우는 방법은 더 어려운 일을 만드는 것입니다. 사실 더 어려운 넘은 내가 염(念)하지 않아도 자동 로그온 되니까 염려 놓으셔도 됩니다.

제 화두는 이 어려운 녀석과 친구하는 일인데 그게 어디 게으르고 근기가 약한 제가 가능하겠습니까.

하지만 아무리 머리를 돌려도 그 녀석과 친하게 지내는 일 말고는 방법이 없는 듯합니다. 누가 더 좋은 방법이 있으면 알려 주시기 바랍니다.

(2005년 2월 21일)

하오 잡담

토요일 오후의 적막이 낮게 드리워진다.

차 맛이 혀끝에서 한참 머뭇거리다 잠이 든다.

상념은 끝과 처음이 불분명한데도 실제 상황으로 인식시킴을 강요당한다. 담배 연기는 언제나 손가락 첫마디 어귀에서 자진모리 추임새에서 금방 휘모리로 지랄을 한다.

봄이라는 춘삼월인데 추위야 인제 너희 집에 좀 갔으면 한다. 한 달도 채 남지 않은 제대를 앞둔 아들의 얼굴엔 생기가 돌다 못해 윤이 난다.

그 넘 사이월드 메모장에 라즈니쉬 글을 척하니 올려놓았기에 보는 애비 눈이 모처럼 밝아진다. 다시 공부하는 딸아이가 그래도 정구공처럼 통통거리며 내 주위를 맴돈다. 다행이다.

큰 강아지 테리는 뒷동에 사는 암넘 발정으로 춘정을 끝내 다스리지 못해 밖에 나갔다 하면 두 시간이다. 한 번 그래도 장가는 갔으나 이젠 씨 도둑질할 암놈이 없어 노총각으로 일생을 보낼 그 넘을 생각하니 측은지심으로 더 추워진다.

견뎌온 지난 세월을 돌아보면서 나를 대견하다고 칭찬하기로 작정한다. 삶은 고통을 견뎌야 된다는 명제를 안고 있다. 참고 견딘다는 게 얼마나 하기 싫은 일인지는 불문가지다.

이젠 그만 견뎠으면 하고 아내에게 수료증을 요구하다가 면박을 당하다.

아버지의 적막을 어찌 나와 비교하겠는가.

이제 하반신을 거의 못 쓰시는 터라 종일 집에서 적막과 고단함으로 보내실 아버지를 나는 이따금씩만 생각한다. 불효자다, 나는.

일전에 동생들과 의논하여 전동 접이식 침대를 사드렸다. 바닥에서 상체 일으킬 힘도 남아있지 않아 어머니 병수발이 힘드신지라 리모콘으로 작동하면 저절로 상체가 일어서는 침대이다 보니 어머니 목소리가 밝다.

하고 싶은 일이 점차 적어짐에 호르몬 부족을 의심한다.

교감신경과 부교감 신경이 서로 피곤하다고 제대로 작동을 하지 않는다. 밝은 마음을 가졌던 적이 있었는지 이제 기억 저편으로 희미하다.

기쁘고 충만하고 정구공 같은 생기발랄함을 이젠 아들딸에게 다 물려주었으니 나는 뒷짐 지고 그 넘들 보는 재미로 마음을 뎁힐 수밖에…….

면박을 하곤 한참 후 아내가 그래도 고마운 말을 건넨다.

"아이들 대학 다 보내면 촌에 어디 빈집이라도 찾아 들어가서 당신 하고 싶은 일이나 하고 삽시다."

쉽게 실행될 법하지 않지만 말이라도 훼뎅그레한 마음을 밝게 한다. 인위적인 생존 그물망에서 항상 서성거리고 있는 내 모습이 아내 보기에도 안쓰러웠나 보다.

돈 잘 벌고 빵빵하게 사는 법을 나는 의식적으로 거부해 왔다, 지금까지도…. 차라리 고통과 절망과 적막 속에서 내 존재감이 생존할 수 있다면 의당 그 것들과 친교를 할 수밖에 없지 않겠는가.

이번 추위만 견디며 한 번 봐주면 이제 연분홍 꽃 색이 나를 흥분시켜 줄 것이다. 한 번 다시 참고 견뎌보자.

(2005년 3월 12일)

번개 휴가

벼락치기 바닷가 물놀이를 댕겨 왔습니다. 어제, 오늘로 날을 잡았으면 빗물 놀이까지 겸할 뻔 했습니다. 늘 가는 곳 태안군 근흥면 갈음이 해수욕장.

이곳은 사람의 때가 거의 묻지 않은 곳입니다. 그 흔한 펜션 횟집 하나 없고 덩그러니 몇 채의 이동식 방갈로, 그리고 간이 판매점뿐입니다.

하얀 백사장 위로 노송이 죽죽 뻗어 있고 모래사장 바닥에는 조개와 게가 기어 다니고 학꽁치 새끼들이 떼 지어 다닙니다.

몇 년 만에 텐트를 쳐 보았습니다.

아들 녀석이 군에서 야영하던 솜씨로 이제 뚝딱 잘도 텐트를 칩니다. 딸아이는 수능을 앞둔 사실을 잊어버리고 물만 보면 좋아라고 입이 미소로 환합니다.

쪼그려 앉아 삼겹살을 구워 먹어 보았습니다. 소주 한 병을 거의 비워내고 노송의 구불텅한 허리가 내 나이쯤으로 마뜩찮아 보입니다.

아이들의 얼굴이 환하게 들어옵니다. 물은 조금 차갑지만 보트 빌려 아이들과 아내의 즐거워하는 모습을 눈에 담으니 조금은 시름이 잦아집니다.

아들내미는 요즘 몸 만든다고 고기도 멀리 합니다. 군에 가기 전 89킬로에서 지금은 67킬로로 체중을 줄입니다. 나하곤 전혀 딴판인 놈입니다. 목표를 잡으면 쉼 없이 매진하는 모습은 제 에미랑 닮았습니다.

저는 목표 같은 것 애시당초 만들지 않는 주의입니다. 늘상 그 목표는 허무만 안겨 주었기 때문입니다. 살이 빠지니 얼굴엔 내 모습보담 아내 모습이 많이 내려 앉아 있습니다. 야튼 잘 알아서 살아가겠지요.

새벽에 비가 억수같이 쏟아지는 통에 잠을 설쳤습니다만, 거의 요즘은 하는 일 없이 반 백수 생활인지라 나가는 시간이 출근 시간입니다.

휴가에다가 비수기이니 사무실에 나와 보았자 오는 전화라고는 "치과입니까?" 혹은 "누구네 집입니까?" 하는 생뚱맞은 것 일색입니다.

규칙적이지 못한 생활이 이제 18년째로 접어듭니다. 돌이켜 보면 저처럼 어중잽이가 용케도 밥은 먹고 식구와 같이 그냥 저냥 살고 있는 모습이 용하기까지 합니다.

"어찌 되겠지요."가 요즘 생활 철학입니다. 비가 많이 오더라도 휴가 계획하신 분들 알아서 잘 보내시기를, 재미나게 보내시기를 바랍니다.

(2005년 7월 31일)

몸보신과 모기 그리고 잡썰

약이라고는 입도 안 벌리는 내가 요즘 아침이면 비타민C 한 알과 혈전 용해제인 아스피린 100mg을 밥 먹듯 먹는다. 다 매스컴 탓이요, 나이 탓이다.

그 결과로 혹시나 100살까지 살까 싶어 잡숫는다. 심리적 플라시보 효과도 있을 것이다. 그리고 아내가 정성스럽게 자기 먹으려고 달여 놓은 양파와 그 외 몸에 좋은 것들을 넣어 만든 팩을 "나도 좀 주소." 하여 팩 모서리를 정성스럽게 가위로 잘라 무슨 의식을 행하듯 또 쳐 잡숫는다.

몸보신을 아침 지극정성으로 하는 내 모습을 바라보면 피식 자조 섞인 비웃음도 나지만 나이 또한 반백이니 아내의 걱정스런 눈이 떠오른다. 그러니 몸이라도 건강해야 아내와 아이들을 위해 견마지로를 다할 것 아닌가.

약을 먹을 때 목을 뒤로 젖혀 먹어야 잘 넘어간다는 것을 이번 참에 알았다. 늘 이 도리를 몰라 목구멍에서 특히 비타민C 그 큰 넘이 목에 걸릴 땐 눈물이 잘금 나왔는데 이제사 그 도리를 깨쳤다.

어제 오후가 되어 뜬금없이 강화도로 발길을 돌렸다. 그냥이다.

너무 일상이 단조로워 아내랑 딸아이랑 한강변을 끼고 달린다. 가보아야 그렇고 그렇지만 무료하고 권태로움이 나를 부추겼기 때문이다.

처음으로 선원사지로 갔다. 연꽃축제 한다고 플랜카드가 걸

려 있기에…. 연꽃이 모두 만개를 하지 않았어도 마린이 대갈
통만한 연꽃 연분홍빛을 보니 잠시 눈이 환해진다. 흰 넘, 뻘
건 넘, 큰 넘, 작은 넘… 여러 종류다.

목탁소리 내는 소가 거기에 있었다. 세상에 이런 일이 프로
에 나온 소였다. 딸아이가 똑딱 혀로 소리를 내니 이내 그 소
도 혀를 한 자나 내어 휘감으니 똑딱 소리로 화답을 한다. 새
끼도 한 마리 낳아 정성으로 보살핀다.

그런데 그 좁은 우리에서 사람들 시선을 늘 보아야 하는 소
의 고통을 선원사지 절 중놈은 헤아리지 못한 것 같다.

원래 태어난 고향에서 주인과 밭고랑을 가는 것이 그 녀석
행복일진대 목탁소리 낸다는 이유로 저리 유배되어 삐에로가
되어 있었다. 소든 사람이든 원래 있어야 할 제자리에 있어야
하는 것이다.

동막 해수욕장은 가지 마시기 바란다. 온통 뻘 구덩이인 데
다 내 사랑하는 엄지발가락이 조개껍질에 베였다. 그것도 해
수욕장이라고 개똥에 파리 꾀듯 바글거린다, 인종들이…….

그래도 워낙 물을 좋아하는 딸아이인지라 썰물 그 먼 거리
를 쌔(혀)가 만발이 빠지게 가서 튜브로 아이를 기쁘게 해주
었다. 200미터를 나가도 무릎밖에 물이 차지 않는다.

휴가철이라고 모두들 동네방네 소문을 내고 다니니 나도 놀
고 자빠질 수밖에 없다. 제일 신나는 넘은 아들 녀석이다.

동해로 동아리 친구들과 갔다 온 지 채 열흘도 되지 않아 또
동해로 친한 친구 세 녀석과 갔다 와서 지금 자빠져 자고 있
다. 저녁에 전화가 오는데 아들 넘이 농노라고 별명 붙인 친
구가 회 쏜다고 전한다. 좋을 때다. 병원 24시를 보노라면 건
강하여 저리 놀러만 다녀도 얼마나 다행인지 모른다.

엊저녁 모기한테 기습을 당했다.

소변을 보는 중에 이 넘이 내 장딴지를 공격하는 것이다. 아시다시피 두 손 이미 사용 중인지라 한 손을 가지고 이 넘을 때려잡아야 하는데 순간 자세가 나오지 않는다.

결국 헌혈을 하고야 말았다. '에이!' 하며 나오는데 아내가 문득 이야기한다.

"생일이 8월 12일인데 알고 있소?"

당근 모르지. 그게 문제가 아니라 나는 장딴지 간지러움에 정신이 팔린다. 천 날 만날 생일이지 뭐.

그나저나 이 노무 모기가 나를 고만 좋아했으면 좋겠다. 아내만 좋아했으면 좋겠다.

(2005년 8월 3일)

설날 그리고 고래 고기

원대로 고래 고기를 동생들과 둘러 앉아 소주 한 잔과 함께 간만에 먹었습니다.

예전 그러니까 이십여 년 전 자갈치 부둣가 뚱뗑이 할매는 2,000원만 주면 세 명이서 소주 두 병을 먹고도 든든할 만큼 고래 고기를 듬뿍 썰어 주었습니다. 모자라면 할매가 먼 산 쳐다볼 때 슬쩍 썰어놓은 고기를 몇 점 집어 먹는 맛도 일품이었지요.

이번에 30,000원어치라고 사온 게 내 한 사람 입에 걸쳐도 모자랄 정도로 가난했습니다. 오로지 고래 고기 특유의 향내로 잠시 고향 내음을 맛볼 정도이지요.

여전히 동생들은 착하게 세상을 이어나가고 있고, 어머니는 7년째 아버지 병수발로 힘들어 하고 있고, 조카들만 훌쩍 커서 저희들대로 섬처럼 떠다니고 있습니다.

한해 두 번 이상 가는 큰집은 허리 굽은 큰어머님이 지난 달력처럼 허전하게 계시고 집 앞 파밭 이쁜 텃밭 고랑은 이제 세 내어준 고물상 난장으로 바뀌어 내 마음의 빈곳을 툭 칩니다.

늘 똑같은 덕담을 의미 없이 주고 받고난 뒤 불장난을 어른이 먼저 시작합니다. 이제 다 큰 아이들도 슬금슬금 모여 연신 나무를 집어넣습니다.

아이나 어른이나 제사 후 하릴없는 시간이 있습니다. 낙동강 뒤의 강변에 안개처럼 내려앉아 있는 예전 할아버지 댁 방문도 이 하릴없음 때문이지요. 그래도 예전 모습의 우물터와 배창고가 남아 있어 추억 퍼즐을 겨우 꿰맞추었습니다.

먹고 놀고 게으름 피우고 고스톱치고 허심청에서 마무리 목욕을 하고 돌아 왔습니다. 강아지가 펄쩍 뛰며 반깁니다.

막내 동생이나 제수씨는 개라고 하면 펄쩍 뛰지만 이번 큰집에서 눈이 푸르고 회색이 도는 강아지에게 마음이 빼앗겨 분양을 엉겁결에 시켰지요.

너무 귀여운 강아지라 개라고 하면 질겁하는 제수씨도 은근히 손을 대봅니다. 막내 조카가 이번 구정에 땡을 잡았습니다. 강아지를 엄청나게 좋아하는데 소원 성취하였지요.

나를 포함한 모든 유정 무정이 잠시의 휴식으로 사는 것이 좀 덜 힘들어졌으면 좋겠습니다. 아! 그리고 담배를 끊기 시작했습니다.

처가고 친가고 큰집이고 모인 남자들 중 담배 피는 이는 나 말고 딱 한 명 보았습니다. 그 넘은 동갑이나 나를 고모부라고 부르는 처가 장손입니다. 별로 환영도 못 받는 어중잽이 형상에다가 유일하게 처가에서는 술을 에북(제법) 마시는 사람입니다.

나보다 더 피웁니다. 담배 냄새에 아내의 눈꼬리가 못마땅함으로 올라가기 시작합니다. 그래도 "이쁜이 고무야" 하며 밉상 짓을 안 하니 그래도 덜 못마땅하겠지요.

골초인 큰 처남마저 담배를 끊은 상황에서 내 담배 설 자리는 초라해 보였습니다. 해서 1월 31일부터 담배를 멀리하고 있는데 별 불편함을 모르겠습니다.

이번 참에는 금연이 성공할 것이라는 확신이 듭니다.

(2006년 2월 3일)

시절인연과 테리의 죽음

기름진 차반이 아니 보임에도 소주 두어 잔을 저녁 참 때 걸치는 일이 잦다.

첫 모금보다 두어 모금째 푸른 알코올이 목젖을 건드릴 즈음 나는 경계를 비로소 해제한다. 넉 잔을 넘기지 않고 베란다로 찬바람을 쏘인다. 진종일 숨어 있던 내가 긴 숨을 토하며 걸어 나온다. 어둠은 깊은 검은 빛 아래에 푸름을 안고 있음을 안다.

저미는 슬픔도 진행형의 고해 항해도 잠시 쉼을 어둠이 내어준다. 생각은 늘 쉬지 않고 투덜댔고 마음은 스펙트럼이었다, 밝음 속에서…. 목 언저리로 큰 베개를 대어 사지를 바닥에 늘어놓자마자 혼침에 빠진다.

방일한 삶에 작은 파문이 일었다.

그 이후로 사는 곳 사거리 대각선 방향으론 눈길을 돌리지 않는다. 생각 없이 사선으로 시선이 머물라치면 흠칫 고개를 애써 돌려야 했다.

그곳은 내 강아지들이 미용할 때나 아플 때 시나브로 들리던 동물병원이다. 7년을 키워온 테리를 11월 16일 그곳에서 수술 중에 하늘나라로 보냈다.

글을 쓰는 이 순간에도 눈 주위가 무거워 온다. 나보다도 더 나를 사랑했던 놈이다. 입 주위가 간지럽다. 그 놈이 혀로 핥던 그 자리가…….

애써 태연한 척 일주일을 보낸다.

아내에게 그 놈이 없어서 불편함이, 성가신 일이 줄어듦을 고할 때 마음은 더욱 무거워졌다. 사는 동안 하루도 빠짐없이 아침저녁으로 산책을 시키며 그 놈의 주인 사랑에 대한 내 작은 정성을 다하였다.

내가 자주 가는 절 근방 남향받이에 묻고 돌아오던 날 나는 덤덤하였다. 고해의 바다를 건넜다고, 개는 죽는 날이 행복의 시작이라고 웅얼거렸다.

이제 하루 종일 목을 빼어 주인인 나를 기다리지 않아도 되니 좋을 것이라고…… 생각은 그러 하였으나 마음은 시퍼런 파도가 일렁거림을, 손이 가끔 떨림을 숨길 수 없다.

시절인연을 지은 업보로 그리, 그리 지내어 하루를 보낸다.

누군가는 그럴 것이다. 개 한 마리 죽은 것 가지고선…….

맞는 이야기일지도 모른다.

한갓 개자슥 한 마리로 연배 듬직한 사내가 허둥대기는…….

다만 살음에 대한 경의와 나를 좋아했던 존재에 대한 최소한의 배려다. 그러하니 "인연을 짓지 말라."는 소리는 개뼈다

귀로 들린다.

그럼에도 불구하고 인연 줄을 곱드릴 것이다. 내가 제일 잘 그리고 열심히 할 수 있는 유일한 일이기 때문이다.

(2007년 11월 22일)

미니 시집보내기

이번엔 미니(시츄 암컷)를 시집보낼 것이다. 집에 온 지 3년여가 넘어가는데 이젠 유기견의 때를 말끔히 벗고 공주님의 행세를 한다.

강아지 새끼 낳은 모습을 간절히 보고 싶고 꼬물거리며 에미 젖을 빠는 강아지들 모습도 무척이나 보고 싶다. 아내가 무지하게 싫어할 것이고 또한 인간 세계와 달리 시집가는데 돈을 10만 원 주어야 한다는 것도 반대 이유다.

하지만 이번 참에는 기필코 시집을 보낼 것이다.

날이 알맞게 포근하고 마음도 간만에 풀어진다.

봄나들이는 가까운 인천대공원에서 아내와 벚꽃구경으로 마감했다.

작년보다는 꽃이 못하지만 간만에 눈을 호강시켰다.

경제가 날로 어렵다는 이바구가 너무 잦다 보니 이젠 그러려니 한다. 설계인원이 모자라 구인 공고를 내니 나보다도 서너 살이 많은 사람도 지원을 하는데 채용 불가 통보하는 내 손가락이 원망스럽다.

대부분 지원자가 45세 이상이니 난감한 일이다. 젊은 친구 하나를 겨우 채용 했으나(젊어 보아야 34살인데) 이틀 나오고 온다 간다 말없이 나오지 않고 전화도 받질 않는다.

그래도 하루, 하루 살아 나감을 감사히 생각한다.

우환만 없어도 행복한 줄 알아야 한다.

행복은 착시 현상만 제거해도 바로 내 앞에서 우리를 손짓한다.

지금 현재가 어렵고 고통스럽다는 착시 현상…… 지나가보면 아무 것도 아니었음을 이미 경험하였으나 마음은 그것을 늘 잊어버리고 새로운 고통에 적응치 못하고 아파한다.

오늘 내일은 간만에 대자로 누워 엎치락뒤치락할 것이다.

나한테 꼭 알맞은 게으른 수행법, '탱자, 탱자 하면서 나를 관하는 것'이다. 적어 놓고 보니 좀 우습지만 요지는 내가 편하고 행복감이 선행되어야 자존감이 찾아오고 말씀도 내가 나 자신에게 할 수 있을 것이다.

봄바람 가르며 퇴근하지만 또 제2의 직장인 사무실로 출근을 하여야 한다.

이렇게 나는 나 자신을 생존의 올무에 묶어 놓고 방치한 지가 수십 년째이지만 누구 하나 안식년을 주지 않는다.

아내가 선뜻 해주었으면 하는 택도 아닌 상상을 해본다.

(2009년 4월 18일)

미니 시집보냈다, 그리고 몇 자……

미니 시집보냈다.

마치 작전하듯이, 고양이 쥐 잡이 하듯이, 아내 몰래 도둑 시집을 보냈다. 일금 일십만 원 지전을 신랑 쥔장 손에 쥐어 주며 참 한심하단 생각이 들다가도 곰실거리는 새끼 젖 빠는 모습에 입이 헤 벌어지며 잠시 웃는다.

새끼 밸 확률이 90%라고 하나 아니 되면 그냥 평생 자식 못 낳은 한 많은 어미로 보내야지 어떻게 하겠는가.

야튼 평소에 으르렁거리는 마린에게 발정 기간에는 미니 이 가스나가 먼저 엉덩이를 들이대며 꼬리를 이리 살랑, 저리 살랑거리는 모습을 보이매 숫놈 코카스파니엘 근 18키로 나가는 넘이 5키로도 안 가나는 시츄인 미니 등을 덥석 올라타려 하나 아니 될 일이다.

마린이의 애간장 타는 소리가 거슬린다.

'우짜겐노, 이 넘은 장가 한 번도 못 가본 넘인데….'

5월이, 계절의 여왕인 오워리(오월)가 방뎅이를 살랑거리며 나를 어지럽히나 속을 내가 아니다. 이미 여름 냄새를 맡은 지가 오래고 아침저녁으론 아직 보일러를 때야 할 형편이니 춘래불사춘(春來不似春)이다.

부처님 오신 날도 근무를 하고 그냥 오셨는갑다 하고 그리 보낸다.

아들내미가 어저께 휴일 모처럼 가족에게 점심 식사를 공양한다기에 나서다. 일산 어드메 오리집에서 한 마리를 저 세상

보내고 우리는 배를 통통히 하였다.

아들내미는 하나 딱 장점이자 단점이 짠돌이라는 점이다. 어릴 때부터 늘 돈 벌러 간다고 하던 넘인데 이제 진짜로 돈은 버는데 누구 집 아이는 엄마에게 얼마를 용돈 하라고 줬네 어쩌네 하는데 집사람은 딱히 자랑할 만한 것이 없다.

이 녀석 손에 들어간 돈은 절대로 나오지 않는다. 협박에 가까운 내 강요에 의해서만 겨우 몇 만 원이 나온다.

어제 먹은 점심은 값으로 치면 곱하기 10배를 해야 할 정도로 귀한 음식이다.

해서 노후관리는 우리 집사람과 내가 알아서 기어야 한다.

딸내미는 정반대이니 좀은 낫겠으나 그래도 장남인 아들이 하는 것과는 비중이 좀 틀릴 것이다. 나는 아니 그래도 아내는 그런 눈치다. 핑계도 생기고 좀은 나태해지기도 한다.

사람 사는 게 다 그 모양 그 꼴이지 별거시 어디 있더냐…….

저~저번 주 일요일엔 장모님이 편찮으셔서 함안으로 갔다가 지리산 영원사 대일 스님을 뵙고 오다.

늘 그대로 모습인데 상좌 한 분이 마침 있기에 이런저런 이바구 하다가 상좌스님이 그린 '용'자와 '하심'자 두 점의 서예 글을 나에게 준다.

척 보기에 아직 아마추어 냄새가 나는 글이지만 그 마음 냄을 고맙게 받아들인다. 대일 스님에게 법문 운운 이바구가 나오니 스님 왈, 대웅전 격인 두류선원 기둥 주련에 좋은 말씀 다 있으니 그것을 보라 하신다.

부처님 오신 날, 시줏돈을 조금 드리니 이제 서로 안면을 틔운 터라 자연스러이 받으신다.

보살이 참 우리 부부를 좋아한다.

산나물을, 스님 드실 귀한 것을 듬뿍 내어준다. 고맙다.

귀로에 대원사 둘러 계곡을 물끄러미 바라보고 간만에 아내와 찻집에서 아내는 솔잎차, 나는 작설차를 숭늉 마시듯 하며 눈을 맞추다.

자연은 늘 상그럽고 바람 새는 계곡을 훑어 박하 향이 난다. 발걸음은 더뎌지지만 다시금 속세 그렇고 그런 현실로 향해 시동 을 건다.

아무 생각이 없음을 고깝게 생각지 않으면서…….

(2009년 5월 4일)

강아지 털을 손질하면서

강아지 털을 이쁘게 가위로 손질하다가 문득 유년의 추억 하나가 횡경막을 건드린다. 나포리 미용실, 어릴 적 우리가 세준 미용실 이름이다.

가게 두 칸을 그 좁은 골목길에 세를 주었다, 다른 하나는 세탁소다. 한때 내 별명이 '탁소'였다.

세탁소 주인집 아들이니까.

한창 호기심이 많았던 시절 미용실 아줌마인지 아가씨인지 잘 기억이 나지 않지만 잘 보이려고 가위를 갈았다. 한 쪽 면만 갈아야 하는 줄을 당시에는 몰랐다.

칼 갈듯이 양쪽을 죄다 갈았다. 미용실 아줌마 인상이 갑자기 호랑이상으로 바뀐다.

"이 노무 짜식이 가새(가위) 다 베리났네(버려놓았네). 너검마(너 어머니) 데꼬 온나."

가위 값이 억수로 비쌌다. 주인집인 우리 엄마가 "우짜겐노, 아가 모리고(모르고) 그랬제. 너것도 아가 오면 조심해야지." 했다.

엄마한테 혼이 났는지 어쨌는지 이제 기억도 가물가물하다.

가위 네 개를 들고 강아지 털을 손질하는데 어느 곳 하나도 잘 들지 않아 겨우 듬성듬성 손질하여 미용을 마친다.

3만 원 주고 동네 미용실에 맡기면 되지만 미니 새끼인 하니는 모발이 직모고 모량이 풍부하여 쑈견처럼 멋진 모습으로 털 관리를 하고 싶어 손수 미용하지만 한계다.

아내는 늘 강아지 끼고 도는 내 모습이 극도로 못 마땅하다.

나이가 50대 후반으로 가고 있고 머리 희끗한 양반이 한 마리도 아닌 세 마리를 안고 있는 모양새가 그리 보일 것이다.

허나 다른 여자를 좋아하는 것보다는 훨씬 영양가 있음을 모른다. 예전 어른 말씀이 있다. 머리 검은 짐승은 키우는 게 아니라는 이야기다.

사람과의 관계는 늘 복잡하다. 사랑한다고 눈 똑 바로 뜨고 이야기하던 그 사람이 어느 날 눈 똥그랗게 뜨고 내가 언제 그랬냐는 식으로 서늘하게 무표정으로 대할 때 머리로 알고는 있지만 가슴은 항상 서늘하였다.

오로지 일편단심의 사랑은 강아지의 헌신적이고 무조건적인 사랑을 비교할 게 없다. 이것이 내가 강아지를 좋아하는 이유다.

개털 날리고 지저분하고 냄새가 나도 사람보다 나은 점이 있다.

사소한 일상이 무심결에 흐르다 보니 2월도 중반으로 달려간다. 삶이 갈수록 지루해진다. 지루해진 틈을 강아지가 볼을 핥는다. 금세 미소가 번진다. 무탈이 행복이다.

마린이 이바구

아래깨 수렵견 코카스파니엘 종인 애견 마린이가 인천대공원을 활보하다가 물 위에 있는 오리를 보자마자 가파른 수로로 돌진한다.

나는 황망 중에 이 넘을 고함치며 불렀지만 끄떡도 아니한다. 사람들은 구경하고 억수로 쪽 팔린다. 이 넘 본성엔 고양이, 쥐, 오리, 닭을 보면 무조건 돌진하게 되어 있다.

근 30여 분을 고함치다 을러다 달래다 하며 목줄 하여 바깥으로 인도하게 되었다. 물론 나의 육근이 요동치고 저 아래서 본성의 화가 오르자 이 넘을 아니 팰 수가 없었다.

맞는 넘은 자기가 왜 맞는지 모르고 미안해하고 있었다.

마린이를 앉혀 놓고 법문을 하였다.

"생명을 함부로 해하지 마라."

이 넘을 나를 자꾸 빨려고 혀만 내민다. 다시 조곤조곤하게 타일렀다.

"마린아, 니가 지금 너의 색신에 휘둘려 이러히 정신을 못 차리면 담에는 니가 오리로 태어 날 꺼다, 알았나?"

고개를 갸웃거린다. 내쳐 진지하게 말씀을 전하였다.

"수행까지 하라는 것은 아니니 니가 누구인지 다시금 안으로 쳐다보고 참구하면 오리가 너고 너가 오리니 참구하여 어리석은 행동을 하지 말거라."

마린이가 눈을 내려 깔며 하품을 하고 있었다.

아내가 "와 이리 옷에 흙이 마이 묻었능교?" 하며 째려보신다. 아내에게 전언하기를 일체가 공하다는 도리를 전달하거나 그 도리를 깨치는 것은 내가 마린이를 교화시켜 다시는 오리를 쫓아 발광을 못하게 하는 것만큼이나 어려운 것이라고…….

아내는 눈을 풀며 맞장구를 친다.

그래도 생멸이 눈앞에서 상대성을 보이며 육근을 자극하니 법계가 공성임을 어찌 어렵다고 내칠 소냐?

아내가 나에게 질문을 하기 시작하였다.

무변 허공과 환화를… 나보다도 열심히 공부하는 모습을 보고 나는 살다보니 별일도 다 생긴다 하면서 강아지 목을 손으로 간지럽힌다.

목으로 그르렁대며 이 넘이 이윽고 삼매에 빠진다.

강아지 마린이나 아내나 나나 모두 하나다.

색신이 인연 덩어리로 가합하여 비록 다르게 형상으로 보이는 듯하나 본래가 무일물이라 하니 모두가 없음이요 없음 자리에 턱하니 내려앉지 못하니 에둘러 무지개만 이쁘다고 오늘도 타령만 한다.

(2011년 8월 19일)

우리 집 강아지 테리에게도 불성이 있습니까?

부처님 오신 날. 나는 그냥 방바닥에 사지를 내맡긴 채 오랜만에 여유를 느끼는 일에 몰두한다.

"왜 아비는 오지 않았느냐?"

큰스님의 물음에 씨님(아내의 별칭)은 조그마한 업을 지었다. 늘어져 자고 있는 중생을 위해 씨님은 "아비가 전날 곡차로 철야정진을 한 탓에 같이 오지 못했습니다." 하고 능청스레 거짓말을 했다. 아, 고마운 씨님이다.

무슨 날이라고 의미 부여하지 않고 사는 게 불법이다.

평상심이 도라고 힌트를 주기에 게으른 나에게는 딱 들어맞는 말씀이라 반복 일상을 받아들이는 일에 꽤 익숙하다.

내 속에 아직 잠자고 있는 부처를 깨우는 일은 차라리 아무것도 하지 않음이다.

무엇을 하고 있다는 행위 속에서 삶의 진한 무엇을 냄새 맡을 수도 있지만 내게 안성맞춤인 삶의 냄새에 취하다 보면 차라리 분별심만 더하는 게 아닐까.

철저히 무시무종, 생사가 본래 없음, 그리하여 나라는 이 물건도 당초에 존재하지 않음, 그리하여 부처도 없는 태허의 원만을 통해 무상의 참맛이 깃들기를 바란다.

가라앉는 육신을 그래도 일으켜 세워 부처님 생일잔치에는 참석을 해야겠다. 테리도 데려가서 "테리에게도 불성이 있습니까?" 하고 물어볼 것이다.

(2012년 5월 27일)

제2장

자녀

아들아!

네가 서 있는 세상은 아빠가 경험했던 것과는 많이 달라진 것 같다.

전 세계가 한 마을처럼 시간과 공간이 점점 좁혀지고 매일 엄청나게 쏟아지는 정보의 홍수 속에 선택의 다양성이 많아지는 활력 있는 환경인 것 같다.

돌아보면 아빠는 고1 때 앞날의 성공한 내 모습을 그리는 것보다 나라는 존재가 무엇인가로 사춘기를 혼란스럽게 보낸 기억이 선명하다.

왜 살고 무엇 때문에 살아야 하느냐에 대하여 부모님이나 선생님은 시원한 답을 주시지 못했고 친구들이나 책속에서 찾으려고 헤매던 시절이 엊그제 같다.

너도 알다시피 나는 그 당시에 유복하지는 않았지만 배우신 부모 밑에서 경제적인 어려움은 없었다. 그럼에도 불구하고 철학적인 질문, 즉 내가 실존적으로 살아가는 방법에 대해서는 전혀 도움을 받지 못하였다.

나는 하이데거, 야스퍼스 등 독일 실존주의 철학 책과 불교 관련 서적들을 도서관에서 보던 중 반야심경을 풀이한 공의 철학(반야심경 해제)을 읽고 막연하나마 삶이 어떤 모양이고 어찌 살아야 하는지를 어렴풋하게 느낄 수 있었단다.

이 현상계는 모두가 '공(空)하다.'는 글귀를 가지고 그 이후 몇 년 공부를 하였단다. 그리고 나보다 먼저 체험하신 조상들, 성인들의 행적은 여과 없이 그대로 받아들였다. 그 이후 장자 노자 사상에 심취하여 무위자연 사상에 흠뻑 빠져들었던 기억이 난다.

내가 기억하기로 학교 공부는 그리 썩 잘하지 못했다.

학창 시절, 그래도 명문이라고 하는 부산고등학교에 다녔다. 너도 부천고에 대한 저부심이 있지만 나도 긍지를 가지고 늘 모자는 꼭 쓰고 다녔다.

공부는 너도 알다시피 맨 첫 시험에 54등을 하고 얼마나 놀랐는지 모른다. 그래서 옆 짝지하고 다음 시험 등수 내기를 하고 정말 자존심 걸고 열심히 한 결과 4등을 했으며, 나는 가능성을 발견했다.

그러나 그 당시 공부는 남들이 하니까 뚜렷한 목표 없이 좋은 대학 가야 한다는 생각에 다른 선택 없이 그냥 했는데 정말 공부다운 공부는 군대 제대하고 복학한 다음 나의 진로를 공대가 아닌 인문계로 결심하고 난 뒤다.

그 당시는 도서관에서 도시락 싸가지고 새로운 학문 세계 공부 하는 게 정말 즐거웠다. 그때 아빠의 꿈은 대학 강단에 서는 거였다.

대학원 시험에 합격하고 난 뒤 나는 태어나서 처음 나 자신에게 대견함을 느끼고 자신감을 얻었다. 지도교수가 하는 얘기로, 대학원 경제학과 생긴 이래로 공대생이 들어온 건 처음이라고 놀라워했다.

대학원 시절 너는 태어났고 아빠는 일주일에 3일은 회사에 가고 나머지는 대학원에 다니는 생활을 열심히 하며 대학원 졸업 학점도 A를 받았다.

공부는 자기 스스로가 판단하고 절실할 때 진짜 공부가 된다. 나도 경험해서 잘 안다. 그래서 네가 알아서 한다는 소리에 나는 너를 믿는다.

그래도 부모 마음에 조금 더 열심히 잘해 줬으면 하는 건 당연한 것 아니겠니. 늘 얘기지만 기본은 해야 한다.

아들아!
나는 너에 대해 지켜보는 자 이상도 이하도 아니다.
네가 태어나기 전부터 나는 생각했다. 내가 결혼해서 태어난 자식은 나의 몸을 빌려 태어난 인격체이지 'MY SON', 즉 내 자식이라는 소유의 개념은 없애려고 생각했다.
지금도 그 기본적인 생각은 변함이 없다.
단지 내가 경험한 바가 있으니 위험한 길, 가치 없는 삶 쪽으로는 가지 않도록 길 안내를 하는 것은 애비 몫이라 생각하고 있다.
나도 역시 한때 대학 나오신 아버지에 대해 불만이 참 많았다. 뭔가 다른 아버지와 달리 멋있는 모습을 보여주지 않아 실망도 했지만 지나고 보니 눈에 보이지 않게 그런 배우신 분위기에 마치 향기에 휩싸이듯 그 영향을 받고 있었음을 뒤늦게 알게 됐다.
부모가 자식에게 해줄 수 있는 것은 사랑뿐이다.
표현되지 않고 눈에 보이지 않지만 부모님의 사랑은 공기와 같은 것이다. 공기만큼 흔하지만 귀중한 것은 없다.

아들아!
나는 네가 너 자신에 대해 당당하고 자신 있게 살길 바란다.
남이 뭐라고 하든 자신이 속에서 마음 다짐한 일에 대해 묵묵히 죽을 때까지 한 길로 즐겁게 할 수 있는 멋진 인간이 되길 바란다.
남이 네 인생을 살아주는 게 아니다.
그래서 남 때문에 사는 그런 무지렁이 같은 삶이 아닌 개성 있는 인생이 되었으면 한다.

서울대 이명우 교수가 일본 학자들 세미나에서 이런 얘길 했다고 한다.

"내일부터 직장 후배나 동료나 가족들에게 이렇게 얘기하십시오. 만일 내가 앞으로 남들 하는 대로 똑같이 생각하고 행동하고 얘길 하면 나를 개자식이라고 부르십시오."

이 말은 극단적인 표현이지만 이 얘기가 일본학자들한테는 큰 충격이 되었던 모양이다. 이 말의 요체는 제대로 무언가 하려고 하면 창의력을, 그러니까 자기만의 고유한 영역을 개발해야 한다는 것이다.

남이 간다고 휩쓸려가지 않고 자기 색깔로 자기가 좋아하는 일에 묵묵히 가다 보면 어느새 자기가 '큰 바위 얼굴'이 되어 있음을 알게 된다.

아빠는 지금은 네가 보기에 평범하고 소시민 같이 보일지 몰라도 지나온 세월을 돌이켜볼 때 한 점의 후회도 없고 잘 살아왔다고 느끼고 있단다.

그것은 부모님 반대를 무릅쓰고 내가 스스로 도전하여 내가 하고 싶은 공부를 했고 많은 시련을 겪으며 그래도 좌절하지 않고 견뎌내고 난 후의 휴식은 정말 값진 것이다.

너는 어떻게 생각할지 모르지만 나는 눈에 보이는 부, 명예, 권력에 대해서는 고등학교 시절부터 애시당초 관심이 없었다. 그래서 대학 졸업 당시 회사 가지 않고 하고 싶은 공부하겠다고 했을 때 할아버지와 많은 다툼이 있었다.

내가 대학원을 진학한 목적은 잘 먹고 잘 살기 위함이 아니었고 나의 철학적인 의문을 역사와 경제학적인 관점에서 보다 객관적으로 이론을 갖추기 위해서였다.

그 당시 활동 분야를 사회운동 쪽으로 잡고 의식개혁 및 삶의 질과 민족정기를 고양·발전시키는 데도 관심이 많아 대학 시절 민족정신 지도자 고 함석헌 선생과 막사이사이상 수상자인 고 장기려 박사가 이끄는 부산 모임에 참가했단다.

그때 서클 활동은 불교학생회였는데 당시 후배들에게 남자로 태어나서 좋은 회사, 군대 문제 고민하고 예쁜 여자 찾는 데 정열을 바치는 덜떨어진 놈 되지 말라고 막걸리 먹으면서 많이 얘기했다.

가장 중요한 문제는 자기 자신이 누구인지를 아는 것이고 나아가서는 깨달음을 화두로 한평생을 정진하는 생이야말로 멋지지 않겠냐고 강조했다.

아빠가 살아본 바로는 그때 그 바른 생각들로 인해 40 중반에 얼마나 생활의 지분거림 속에서 나를 자유스럽게 해주는지 아주 다행스럽게 생각한다.

네가 나의 생각대로 움직이라고, 또한 움직여주길 바라지 않는다.

다만 나의 몸을 받아 나온 아들이 윗대 조상 선현들의 좋은 생각과 행을 바톤을 이어 받아 너 다음 세대에 훌륭히 전해주고 나름대로 사나이답게 멋진 놈으로 성장하여 나 아닌 남도 서로 도와줄 수 있는 사람이 되었으면 한다.

이제 고2이고 대학 진학을 목전에 둔 시점에서 시험이라는 경쟁의 문이 기다리고 있다. 나는 걱정하지 않는다.

왜냐? 모두 다 한 번씩 겪어야 할 일상이기 때문이다. 좋은 대학 가고 안 가고의 문제보담 자기 자신의 기본을 시험받는 기회로 생각하라.

인생은 순간순간이 기회다. 하여튼 너 자신 만족하는 결과가 나올 수 있도록 최선을 다하라. 이 아빠는 네가 가는 길을 즐거운 마음으로 보살펴 주리라.

아들아, 파이팅!

(2000년 5월)

자식은 부모 전생 빚쟁이다

서울시청 앞 매매 잔금 치를 일이 있어 갔다가 아들 넘 재수하는 학원에 암행 감찰을 나서다. 이 넘이 요새 하는 짓이 아무리 잘 봐줄라 해도 공부보담 인생의 허망함을 미리 알아챘는지 자기 멋대로이다.

당연히 수업은 받고 있겠지 하는 생각에 만나서 용돈이나 줄려고 허겁지겁 갔는데 긴 머리에 통닭 색으로 물들인 아들 넘을 눈을 씻고 봐도 없다.

담임을 찾아가니 한숨을 쉰다. 아들이 벌써 이달 들어 결석도 7번이나 하고 오늘도 2시간 마치고 땡땡이쳤단다.

이 장면에서 나 역시 누구 말처럼 꼰대의 범주를 벗어나지 못함을 내 마음에 회색 구름이 짜안한 아픔이 깔릴 때 알아봤다.

누누이 나는 다짐했다. 'my son(내 자식)'이 아니다. 부자 간에도 'different(다름)'이다. 관계에서 자유로워야 된다. 독립된 인격체로 그냥 내버려둔다.

허나 옛 어른들 말씀이 자식은 부모 전생의 빚쟁이라고… 빚 받으러 세상에 태어났다는 것이다.

전철을 타고 오면서 내 맘을 다시 되돌아보았다.

늘상 마음에 두었던 자식에 대한 관대함은 사라지고 분노의 차가운 응어리가 자리 잡혀 있음을 본다. 아~ 아직 수행이 덜 된 자신의 모습이 유리창 저 너머에 유령처럼 떠 있었다.

다시금 다잡아 보았다. 내 전생의 업장과 이승의 어리석음을 원인으로 아들 넘의 업보가 나에게로 나타나는 것이다. 그래 내 잘못이 크지.

부모님이 나를 용서하고 감싸주신 것처럼 나 역시 그 넘을 용서할 수밖에 없다.

다시 휴대폰을 하니 감을 잡았는지 말을 떠듬거린다.

나도 떠듬거린다.

"너 오늘 빨리 온나."

"네."

저녁에 이 넘하고 긴 대화를 집근처 호프집에서 거행해 봐야겠다. 그때 가서 난 꼰대의 탈을 벗고 인간 대 인간으로 만나 그 넘 얘기를 들을 참이다.

걱정되는 것은 몇 마디 듣다가 "니 오늘 죽을래, 이 자슥이…." 이 소리 안 튀어 나오도록 난 술을 절제하고 이 넘을 양껏 먹여 속에 있는 부처님 말씀이나 한 번 들어볼란다.

(2001년 5월)

학원생 8명 죽음에 부쳐

아침 신새벽에 어머니께서 전화를 하셨다.

"학원에 불났다 카든데 준홍이는 겐찮나?"

급히 텔레비전을 켜니 8명 사망에 15명이 중화상이란다. 속에서 분노의 불길이 댕긴다. 그 꽃 같은 18~9세의, 이제 피어나려고 하는 여린 목숨들이 불길에 연기 속에서 서서히 생명줄을 놓아버린 것이다.

학원 관계자들을 원망할 생각은 추호도 없다. 스파르타식으로 군대 같은 억압된 환경으로 목숨을 걸지 않으면 안 되는 이 나라 교육현장이 나를 분노케 한다.

역시 그러한 현장을 개혁하지 못하고 방관한 나 자신도 공범의 범주에서 벗어나지 못한다. 지구상 어느 나라에서 대학 가려고 저렇게 한창 피어나고 감수성 예민한 이쁜 우리 자식들을 감방 같은 데 보내 놓고 그것도 모자라 대학 못 가면 인간 취급을 하지 않는 나라가 있느냐.

사실 교육도 시장기능에 맡겨져야 된다고 본다.

시간이 더디 걸리더라도 백년대계인 교육만큼은 정치논리가 아닌 교육 전문가의 손에 의해 자율적인 기능이 부여되어야 한다. 나 자신부터가 혁명이 되어야 한다.

중2인 딸이 저녁에 질문을 한다.

공부하는 이유를 모르겠단다. 반에서 3분의 2는 수업 안 듣고 떠들고 논단다.

그래서 공부는 살아가는 과정이다. 사실 아빠도 공부하면서 그 공부를 실생활에 제대로 써보지도 못했지만 그래도 해야 한다는 말을 하면서 마음 한구석이 아프다.

오늘 아들을 불러 앉혀놓고 분명히 이야기할 것이다.

대학 안 가도 좋다. 너 하고 싶은 게 있으면 그 분야의 학원을 가든지 아니면 세상을 먼저 접해보고 싶으면 아르바이트부터 시작해보라고…….

대학을 가지 아니 해도 충분히 인간으로서 태어난 소임을 다할 수가 있다. 점점 세상이 바뀌어져 가고 있다. 학력의 중

요성이 희석되고 전문가의 시대가 온다.

딸에게 말했다.

네가 학교 과정이 너무 힘들면 다른 방법으로 살 수 있는 방법을 모색해 보자고.

사실 딸은 전교 석차 20위 이내에 들고 심지가 아주 굳은 아이다. 벌써 학교 교육의 부조리를 느낀다.

캐나다처럼 자기가 듣고 싶은 과목을 찾아서 공부 했으면 좋겠다고 하는데 우리나라는 눈 씻고 봐도 그런 기관이 없다.

성적이 떨어지면 어쩌나 하고 걱정하기에 공부가 중요한 게 아니다, 사람 되는 공부가 더 중요하다고 눈높이에 맞춰 설명하다보니 밤 12시가 가까워졌다.

나부터 바뀌어져야 한다.

만일 아들과 딸이 동시에 현재의 교육이 맞지 않다고 하면 더 이상 이런 꽃봉오리를 짓밟는 교육은 나 스스로가 거부하겠다. 그리고 조상이 나에게 준 책무인 자식농사를 위해 어딘들 못 가겠느냐 이 말이다.

숨통이 막히는 교육 현실은 우리 대에서 끝장을 내야 한다. 우리 기성세대들이 못나고 방관한 나머지 피우지도 못한 채 하늘나라로 간 고인들의 명복을 빈다.

(2001년 5월)

부모의 독재에 순응한다

아래 저녁이다.

재수하는 큰아들이 다니는 학원 선생 왈 "제일 땡땡이 잘 치는 삼인방 중에 한 넘이 댁의 아드님입니다. 웬만하면 학원 보내지 마세요."

집사람은 넘어간다. 속에 불이 댕겨 못살겠다고….

해서 이들을 앉혀놓고 다시금 물었다.

"대학 가기 싫음 지금이라도 포기하고 너 하고 싶은 대로 해라. 길게 이러다가 부모 자식 간에 사이만 벌어지고…."

이 넘은 곧 죽어도 대학은 간단다. 참말로 자식 부모 맘대로 안 된다 하던데… 집사람이 다잡는다.

"그러면 너 각서 써라. 그러면 학원 보내준다."

아들 넘은 잔대가리가 엄청 잘 돌아간다. 이리 굴리고 저리 굴리고 하다가 막판에 어찌 할 수 없었는지 개발 세발 쓴다.

각서

1. 아침에 7시30분에는 일어난다.
2. 학원 수업 안 빠진다.
3. 수업 마치고 오후 6시까지 와서 집근처 독서실 간다.
4. 토일 빼고 다른 인간 안 만난다.
5. 잠은 새벽 1시 전까지 자본다.
6. 부모의 독재에 순응한다.

여섯 번째 대목에 기가 막혀 말이 안 나왔다.

부모의 관심과 사랑은 아들 넘한테는 독재로 보이는가 보다. 참 씁쓸하였다. 친구 같은 애비가 되려고 수많은 정성과 자유공간과 뼈저린 내 경험을 얘기했건만 애비의 맘을 전혀 읽지 못한다.

어제 저녁 고기 사주면서 "너 앞으로 소원이 뭐냐?"고 물어보았다.

"돈 많이 벌고 싶다."고 대답한다.

자식 교육 제대로 못시킨 아비의 벌이다. 멋있는 놈으로 키우고 싶다는 내 욕심이 너무 많아 그리 된 걸까.

그러나 사실 난 전혀 아들한테 실망은 아니 한다. 자식이기 이전에 한 인간으로서 제대로 구실을 하기 위한 내면의 갈등을 처절히 하는 고된 인생수업을 하는 것이라 믿고 있다.

언젠가는 부모의 독재가 실로 사랑이었음을 아는 날이 올 것이다. 아무리 그 놈이 부모를 속 썩혀도 비록 육친의 인연을 맺은 이유가 아니라도 나는 아들을 사랑할 수밖에 없다.

(2001년 6월 7일)

큰아들 수능

이른 아침 큰아들 고사장에 내려주고 어미는 안타까운 마음으로 절에 간다. 아들은 어미마음을 알기나 하는지 후배들 응원 고함 소리에 뒤도 안 돌아보고 불쑥 고사장으로 들어간다.

지나보면 이제 인생항로에 겨우 출항 허가 따내는 시작에 불과한데…… 배가 떠나 많은 풍파 맞고 다시 고향 같은 포구로 돌아옴이 얼마나 어려운데…….

어미는 아들이 고생 덜하게 풍파 피하고 안전하게 돌아오길 부처님 전 빌고 비오나 아비인 나는 아들이 첫 관문부터 모진 어려움이 닥쳤으면 한다.

어쩌면 출항허가서를 못 받고 포구에 주저앉아 한동안 세상이 그리 만만치 아니하다는 걸 몸으로 느꼈으면 한다.

이런 제도의 불합리성. 대학가고 좋은 직장과 좋은 혼처를 자기 존재의 가치로 받아들이는 이 세상의 공식에 대해 정면으로 대결하고 충돌했으면 한다.

가급적 헛나이 들기 전에 내면의 존재들과 한판의 충돌을 처절하게 겪고 아비인 나와는 전혀 다른 별종의 인간으로 탈피하여 자기 삶을 온전히 하는 가운데 아비인 나를 경멸할 수 있는 놈이 되어도 좋다.

만일 아들이 삶을 깨우쳐서 그 삶을 통해 빛 가운데서 살아나간다면 어찌 아들 발에 입 맞추지 않으리?

수능시험은 망상이고 부모의 업인 동시에 아들은 충돌의 시작이다.

어미가 부처님 전에 수능 잘 치라고 비는 기도를 나는 다시 되받아 부처님 전에 제발 어렵고 힘들게 하루를 견뎌내고 그 어려움으로 앞으로 남은 날들을 항상 자기 단속과 주변을 자기 몸 마음처럼 따스한 맘을 가진 사람이 됐으면 하고 빈다.

(2001년 10월)

내 아들 넘

죽은 듯이 잠을 자고 있는 아들 얼굴을 본다.

남보다도 1년을 더한 시험을 마치고 오후 3시인데도 잠을 잔다. 공부를 취미삼아 건성으로 한 녀석이다.

머리가 컸다고 무슨 말을 할라치면 다 내 알아서 한단다. 나도 그랬지.

…어릴 적 아버지에 대한 불만을 되새겨 내 자식만큼은 친구 같은 아버지가 되리라 다짐했지만 아들 눈에 비친 나의 모습은 내 눈에 비쳤던 아버지의 못마땅한 모습 이상도 이하도 아니다.

이성적으로는 'MY SON'의 소유격 개념을 버린 지 오래이나 가슴으로는 늘상 소유를 넘어선 자식에 대한 애틋함이 날이 갈수록 더해진다.

불가에선 집착을 끊으라 하지만 어찌 자식과 애비의 지중한 인연을 집착이라 할 수 있으리오.

"니 시험 잘 봤나, 어떻더노? 매스컴에서는 난리던데…?"

평소 자신의 이상이 터프한 넘이라고 해서인지 "그냥 봤어." 한 마디다.

"답을 맞혀 봐야지, 니 대충 맞추어 봤나?"

"친구 좀 만나고 내일 할 거야."

에미는 숨이 넘어간다. 나는 애써 담담함을 가장하고….

"그래, 욕보았다. 조금만 쉬고 함 마차(맞추어)바라."

다음날 새벽 6시에 보무도 당당하게 들어온다. 나도 중생중에 상중생인지라 바로 하드코어적인 음색이 나온다.

"이놈아, 지금이 몇 시고? 이 자석이 할 것 하고 돌아 댕겨야지."

아들이 째려본다.

"엄마한테 말했잖아요, 좀 늦는다고…." 딱 한 마디다.

이 넘이 애비 인내력 테스트하는 건가. 이 모두가 나의 전생 업장이려니 하고 가슴을 쓸어내린다.

한 술 더 떠서 "아빠 인제 운전면허를 따야겠는데…." 운운한다.

그래 따라. 니 맘대로 세상 함 살아봐라. 세상이 그리 만만치 않다는 걸 제발 하루라도 빨리 느꼈으면 하는 바람뿐이다.

어른 말씀에 자식 이기는 부모 없다고 한다. 나 역시 철저히 지고 있는 중이다. 한동안 마냥 내버려둘 참이다.

빠른 시간 안에 아들 놈과 여행을 할 참이다. 쉽게 갈 넘이 아니지만 꼬셔야 된다. 애비의 진국 같은 삶의 처절한 냄새를 맡게 해줄 생각이다.

4/4분기 실적이 좀 나아져 여유가 생긴다면 인도로 아들 넘과 둘이 갈 것이다. 존재계의 모든 모습이 극명하게 묘사된 그곳에 가고 싶다.

깨달음과 생존이 둘이 아니고 삶과 죽음이 일상과 같은 그곳을 그 넘 눈으로 체험한다면 세상이 좀 달라 보일까.

가자고 하면 이 넘 뇌 속에는 여자 친구와 여행가는 걸 꿈꾸고 있을 것이다.

그래도 이 넘 여자 친구보다 애비도 못지않게 너를 사랑하고 있음을 보여주고 싶다.

점점 가을이 스러져가고 있다.

(2001년 11월)

아들의 글을 보고

제목 : 인간 강준홍

간만에 들어와 보니 날 까대는 생명이 많다. 후한이 두렵지 않은가? 두려운가? 금성은 반짝이는데 이 내 몸 쉴 곳 어디리…….

인간 강준홍은 요즘 고민이 많다. 학업, 이성, 돈, 여러 가지로 딜레마에 빠져 있는 가련한 놈이다. 지금 수박을 먹고 있다. 씨를 씹었다. 삼켰다. 혹시 영양이 충만한 내 배에서 수박이 자라는지 걱정하는 소심한 어린애야.

난 멋대가리 없고 싸가지 만땅이구 선배 알기를 x같이 아는 나쁜 놈이에여……용서해 줘여.

제목 : 구라

나의 딜레마 중 요즘 돈이 상당히 나의 인간관계를 악화시켰다.

내 별명이 블랙홀로 바뀌었을 정도니 말이다.

블랙홀 : 무엇이든 들어가면 안 나온다……여기서 내 별명이… 아 짜증나!!!!!!!!!!

아 잘 거다. 나 아무도 건들지 마. 잘 거야…….

진정한 돈오점수를 위하여…… 오늘도 정진하는 강준홍.

[아들 넘 사이트에서 퍼 왔음.]

이 넘 낼모레 수능 치는 녀석인데 어제도 오락하고 있었음.

아내의 천적임. 강아지 테리보다도 말 안 들음.

아침 깨울 때 쳐다보면 낯섦.

동물의 세계에선 부모가 새끼 내치는데 이넘은 지가 스스로 나가려고 환장을 함.

"니 장래 희망이 뭔데…?"

"돈 많이 벌어 떵떵거리며 사는 것."

속으로 '참 잘났다.'

스무 살의 방황은 언제까지…….

(2002년 1월)

대학등록금 4,182,000원

아들 등록금 금액이다. 지금으로부터 딱 20년 전 대학원 등록금 45만 원이 없어 이리 뛰고 저리 뛰던 생각이 난다.

20년 만에 국립과 사립을 비교하더라도 많이도 올랐다. 전화를 건다.

"오늘 등록금 내야 하니 2시 반까지 오너라."

나는 준비할 참이다. 모두 현금으로 바꿔 그 넘 보고 직접 내게 할 참이다. 애비 에미가 피땀 흘려 마련한 돈을 그 넘이 느꼈으면 하는 바람이다.

4년간을 제대로 공부하는 꼴을 못 보았다.

오죽했으면 아내가 문제집 한 권 풀면 2만 원 준다고 했을까. 아내의 재촉에 못 이겨 아들이 공부하고 있는지 독서실에 암행을 몇 번 나갔어도 책상머리에는 늘 책 몇 권만 덩그라니 놓여 있었고 아들은 늘상 그림자조차 없었다.

문을 나서는 허황한 밤은 담배 맛을 좋게 만들었다. 가만히 불러 왜 공부에 손을 놓고 있느냐고 물으니 한참 있다가 '중학교 때는 대충해도 반에서 5등내로는 꼭 들고 졸업할 땐 전교 10등 안에 졸업했는데, 명문이라고 시험 쳐서 들어간 고등학교에서 첫 시험, 두 번째 시험 노력해도 석차가 중간 이하에서 맴돌다가 보니 자포자기 했다.'고 한다.

나 역시 그런 경험이 있다.

고등학교 때 첫 시험을 쳤다. 62명중 54등이었다. 발이 떨리고 아버지 얼굴이 왔다 갔다 한 경험이 있다. 아들 녀석은 3년 내내 등수 첫머리에 4짜리가 대부분이고 3짜는 가물에 콩 나듯 하던 넘이다.

아내는 이런 아들을 보고 가슴을 쓸어내리나 나는 늘 담담했다.

'저 녀석이 그때 내 나이에 비해 내보담 빨리 방황을 하고 있는 거야. 나이 한 살이라도 적을 때 세상의 풍파를 일찍 맞는 게 좋은 거야.'

외줄타기로 아들이 서울 사대문 안에 있는 4년제 대학에 합격했다.

이 넘 실력이 아니라 찍기의 달인만이 할 수 있는 일이다.

부모한테는 비밀로 하고 제 마음대로 찍기를 한 것이다.

이번에 합격을 못하면 증평 37사에 10월 27일, 가수 유승준이가 이제서야 그리 가고 싶어 할 군대를 가야 했다.

에미가 이제 제대로 자리에 앉는다. 애비는 늘상 자리에 앉아 있었지. 아들 넘은 늘 우리 주위를 서성거렸고 애견 테리는 천날만날 냄새를 맡고 다녔다.

이제 정신 차리고 잘할라나?

아래만 하더라도 신발을 짝짝이로 신고 나간 녀석이다. 아침에 같이 나가면서 "너 아래 신발 짝짝이로 신고 나가서 누가 머라고 안 하더나?"

색깔이 하나는 누런 주황색이고 다른 넘은 시커먼 색인데…… 이 녀석 말이 "어 나는 몰랐는데요?" 기가 차게 하는 이 녀석이 내 아들이다.

이젠 그만 엉뚱했으면 좋겠다. 엉덩이가 뚱뚱해서 그런지…….

야튼 거금이다.

(2002년 1월)

딸과 코스프레

딸내미가 어느 날 찍어온 사진을 스캔해 달라고 하여 쳐다보니 만화 같은 복장으로 해괴망측한 사진들이 대부분이라 "이기 머꼬?" 하니 '코스프레'란다.

내가 아는 딸과 다소 거리가 있어 "너 언제부터 이런 거 좋아핸노?" 하니 '좀 되었다'고 한다.

"너거 친구들도 너처럼 다 좋아하나?" 물으니 "아니 울 반에서 나뿐이야."라고 대답한다.

딸은 내가 믿는 구석이 있는지라 더 이상 가타부타 하지는 않았다. 얼마 전에도 여의도에서 또 한답시고 혼자 딸랑거리고 나간다.

우리 시대의 코스프레는 남학생들의 경우 까만 교복 안에 하얀 티를 입고 모자를 세멘 바닥에 긁어 흠집을 내고선 촛농을 흘려 마루청에 비벼 빤짝하게 만들어 빼딱이 쓰고 다니는 그 정도였다.

가스나들도 기껏 해봐야 귀밑머리 몇 센티 길고 짧고 정도거나 아니면 치마길이 조절 정도였다. 자기를 표현하는 방식은 결국 남 흉내로 시작한다. 만화는 상상력을 충족시키는 최고의 볼거리다. 만화를 통해 흉내는 시작된다.

다 그렇지만 나도 무척 만화를 좋아하여 초량 콩마당에 있는 만홧가게에 살다보니 가게 보는 누나가 나보고 카운터를 보게 할 정도였다. 당시 10원 주면 조그마한 표를 4장인가 바꿔주는데 그 표로 한 권씩 보는 재미가 쏠쏠하였다.

나는 내 맘대로 볼 수 있는 특권을 누렸으니 엄마 돈을 얼마나 축을 내었겠는가. 늘 하는 짓은 만화 그리기였다. 지금도 그릴 수 있다. 그림의 재능을 만화를 통해 알게 되었다.

나는 안경을 국민학교 5학년 때부터 끼기 시작했다. 엄마는 늘 하시는 말씀이 "저 노무 손(저 녀석)이 만화를 하도 마니 보아 싸서 눈이 저래 나빠졌다."는 것이었다.

그러나 놀 거리라곤 딱지치기, 다마치기 아니면 다망구인데 나는 별로 몸을 움직여 노는 것엔 취미가 없으니 만화랑 놀 수밖에…….

당시 만화를 통해 사르트르의 단편소설인 〈벽〉도 봤는데 요즘 만화는 거개가 판타지 아니면 폭력물이나 음란물이다.

이러한 요즘의 표현에 대한 자유가 어느 정도 보장되는 시대에 기성세대인 우리는 청소년들이 나쁜 길로 갈 가능성이 많아짐에 다소 걱정을 하지 않을 수 없으나 바꾸어 생각해 보면 일찌감치 내면의 끼를 내보임으로써 자신을 일찍 알 수도 있고 좌절 역시 일치감치 느낌으로써 바른 길을 빨리 알 수도 있을 것이다.

내가 이해가 안 된다고 해서 내 잣대를 기준하여 통제할 생각은 없다.

딸아이가 '코스프레'한다고 이상한 옷을 해 입는 수준은 아직 아니나, 어느 날 딸이 내게 코디네이션을 위해 협조를 요청하면 아내 몰래 해줄 것이다.

딸을 그만큼 믿고 사랑하기 때문이다.

아들에게 아내 몰래 베이스 기타를 사주어 수년째 아내로부터 핍박을 받곤 하지만 아들의 끼를 발굴하는 성과도 올렸다. 할머니도 얼굴에 태극기를 그리는 세상이다.

(2002년 2월)

노가다

노가다 (土方, どかた) : [일본어투] (공사판)노동자

난 노가다를 한 적이 없다. 부모를 잘 만나서 그런 것인지, 아니면 고비마다 적당한 일거리를 조상님 덕에 받아서 그런지 몸으로 때우는 일은 기억이 없다.

아들이 어느 날 새벽 5시에 깨워 달랜다.

어쩐 일이냐고 물으니 노가다를 간단다.

그래 정해진 데는 있어서 가는 거냐고 하니 아니란다.

가끔 매스컴을 통해서 보고 듣던 일용잡부 일자리 얻으려고

모이는 장소에서 서성거리다가 봉고차가 오면 어디 몇 명…
하고 선착순으로 팔려 나가는 그곳으로 간다고 한다.

생전 험한 일을 해보지 않았던 놈이라 적이 걱정은 되었으
나 한편으로는 대견하기도 해서 허락을 한 후 다른 아르바이
트도 많은데 왜 하필 그런 곳이냐고 하니 그 넘 계산은 간단
하다.

일반 시간제 아르바이트는 시간당 평균 2500원, 8시간 일
해야 20,000원이나 노가다는 점심과 새참 주고 일당 70,000
원이고 소개 수수료 8000원과 현장까지 기름 값 2,000원 떼
어주고도 60,000원이 손에 들어온단다.

보내 놓고선 내심 걱정이 되어 중간에 전화를 거니 헉헉댄
다. 어떠냐고 물으니 세상 태어나서 이렇게 힘든 일은 처음이
란다.

그 넘은 나와 달리 퍽 고지식하다. 시키는 대로 곧이곧대로
하는 넘이다.

저녁에 들어오는 넘 형상이 가관이다. 일은 혼자 다한 몰골
이다.

얼굴과 팔뚝은 발갛다. 옷은 흙투성이다. 너무 고단해 밥도
못 먹겠다고 한다. 난 하루 하고 그만둘 줄 알았다. 하루걸러
4번 나가고 와선 내 앞에서 돈을 세고 있다.

돈 세는 표정이 행복해 보인다. 동생 용돈 좀 주어라 하는
소리는 귓전으로 듣고 있다. 제 딴에는 피 같은 돈이니 함부
로 못쓰겠다고 한다.

내 사무실에 와서 전단지를 3시간 나누고 30,000원을 주겠
다고 하니 이놈은 집안의 돈은 그 돈이 그 돈이란다.

무조건 바깥에서 벌어 와야 된다고 하는 아들을 보는 내 모

습은 더위에 한 줄기 시원한 바람을 맞는 듯하다.

젊을 때 고생은 사서라도 해야 한다는 말은 맞는 말씀이다. 나는 나이 38에 처음 고생다운 고생을 맛보았다. 맛보고 난 후 뼈저린 교훈은 나이 한 살이라도 적을 때 고생이라는 예방 주사는 꼭 맞아야 한다는 것이다.

내일 또 새벽에 나간단다.

저러다가 나중에 노가다 십장이 되는 건 아닌지 모르겠다.

(2002년 3월)

✳ 군대 가는 아들과 상중생

내일 3월 17일 아침 6시에 일어나야 합니다.

아들놈이 8시 기차로 논산훈련소로 떠납니다.

따라올 필요가 없다고 어거지를 쓰는 이면에는 여자 친구와 둘만의 시간을 오롯이 가지고 싶다는 뜻이겠지요.

허락된 애비의 도리는 영등포역까지 바래다주는 일입니다.

점심 때 고기를 먹었습니다. 내일 군에 가는 아들 앞에서도 내 마음은 늘상 무미건조 그대로임을 아내는 눈치 채지 못하고 있습니다. 주위에선 부모 마음이 편치않음을 염려하여 예식 순서 같은 위로를 보내나 건성으로 대답만 하고 있습니다.

소주 한 잔에 고기 한 점을 입에 털어 넣으면서 봄비를 고즈넉하게 바라보았습니다.

나의 울대를 통해서 나오는 신호음은 마음과 전혀 다른 책의 목차 같은 주절댐으로 아이와 시공을 오랜만에 함께 나누었습니다.

바라보는 마음 저 아래에서 안타까움 한 올이 소주를 통해 육친의 안쓰러운 감정으로 봄비에 젖어 나옵니다.

그 녀석이 삶에 대해서 진지해야 할 단초를 한 가닥 잡고 나오길 바랄 뿐입니다. 아들의 출가가 비록 자의에 의한 것이 아닐지라도 단절된 시간과 공간으로 인해 자기중심 찾기와 자신 되돌아보기 흉내라도 내었으면 합니다.

애시당초 MY SON 개념을 부정했는지라 별스런 느낌은 없습니다.

그 넘과 나는 시절인연으로 만난 별개의 인격체라는 틀을 만들었음에도 육친의 매듭이 내 생각으로 풀리겠습니까.

평소에 사랑하는 마음으로 늘상 바라보았으니 제 알아서 잘 하겠지요.

세월의 덕택으로 나이가 많아지면 욕심과 구함이 반비례하여 적어져야 좋을 텐데 속아지가 좁아지는 우리들을 봅니다.

화날 일도, 속 터질 일도 조금만 시간의 잣대를 움직여 보면 아무 것도 아님을 안다고 하지만 제대로 그리 마음이 잘 움직여지지 않습니다. 자신이 중생 중에 상중생임을 잘 인정하지 않는 탓도 있을 겁니다.

언제부터인가 상중생의 마음을 가지고 살고 있습니다. 이런 내가 있으니 부처님 말씀이 빛이 나겠지요. 부처의 마음은 부처의 것이고 상중생의 마음은 내 것이라 여기고 따박따박 일상을, 지금 여기를 걸어갈 뿐입니다.

편안하게 풀어내고 즐길 수 있는 중생심에 대해 부처의 마음을 구하고자 하는 양반들이 딴지를 걸어 올지라도 "씨부리지 마라. 마 다 알고 있다." 한 마디로 내칠 수가 있으니 무에 걱정이 있겠습니까.

군대 가는 아들놈은 그 넘 몫이고 애비인 나는 그 넘 덕에 낮에 한가하게 한 잔 술을 걸치고 봄비에 내 마음을 잠시 실어 보았으니 오늘은 좋은 날입니다.

예전 같이 봄비가 마음을 애잔하게 만들지 않으니 이게 나이 탓인가. 빈 마음을 봄꽃이 곧 다독거려줄 겁니다.

(2003년 3월 11일)

잘 지내라, 아들아!

어린애 주먹만 한 딸기를 보면서 왜 저걸 못 먹여 보냈는지…, 어제 오후 1시 10분경 "아빠, 나 인제 들어가." 하는 목소리를 듣고 훈련소에 못 오게 한 너 말을 그대로 곧이들은 아빠가 한심스러웠다. 그래도 갔었어야 했는데.

모퉁이 돌아 네 모습이 안 보일 때 눈물 한 줌 뿌리더라도 또 어정쩡한 손으로나마 흔들어야 했었는데….

이제 오후 6시이니 일과시간은 끝났겠지만 먹먹한 시간을 보내고 있겠구나. 서걱거리는 군복이 낯설 것이다.

항상 지저분한 너 방을 차마 치우지 못했다. 정리정돈과는 거리가 먼 네가 하루를 어떻게 보냈는지… 아마 혼쭐이 나갈 것이다.

아침에사 방을 치우면서 이젠 당분간 치울 일도 없겠거니 생각이 들자 타박하면서 네 방 치울 때가 좋았던 때임을 멀지 않아 느끼겠지.

네가 내 마음에 들어오면 너 메일 주소로 편지 보내마. 보지 못하는 줄 알지만 보내는 작업만으로도 내 마음은 가지런해질 것이다.

관물대 정리할 때 빳빳한 마분지로 내의와 작업복의 귀를 일렬로 맞추었는데 너는 워낙 손놀림이 재바르지 못해 아마 헤매다가 얼차려 좀 받을 것이다.

항상 너 옆에 자던 강아지 테리가 이제 서성거릴 것이다. 냄새나는 네 옆에 누워야 단잠에 빠지는 넘인데… 아마 너를 가장 그 넘이 그리워 할 것이다.

잘 받지도 않던 네 휴대폰은 덕분에 동생 차지가 되었다. 휴대폰 배터리가 그렇게 빨리 달아 없어지는 줄 네가 가고 나서 알게 되니 좋은 걸로 갈아주지 못했음이 마음에 걸린다.

재밌는 얘기 하나 하마.

외할머니가 살았던 함안 영동에 영산 아지매라는 할머니가 계신단다. 그 할머니 남편은 6.25때 전쟁터에서 그만 전사하셨는데 할머니는 청상(靑孀)으로 아이도 없이 지금까지 홀로 사신단다.

그런데 시동생 한 분이 계셨는데 키는 멀쑥하고 착한 마산 아재라는 양반이야. 이 아재가 3년 군대 마치고 취직을 하려니까 제대증이 있어야 하는데 아마 잊어버린 모양이었어.

웃기는 것은 다시 군대를 간 거야, 제대증 받으려고…. 다시 3년을 군대에서 썩고 나와 취직을 했다고 한다.

마산아재에 비해선 너의 고생은 아무 것도 아니다. 마산아재는 한 80개월 했을 거다. 근데 너는 고작 26개월, 그나마 이제 2개월 단축된다고 하니 얼마나 다행스럽냐. 대략 780일 남았는데 이제 하루를 지웠으니 제대날도 하루가 댕겨진 것으로 여겨라.

부모 생각보다는 여자 친구가 더욱 생각날 것이다.

그 다음엔 테리가 생각날 것이고… 아빠 엄마 생각은 심심할 때 한 번씩 해도 괜찮다. 어젯밤 쿰쿰한 모포에 얼굴을 묻으면서 닥친 현실이 꿈이었으면 생각했을 것이다.

더 음습한 느낌은 아침에 눈을 떴을 때일 것이다. 초록색 일색의 단색 물결들 웅성거림 기침소리 달그락 군장 챙기는 소리…… 이제 곧 익숙해질 것이다.

한편으로는 나라에서 너 잘못된 생활 습관과 밤낮이 바뀐 올빼미 습성을 바로 고쳐줄 수 있으니 그나마 위로로 삼는다. 네가 아르바이트할 때 강 실장으로서 땀 흘려 모아 남겨놓은 돈 없어질까 봐 잠이 잘 안 오지? ……걱정 마 임마. 안 쓰고 잘 보관할 테니까.

내가 느끼는 빠른 시간 느낌을 너에게 전송해주면 좋으련만 너의 시계는 이제부터 최대한 천천히 갈 것이다. 거꾸로 매달아도 국방부 시계는 잘 가고 있으니 너무 염려 말아라.

이제 땅거미가 짙어온다. 슬슬 집으로 가야겠다.

네 방에는 이제 아니 들어갈 것이다. 가기 전 날 밤 네가 치던 〈hotel california〉 연주 부분을 들었단다. 제법 많이 늘었더구나.

깊은 밤 치던 네 기타 소리는 애비 잠을 설치게 했지만, 오늘밤엔 그 소리가 나지 않음에 또한 잠을 설칠 것 같구나.
잘 지내라 아들아!

(2003년 3월 16일)

아들 면회

비가 지지리도 지루하게 내린다.

그간 아들 녀석 덕에 땅끝마을까지 갔다 왔더라.

1박2일 짧은 자유를 반납시키고 아들 등을 떠밀어 부대로 복귀시키니 여자 친구 눈 주위가 소낙비다.

땅끝마을은 멀기도 하더라. 여전히 갈매기 날고 파도는 생각 없이 부서지고 오로지 여기가 끝입니다, 하는 입간판만이 외로웠다.

가는 길에 운주사 들러 와불 머리맡에서 눈인사하고 무심한 돌부처만 눈에 담고 오다. 그간 잘 있었니, 인사만 남기고..

백양사가 좋더라… 하늘빛 닮은 호수면 위로 피라미가 햇살 머금은 비늘 빛을 토하고 아래로는 백, 홍, 얼룩무늬 잉어가 한가롭더라.

천성이 돌아 댕기는 바탕이라 보성 차밭을 비 오는 날에 기어이 보고 말았다. 메타세콰이어 훤칠한 키다리 사이로 낮은 포복하여 평화롭게 도열한 차밭 등허리를 눈에 심어 놓느라 몇 번이고 눈을 껌벅였다.

철 이른 해변에는 길 잃은 조각배만 서너 채…… 그 사이로 데리고 간 강아지 테리, 단비가 제철 만난 숭어마냥 뛰논다.

비릿한 갯내음 속에 어머니가 보인다. 보길도를 눈앞에 두고 일 때문에 과속으로 귀향하다.

생즉시고(生卽是苦)!

(2003년 5월 30일)

다시 아들 면회를 다녀와서

지난 금요일 저녁, 다 죽어가는 음성이 나를 바짝 긴장시켰다. 아들에게 연유를 물으니 탱크에서 뛰어내리는데 갑자기 배가 끊어지게 아파 국군병원에 다녀왔다고 한다.

저번 100일 휴가 때도 천식 문제로 부모의 마음을 안타까이 만들더니만 연달아 그넘한테 좋지 않은 일만 생긴다.

바로 군의관한테 연락하니 요로결석으로 추정된다나…….

요로결석이라면 사연이 많다. 어머니가 결석으로 개복 수술을 예닐곱 번이나 하셨고 4형제 중 유독 나만 빼고 동생 셋이 모두 한 번씩은 걸렸던 병이다.

요로결석이 움직이면 그 고통은 산모의 산통보다 더했지 덜하지 않을 정도로 극심하단다. 허나 결석의 움직임이 그치면 거짓말처럼 통증이 가시는 꾀병 같은 병이다.

인터넷을 뒤지니 유전적인 요소도 있다 한다.

괜히 내가 아이한테 병을 물려주었구나 하는 생각에 가슴이 짠하다.

특히 땀을 많이 흘리는 여름에 많이 발생한다고 한다.

일요일 아침 부랴부랴 먹을 것, 필요한 것을 챙기고 북으로, 북으로 근심 반 기대 반으로 마침 오신 장모님과 함께 떠났다. 장모님은 연신 차창 밖의 고추며 깨며 옥수수를 보시며 "아이고 이런 비에도 참 잘 컸다."하시며 눈을 떼지 못하신다.

그리고 보니 들에 벌써 벼가 패어 있었다. 간간히 코스모스도 보이고 가을이 이제 멀지 않음을 느낀다.

초록만이 지천인 부대 앞에 당도하여 면회 신청을 하고 나는 경사진 부대 도로 위쪽을 쳐다보느라 눈이 빠진다. 이윽고 휴가 때보담 더 선이 가팔라진 얼굴과 하얀 안색을 보니 반가움과 안쓰러움이 교차를 한다.

부대 안으로 들어갈 수 있었다. 간부식당에서 전을 펴고 고기랑 복국을 정성들여 장만해 먹여도 먹는 속도가 시나브로이다. 몸이 아프니 고참들에게도 미안하고 또한 사회에서는 거의 아픈 적이 없던 녀석인데 막상 군에서 그러하니 제 놈도 답답한 모양이다.

내가 "후속조치를 하마."라고 하니 "그러지 마시라."고 한다. 스스로 병을 이겨내어 넘들도 다하는 군 생활을 마치고 싶단다. 대견하기도 하지만 걱정도 앞선다.

중대장이 일주일간 대대 의무실에 있게 한 모양이다.

너무 고참들 의식하지 말고 일주일간 푹 쉬고 영 좋지 않으면 아빠가 작업 들어간다고 위로해줘도 못마땅한 얼굴이다. 남자 기질이 많았던 넘이다. 그리고 무척이나 고지식하다.

중대원 고참들 7명도 불러 대접하며 따뜻이 대해줄 것을 애절한 목소리로 아내가 이야기한다. 이넘들은 귓전으로 듣고 먹을 것만 손이 간다. 그래도 면회를 마칠 즈음 아들 안색이 나아진다.

군대가 많이도 좋아졌다. 부대 안을 이곳저곳 구경하다. 초록 과 검정과 카키색만 범벅이다. 내무반은 그래도 근래 지어서 번듯하나 다른 막사들은 내 군대 있을 때 모습 그대로다.

지붕은 박정희 새마을 운동 때 사용하던 슬레이트가 암회색 무거운 자태로 있었다.

잠시 20여 년 전 군 생활이 망막에 스친다.

그래도 아들이 직접 모는 탱크 이모저모를 구경하는 기회를 가졌다. 저 무거운 쇳덩이를 아픈 넘이 쫄병으로 얼마나 힘에 부치게 다루었을까 생각하자 신기함도 사라진다.

조종석은 사람이 움직이지 못할 정도로 협소하다. 여하간 전쟁은 나지 않아야 한다.

만일 휴전선에서 무슨 도발 사태가 있다 하면 아들 대대가 최선봉으로 나가야 한단다. 또한 선임중대이니 맨 앞이란다.

아들을 5시 넘어 들여보내다. 한 번 더 찬찬히 들여다본다. 그 넘의 눈이 깊음을 알 수 있다. 육친의 정과 집 그리움이 그리 깊이 만들었나 보다.

귀로에 아들 덕으로 산정호수를 주마간산하고 이동갈비 배 터지게 잡숫고 도착하니 시계 시침과 분침이 서로 몸을 섞어 12를 가리키고 있었다.

(2003년 8월 13일)

어설픈 아들의 외박

어설픈 아들이 이제 군 생활을 6개월째 하고 있습니다. 토요일에 외박 나온다기에 한달음에 애비가 북으로 날았습니다. 새로 식구가 된 마린(강아지)과 아들 여자 친구를 모시고 가는 걸음은 더딥니다.

제대로 십자드라이버 구멍도 못 맞추는 넘이 K1전차 조종수랍니다. 멋은 있지요. 근데 아직까지 짤리지 않고 25톤이나 나가는 그 큰 탱크를 몬다는 사실은 기적에 가깝습니다.

탱크가 쇠로 만들어져서 다행이지 안 그러면 벌써 부서졌을 것입니다.

얼룩무늬 군복을 입고 쩔래쩔래 나오는 넘을 보면 또한 시름이 잦아듭니다. 얼굴이 구릿빛이고 목소리도 한결 절도가 있습니다.

영양가 있는 걸 먹이려는 애비 마음을 외면하고 짜장면 곱배기와 군만두를 시킵니다.

입 주위가 까맣게 변해도 아들 얼굴은 내 눈에 훤칠하고 보기 좋습니다. 팔뚝을 가만히 쥐어 봅니다. 매끄럽지 못하고 터실터실합니다.

이 넘 목욕하는 거 정말 염소만큼 싫어합니다. 입대 후 처음 사제 목욕탕으로 데리고 갔습니다. 등짝은 개마고원처럼 넓습니다. 때 타월로 미니 밀면 같이 나옵니다. 그것마저도 저를 미소 짓게 합니다.

항상 괜찮다고만 합니다. 가서 많이 아픈 넘인데 그냥 걱정 말라고, 딴 넘들도 다 하는 생활인데 이겨나가겠노라고…… 당연한 사실이지만 애비인 죄로 어찌 좀 편하게 해주마고 쪼그만 목소리를 해야 합니다.

육본 친구한테 말 좀 해주까 하니 펄쩍 뜁니다. 이미 내 품 안에서 성큼 몇 발짝 나간 넘이지만 아직까지도 불민하게 내 품안에서 어그정대기를 바랍니다.

여자 친구 정성이 대단합니다. 조실부모한 처자라 아내와 나는 한때 흰 눈으로 보았더랬습니다. 특히 입시 준비하던 시절 만난 연유로 공부에 매진하지 못한 원인 제공자라는 혐의점을 떨치지 못한 탓도 있습니다.

허나 서로 시절인연이 동해 만난 거라면 애비라도 곱드릴 수밖에 없습니다.

결국 어설픈 넘이 귀대 몇 시간을 앞두고 외박증을 잃어 버렸습니다. 걱정이 아들보다 내가 더합니다. 혹시 얼차려라도 받지 않을까…. 어미도 열심히 알리바이를 만듭니다.

"아들 잘못이 아니고 어미인 제가 호주머니 확인 않은 채 빨래를 하여 없어졌노라."고.

옆에 대자로 뻗어 자는 마린을 제외하곤 모두 걱정을 합니다. 어찌 보면 강아지 마린이 삶을 제대로 살고 있는지도…….

결국 행정반에 연락을 취해 잘 해결하곤 장대비가 까맣게 퍼붓는 부대 안으로 우산도 없이 반납하고 말았습니다. 20여 년 전인 1976년 제 자신이 군인일 때 나의 아버지 마음도 아마 저러하였을 것입니다.

당시 그 마음을 나는 잘 알지 못하였습니다. 마치 이 넘이 내 마음을 잘 알지 못하는 것처럼….

아들을 위한 '열심(熱心)'으로 할 수 있는 일은 세월을 빨리 보내는 일입니다.

다행스럽게 세월은 내 느낌에 광속으로 흘러가고 있습니다. 벌써 추석이 낼모레니까.

(2003년 9월 5일)

아들 초등학교 때의 일기

1993년 6월 6일 -현태야 잘 가-

오늘 현태가 이사 갔다. 난 현태가 갈 때 선물 한 가지를 주었다. 선물은 염주였다. 현태는 나한테 염주를 받고 기뻐했다. 내가 왜 염주를 주었냐 하면 불교를 잊지 말라는 뜻이다. 현태가 차에 탈 때 무척 섭섭했다. 현태와 나는 마지막 인사를 나눈 뒤 현태는 떠났다. 우리 5의2반 친구들은 잊지 말아 주었으면 좋겠다.

8월 29일 -슈퍼 순악질 엄마-

난 도장 찍는 것을 계속 찾았지만 아무데도 없어 엄마께 물어 보았다. 오히려 잔소리를 해대었다. 그리고는 회초리를 들어 나를 두들겨 팼다. 그리고 내 머리를 딱 잡고 잔소리를 하였다. 나는 그때 잔소리만 안 들으면 무슨 일이든 하고 싶었다. 엄마는 전생에 나하고 원수졌나 보다.

1993년 9월 20일 -치사하다 여자들-

오늘 학원에서 내가 애들이 너무 떠드는 바람에 "떠들지 마 짜식들아"라고 하니까 막 머라고 그러면서 송민영은 주먹을 호호 불면서 끝나고 죽는다고 했다. 황기는 선생님 물 뜨는 것을 도와주고 제사 때문에 집에 갈 때 송민영이 오더니 그 손바닥으로 잽싸게 때렸다. 한 마디로 '으악', 그 다음에 주혜진은 주먹으로 어깨를 쎄게 쳤다. 난 어깨를 만지면서 있는데 이은정이 발로 찼다. 두고 봐라, 여자들. 조직의 쓴 맛을 보여 주겠다.

1993년 10월 15일 -공부 잔소리-

난 바로 72시간 뒤에 있을 시험을 생각하고 엄마 잔소리를 들으며 눈물겹게 공부를 했다. 이게 뭐냐? 네 이놈의 자식 이것도 모르냐? 이런 식으로 공부를 했다. 그렇지만 내 생각에는 조금은 매를 들어야 옳은 것 같다. 암튼 이번 시험은 평균

90점을 넘어야겠다.

(2003년 5월)

곤고함……

  언제였던가, 이제 기억도 가물가물하다. 속으로 눈물을 삼킨 적이 그 누가 없으련마는 사람은 망각의 동물이기에 현실의 달콤함과 새콤함으로 곤고함을 쉬 잊어버린다.
  딸아이 유치원 소풍비 35,000원을 마련하지 못하였다, 10여 년 전에…. 아마 놀이동산과 견학이었던가 싶은데 나는 주머니가 비어 있음을 솔직히 고백하지 못하고 다음에도 소풍은 있으니 떡볶기나 먹자고 하였다.
  바알간 떡볶기를 한 점 베어 먹다가 채 삼키지도 못하고 딸아이를 쳐다보았다. 연신 생글거리며 먹던 딸아이가 이제 훌쩍 저절로 잘도 커 주었다. 결국 다 먹지를 못하였다.

  큰놈 아들을 어느 날 내가 판촉 행사하는 현대백화점으로 불렀다. 저 유명한 압구정동의 현대백화점 6층 주방용품 코너 구석배기에 초라하게 상품대를 진열하고 하루 8시간을 늘상 서 있던 곳이다.
  나는 아이에게 떡볶기를 사주마고 지하로 내려갔다. 그런데 이놈이 한사코 안 먹겠다고 떼를 쓴다. 초등학교 5학년 때이니 먹고 싶을 때인데도…….
  이유를 물으니 1인분에 1500원이라는 가격에 주눅이 들어 못 먹겠다는 것이다. 학교 앞에는 500원이란다. 기특하기도

하지만 쪼들리는 생활을 보여주는 아비의 맘 한 구석은 또 무너져 내리고 있었다.

　참으로 곤고한 삶을 대략 5~6년 겪었던 것 같다. 부도, 경매, 독촉, 협박, 연체…… 이런 단어들과 함께 살았다.
　당시 나는 밤을 사랑했다. 적어도 잠자리 시간만큼은 사천왕 같은 단어들로부터 일시 격리될 수 있었으니까.
　아이들의 의연함과 아내의 한결같음으로 나는 좌절을 피부로 느낀 적은 없다. 매일 무어라도 닥치는 대로 하여 돈을 만들었다.
　급한 데 불 끄고 손에 쥐는 돈은 대략 삼만 원… 행복했었다. 삼겹살 1근 4000원 척 호기 있게 지불하고 집으로 향하는 발걸음은 가벼웠다. 술은 집에서만 먹었다. 애들과 둘러앉아 간만에 찰나적인 행복을 밑반찬으로 소주 한 잔 걸치는 지금 여기를 사랑하려고 마음을 다잡았다.

　생즉시고(生卽是苦)라는 경구를 자연스럽게 받아들인다. 곤고함을 피하지 않는다. 곤고함이 우리의 실존이다. 먹먹한 삶의 질곡에서 우리의 나이테는 점점 단단해질 것이다.
마음 살핌의 효과를 보았다.
　"NO PROBLEM!"
　늘 마음에 메시지를 보낸다.
　"LIFE IS NOTHING."
　그렇다. 삶은 아무 것도 아니다.

　지금도 가슴에 납덩이가 주렁주렁 매달려 있다. 고통을 사랑하자라고 하지만 아직은 요원하다. 그러나 그 고통마저 사랑하지 않고서는 행복과 자유를 맛보지 못함을 알고 있다.

곤고함을 친구로 여기자마자 우리는 환희를 맛볼 것이다. 나의 지난날 곤고함은 이제 보석처럼 여겨진다. 내일이 되면 또 다른 곤고함이 나를 노크할 것이다. 버선발로 맞을 마음의 준비는 아직 안 되지만 그래도 문을 빼꼼이 열며 "자네 또 왔는가?" 이렇게 인사할 것이다.

그리고 "다음에 또 오게. 오늘은 내가 너무 피곤하이."라고 점잖게 얘길 할 것이다. 그 넘도 언젠가 알아먹을 것이다. 내 마음을…….

(2003년 12월 3일)

아들의 유격훈련

오늘부터 일주일간 아들의 유격훈련입니다.

북한산 하산 길에 이 녀석이 또 전화가 옵니다. 괴롭다고, 딴 놈들도 얼굴이 노래져 있다고 풀죽은 음성이 애비 귀를 두드립니다.

즉문즉답을 합니다.

"이놈아, 견디야지 우야겐노…."

"아빠 작년엔 모르고 받았는데 이번에는 알고 해야 되니 더 떨리고…."

"전보 쳐 줄까, 할아버지 위독하시다고…."

"그건 좀 그렇지, 그래도 내가 고참인데… 에휴."

"얌마, 아빠가 비가 엄청 마이 오기를 빌어 주께."

"휴… 제일 짜증나는 게 가파른 산을 구보로 올라가는 건데 중간쯤 올라가다가 원위치 해서 오리걸음으로 올라가야 되고, 또 그렇게 하고… 미치겠어. 아빠 말대로 천둥치고 비나 왔으면 좋겠어."

애비가 자식을 그리 산악 구보를 시키겠습니까. 오리걸음을, 또 개스실 뺑뺑이 돌리는 것을… 애비인 나 자신이 이리 유약하고 과보호만 하고 전혀 엄친이 되지 못함을 나라에서 인지하여 대신 시라소니 역할을 합니다. 난 단지 눈만 한 번 질끈 감으면 되니까.

비가 이리도 처연하게 감질나게 오니 되려 새벽 30킬로 행군에 골 때리는 날입니다. 20여 년 전 앞사람 군화 뒤축만 보고 아무 생각 없이 침묵 속의 발자국 소리만 자박자박 들으며 걷던 그 길을 이 녀석 역시 무념무상으로 걸었을 것입니다.

그냥 잘 견디기만을 바래야지요. 그리하여 삶이 그리 만만하지 않다는 것을 다시 한 번 깨우치기를 바랍니다.

또 한 주일이 시작됩니다. 엊저녁엔 전원생활로 돌아가는 구상을 하며 돈 계산하느라 잠을 설쳤습니다. 욕 나오는 악다구니 천민자본주의 중심에 서 있는 자신이 가여워 보입니다. 그래도 살아져야 되는 게 또한 우리네 멍에인 삶입니다.

(2004년 3월 5일)

포상휴가

삼악도에서 탈출을 명받았다고, 아들은 쉬고 갈라진 목소리로 흥분에 들떠서 소대장 핸펀을 빌려서 전화가 온다.

이 넘은 이제 제대 6개월 남은 말년 상병이나 여태 포상휴가의 '포'자도 구경 못한 넘이다. 이 넘이 포상휴가 받을 양으로 얼마나 발버둥을 쳤는지 알 만하다.

태권도 유단자 따면 포상 준다는 대대장 말에 이 넘은 경상도 말로 쌔가 만 바리나 빠지게 2년을 걸쳐 태권도 검은 띠를 땄건만 따고 나니 방침이 바뀌어 도로아미타불이 되고 말았다.

"니가 우째 포상휴가를 다 받노… 욕 봤다."

"아빠, 내가 유격훈련 중 대대장 표창 받았어. 나 하나만 받았지."

목에 힘이 들어간다. 이 녀석이 잔머리라도 굴렸나? 나와 달리 잔머리는 못 굴리는 놈이다. 애비인 나는 두 번의 유격을 잔머리로 빠진 실적이 있다.

"엄지발톱이 잘 빠지잖아… 이 발톱이 유격 중에 빠졌는데…."

이번 유격은 사단장 특별지시로 빡셌던 모양이다. 이 녀석 말로는 3분의 1 정도가 부상 및 탈진으로 의무실 신세를 지거나 열외를 하는데 이 넘이 발톱까지 빠지면서 유격훈련을 수행하는 것을 보고 중대장이 품신을 한 모양이다.

"아빠 내일(날짜로 보면 오늘) 마지막 훈련 받고 40키로 도보 행군하여 부대 들어가면 모레 새벽 4시에 복귀해…. 그리고 7시면 휴가 나가게 돼."

나는 이리 빨리 나올 줄을 몰랐다.

이 넘 편지 글귀마다 집이 많이 생각난다, 집에 가고 싶다고 빠삐용처럼 중얼거린 넘이다.

이 녀석은 군대 가기 전 너무 자유분방하고 생각이 없는 넘처럼 보였다. 품행은 방정맞고 성적은 우스운 넘이었다. 내외는 아들이 군대 가서 욕 좀 보아야 된다고 이 아들 행동이 눈에만 나면 맞장구를 쳤다.

말이 씨가 되어 특전사 다음으로 군기가 빡시고 힘들다는 기갑부대, 그것도 전차 조종수가 되어 있었다. 이 넘 친구들은 집에서 출퇴근하는 너무 심심하다고 하는 넘 투성인데 전방 코앞 훈련만 죽어라고 하는 전방으로 가게 되니 안쓰러운 마음을 숨길 수 없다.

그러나 한편으로는 눈만 꾸욱 감고 잘 견디기만을 바라고 있다.

(2004년 4월 2일)

보석처럼 아름다운…

세상의 자식들은 세상의 부모들에게 그래도 아름다운 보석입니다.

요즘 때때로 이른 아침 6시 30분께는 일어나야 합니다. 사무실에는 9시 반까지 출근하면 되고 차로는 불과 10여 분 거리이나 딸아이를 위해서입니다.

학교가 아닌 학원에 가는 딸아이에게 아침 시간을 단 5분이라도 여유를 줄 양으로 인근 전철역까지 차로 데려다 줍니다.

딸아이는 한 손에는 샌드위치, 다른 손에는 주스를 들고 포르릉 내 차 위로 날아듭니다. 어느 때는 수건으로 머리 말리며 양말을 들고 쌩쌩 차로 뛰어듭니다.

삼년 전에도 아들 녀석을 주야로 학교까지 수년을 데려다 주었습니다.

애비로서 지극정성인 나를 보곤 아내는 이따금 말합니다.

매로 키운 자식이 나중에 더 부모에게 효도한다고, 너무 잘 해 주어도 커서 다 자기 잘난 덕에 그리 된 줄 안다고….

이론적으로는 동감합니다마는 선천적으로 아니 그렇게 생겨먹은 나는 그리 앞뒤 재고 엄하게 또는 계획적으로 아이들한테 접근하지 못합니다.

결혼 전부터 하나의 생각은 아이를 낳으면 그 아이가 나의 몸을 빌려 태어난 인격체이지 내 자식이라는 굴레는 씌우지 않으리라는 것입니다. 그걸 주욱 실천에 옮기는 측면과 또한 나의 아이에 대한 무조건적인 사랑 탓도 있습니다.

문득 이제는 군에 간 지 1년이 넘은 큰아이 생각이 납니다. 고등학교 3년과 재수 1년을 공부와는 담을 쌓고 오로지 일렉트릭 기타와 담배와 여자 친구와 만화책, 무협지로 지낸 넘이었습니다.

자애로운 눈길에 한 번도 응대를 하지 않았던, 두어 번 손찌검에 더욱 냉랭하였던 아들 넘을 보고선 'my son(내 자식)' 개념을 진작 버린 게 잘한 일이라 여겼습니다.

앞으로 뭐가 될 것이냐는 물음에 빵빵하게 살고 싶다는 아들 대답을 듣는 순간, 잘 못 키웠구나 하는 회환에 잠시 머리가 어질하였지만 그 넘 인생은 오로지 그 넘 것이고 아비는 늘 서성대며 걱정만 하는 모양이 내 삶의 이치려니 여기고 있습니다.

세상의 아버지는 늘 자식을 염려하는 눈빛을 아니 가질 수 없습니다.

내 아버지가 그랬고 내 할아버지가 내 아버지에게도 그렇게 하였을 것입니다.

너무 아이들에게 곰살맞게 잘해주는 아버지로 변한 나 자신은 저으기 양육 방식에 문제가 좀 있다 하겠지만 내 아버지가 나에게 전혀 곰살맞게 해주지 않았기 때문에 반사적인 부분이 많을 것입니다.

그래도 나는 내 방식을 수정하지 못합니다. 내 업장(業障)입니다. 그래도 역시 세상의 자식들은 세상의 부모들에게 아름다운 보석입니다.

(2004년 4월 8일)

세상살이와 아들 교육

한가위 명절이 코앞이다.

들뜬 모습은 단연 매스컴이다. 매스컴만 즐겁다. 시장을 둘러보아도, 대형마트를 가보아도 썰렁함이 도처에 묻어 나온다. 살림살이가 최악이다. 백성이 도탄에 빠졌다고 다수의 익명들이 나팔을 불고 있다.

실업률, 자살률, 체감경기지수, 경제성장률, 유가 등등 숫자들이 선무당이 잡은 칼처럼 우리들 뒤통수를 노린다. 위든 아래든 모두가 '제 잘난 이들'뿐이다. 어느 누구 하나 내가 잘못했음이오, 고백하는 종자가 없다.

마하트마 간디가 생전 가장 많이 한 말이 "I WAS WRONG"이었다. 즉 "내가 잘못했다."다. 이제 고백을 할 때다. 알게 모르게 지은 죄업들에 대해 하나둘 밝혀야 혹 꼬인 살림살이가 바로 풀어지지 않더라도 후손들에게는 희망을 줄 수 있을 것이다.

모두들 보이는 것에만 눈길을 모으고 있다.

백성 모두가 아르바이트 아니면 장사치로 나서야 생존을 영위할 수 있다고 믿는 천민자본주의의 눈속임에 놀아나고 있다. 내가 살기 위해 무슨 짓이라도 할 수 있다는 눈빛이 형형한 우리들 이웃에게 연민을 보낸다.

적선공덕, 이타행, 선업 등 보이지 않는 것은 절집과 예배당에서 낮잠을 자고 있다. 어느 누가 나서서 황금을 돌보듯 해야 한다고 가르치는가. 꼬장꼬장했던 남산 딸깍발이 우리 선비님들은 후손을 남기지 않았는가.

불과 수십 년 전 우리에겐 어른이 있었다. 신채호, 김구, 남강 이승훈, 함석헌, 장준하 선생 등…… 그 수하 따르던 이들은 모두 벙어리가 되었는가.

베스트셀러를 보라.

잘 먹고 잘사는 방법, 땅 부자 되는 길, 10년 만에 10억 벌기 등등이다. 모조리 나만 잘 먹고 잘 살기다. 너와 나와의 관계는 이미 상호보완적이기보다는 적대적 경쟁관계다.

이웃이 죽어가도 기득권을 가진 자들은 눈 한 번 꿈적거리지 않고 해외에서 보신을 위해 물 쓰듯 돈을 뿌린다.

니체의 〈짜라투스트라는 이렇게 말했다〉가 베스트셀러가 되길 바라진 않는다. 적어도 인문학에 관련한 보이지 않는 내면의 세계, 우리의 품성과 진실로 잘 사는 사람으로서의 도(道)에 관한 책 한 권 정도는 읽혀져야 하지 않는가.

나 역시 아들 녀석을 잘못 가르쳐 이 넘 목표가 빵빵하게 살고지고다.

제대로 무릎 꿇려 앉히어 교육시켜 본 적도 없지만 한 번씩 글로써 넌지시 내 속내를 내비치곤 한다. 이놈이 하루 빨리 보이는 것에 대한 허망한 환상을 눈치 채기 바란다. 인연의 씨줄 날줄의 이치를 마음에 담아 나 아닌 남을 배려하는 자리이타가 자리 잡기를 바란다.

그리하여 삶이 늘상 아름다운 무지개가 아님을 알아 늘 조신하게 마음을 살펴 삼악도를 헤매는 모두에게 조그마한 무지개 한 빛이라도 보여 주었으면 한다.

이윽고 나는 아무 것도 아님을 깨치기 바란다.

아들이 내일 오면 삼겹살에 소주를 대작할 것이다. 고리타

분한 잔소리를 잘하지 않는 애비이지만 반야심경 독경을 들려줄 것이다.

"색즉시공 공즉시색 수상행시 역부여시 사리자 시제법공상 불생불멸 불구부증……."

하여 마무리를 "가세~ 가세. 바로 가세. 피안의 저 언덕으로 모두 가세." 하는 지혜 후렴구를 합창할 것이다.

착하게 어질게만 살길 바랄 뿐이다.

(2004년 7월)

상장

군대 간 아들 넘의 포상휴가 상장을 보고, 이렇게 상세한 것을 처음 보았기에 썰렁한 내용이지만 글 제목을 '상장'으로 하여 올려 봅니다.

상장

25전차대대 1중대
유격훈련감투 15번 교육생 상병 강 아무개

위자는 '04년 유격훈련 간 평소 발톱이 아팠으나 입소 행군에 임하였고, 행군 간 발톱이 들렸으나 들린 부분을 잘라내고 끝까지 행군을 완주하였고, 이로 인한 유격훈련에 심한 장애가 있었지만 모든 훈련코스를 우수하게 극복하였고 특히 훈련 실시간 다친 발톱의 나머지 부분이 들리자 발톱을 뽑아 던

지고 계속 훈련을 실시하는 등 자신과의 싸움, 적과의 필살의
전투의식으로 훈련에 임하여 불무리 혼과 정예공격 부대 혼
의 표상이 되었기에 이에 상장을 수여함

2004년 9월 23일
제 25전차대대장 중령 이 아무개

딸아이

딸아이가 숨죽여 흐느껴 웁니다.
아무리 달래보아도 말문을 열지 않습니다. 자정 즈음에서야
겨우 말문을 열었습니다. 너무 힘들답니다, 사는 것이…….
자기만 불행하고 남들은 모두 행복해 보인답니다. 천성이
모질지 못하여 남에게 아픔을 내보이지 않으려 함은 물론 남
에게 배려심이 많은 여린 아이입니다.
조금은 걱정했던 부분이었는데 입시를 앞둔 고3이 눈앞이
라 획일적이고 딱딱한 수업과 야간 자율학습으로 그간 스트
레스가 많이 쌓여 제대로 풀어내지를 못하는 모양입니다.
그리고 목표를 높히곰 잡았으나 시험성적은 마음에 들게 나
오지 않고 잘못하면 이 지긋한 입시공부를 1년 더 하여야 한
다는 생각은 끔찍한 모양입니다.
머리는 극복해야 하고 어찌 해야 하고… 하는 생각이 꽉 차
있으나 몸과 가슴은 오랫동안 힘들었던 모양입니다.
새벽 2시가 가까운 시간 나는 딸아이에게 말합니다.
"아빠도 너처럼 세상 일이 마음대로 되지 않아 얼마나 힘 드
는 줄 모르지만, 그래도 웬만큼 이겨내는 것은 네가 바르게

자라고 있기 때문이란다. 네가 있고 엄마 오빠가 있으니 나는 씩씩하게 헤쳐 나간단다. 가족이 평안한 것을 보면 아빠의 어려움이 도리어 밑거름이 되었다는 생각에 늘 흐뭇하단다. 그러나 너는 힘들면 아빠 엄마에게 바로 이야기해야 한다. 너의 기쁨과 아픔을 종알종알 너 입으로 듣는 게 즐거움이고 함께 풀어나가는 것이 재미란다. 그리고 네가 원하는 것은 얼마든지 밀어줄 것이다. 만약 대학 가지 않겠다고 하면 그것마저도 서로 함께 풀어보자꾸나. 김기덕 감독이 어디 대학 나왔니? 초등학교 졸업해도 자기 하고 싶은 일에 한 우물을 파니 저리 훌륭한 사람이 되지 않았니? 그리고 월요일부턴 학원 나가지 마…."

어느새 새근새근 잠을 잡니다.

한참이나 딸아이의 손을 잡고 있었습니다. 입시제도에 대해 할 말이 수미산 같지만 안 하렵니다. 4대 개혁, 행정수도 이전… 그딴 것도 좋지만, 정말 교육환경 문제 이것 빨리 애들 숨쉴 수 있도록 바꾸어야 합니다.

공부하고 싶어 환장한 넘들은 공부하고 아니면 제가 하고 싶은 것 열심히 해도 훌륭한 사회 구성원이 될 수 있는 밑바탕을 기성세대가 만들어야 합니다.

퇴근하여 다시 딸아이의 마음을 토닥거려 주어야 합니다.

애비가 모질지 못하여 혹여 버릇없이 키우는 게 아닌가 싶다가도 최상의 보살핌은 사랑이라고 생각합니다.

기분 전환 시킬 겸 딸아이와 영화를 한편 볼 생각입니다.

〈우리 형〉 아니면 〈슈퍼스타 감사용〉이나 아니면 딸내미 좋아하는 것으로…… 땅콩과 쥐포를 사갈 것입니다. 빠른 시간 내에 딸내미가 수심의 그늘에서 벗어나기를 고대합니다.

(2004년 10월 10일)

딸아이와 푸켓

　지금쯤 딸아이는 혼자 이국땅에서 노을을 바라보고 있을 겁니다.

　세뱃돈을 받아서 뜻 깊게 쓰고 싶다는 게 해외여행이었습니다. 원하던 대학도 아니 되어 의기소침해야 될 터인데 애비가 괜찮다고 하니 덩달아 그런가 보다 하고 아이 얼굴이 밝아졌습니다. 무에 대학이 요즘 세상에 별겁니까.

　사이트를 온데 뒤지고선 218,000원짜리 푸켓 여행지를 발견하고선 가겠다고 하니 호구인 애비는 "그래 갔다 온나."라고 하여 며칠간 들떠 있었습니다.

　바리바리 챙겨 어제 아침 인천공항에 데려다주곤 떡본 김에 제사 지낸다고 아내와 을왕리 해수욕장 아무도 없는 겨울 바다를 설핏 눈에 담고 왔습니다.

　혼자 보내길 주저하는 아내였지만 그래도 혼자 가는 경험을 가지는 것도 좋다 싶었는데 보내고 나니 은근히 걱정이 앞섭니다. 비자카드와 미화 170불, 그리고 약간의 바트화를 꼼꼼히 챙겨주었는데… 그리고 정로환도.

　세상 구경, 짙푸른 바다 구경, 사람 구경 제대로 하고 집 떠난 외로움도 느끼길 바랍니다. 아이들 하고 싶은 대로 다 챙겨주는 수호천사 같은 애비상이 좋지 않다는 사실을 잘 알고 있습니다. 혼자 힘으로 어려운 세상에 맞대어 눈물도 흘려야 된다는 사실도…….

　허나 나는 그리 되질 않습니다.

　아이가 원하는 바를 내 힘 닿는 한 돌보아 주고 싶은 본능을 숨긴다면 세상에 내 할 일 반이 없어지는 듯합니다.

친구 같은 애비이지만 그것이 도리어 독이 될지도 모른다는 사실이 짐작되지만 그것은 그때 가서 또한 사랑으로 대처해 나가야겠지요.

다시 대입 공부를 해야 할 딸아이의 고난을 생각하면 푸켓 보내는 일이 무에 그리 대수겠습니까. 무사히 모레 다녀와선 제 갈 길 잘 챙기기를 바랍니다.

(2004년 12월)

민간인 아들

'살 수가 없다', '썩은 두부', '고구마', '고릴라', '가자 바다로'……아들 락 밴드 동호회 카페에 글 올리는 친구들 아이디다. 아들 넘 아이디는 '가자 바다로'인데 언제나 이 넘을 부르는 호칭은 닭이다. 물어 보았다.

"네가 왜 닭이니? 혹 머리가 나쁘니, 닭대가리라고 하게…."

"아빠는…?" 하며 못마땅하게 쳐다본다.

언젠가 고등학교 때 머리를 감지 않아 위의 머리카락이 닭 벼슬처럼 뾰죽 솟아난 모습을 보곤 보는 넘마다 "어이~닭!" 으로 호칭하게 되었단다.

아침에 이 넘 MP3를 갖고 나와 들으니 의외로 노래가 다 발라드풍이다.

카시오페아나 메가데쓰 등 하드 락만 좋아하는 줄 알았는데 바탕엔 그래도 잔잔한 감성이 있음을 발견한다.

아침에 전화가 온다. 제대증을 받았다고…. 그리고 나와 동갑인 행정관 원사가 아침밥을 사주어 먹고 있다고….

민간인이 된 아들의 벅찬 감동을 나는 고스란히 알고 있다. 1979년 1월 어느 날, 나 역시 개구리복의 진한 감동과 환희에 찬 바깥공기를 맡은 적이 있으니…….

그나마 안도의 마음을 쓸어내린다.

K-1전차 조종수란 직책을 받았다고 하였을 땐 나는 이 넘 괜찮고 폼 나는 군 생활인 줄 알았으나 알고 보니 특전사 다음으로 빵이 치는 곳이라는 전언에 애비로서 은근히 걱정되었다.

또한 몇 년 전 탱크가 다리 아래로 떨어져 몇 넘이 죽고 어쩌고 하는 터에… 천식이 도져가지고 애비 마음을 서늘하게 하였고 뜬금없이 요로결석으로 의무대에 있다는 소식에 아뜩하기도 하였다.

그리곤 말년에 후임 또라이 같은 넘의 소원수리에 영창에 갈지도 모른다는 파발마엔 아무 생각이 없었는데 그래도 무탈하게 오늘 제대를 하게 되니 아무에게나 고마울 따름이다.

양복 한 벌과 구두, 핸드폰, 그리고 엠피3를 사주었다.

말년휴가 때 부모의 사랑을, 그리고 관심을 고작 이러히 표현할 수밖에 없음이 아쉽지만 입가에 미소가 잔잔히 번지는 아들 얼굴을 보면 내 근심의 무게가 덜어짐을 느낀다.

자식을 지극정성으로 챙기는 애비의 모습이 때론 편집증 같아서 마음에 들지 않지만 내가 생겨 먹은 게 이러니 또한 어찌 하겠는가.

내 아들이라고 소유격은 붙이지만 이성적으로는 소유격이 아님을 애써 강조한다. 아들 인생은 오로지 그 넘 몫이고 또한 내가 부지불식간에 자식을 이 골 때리는 지구별에 발을 딛

게 한 책임이 있으니 그 죄업으로 나는 늘 전전긍긍하며 잘
되길 기도할 수밖에 없다.

아들딸이 결혼하여 자식 낳고 잘 먹고 잘살길 바라지 않는
다. 단지 그네들 삶의 존재감을 먼저 맛보았으면 한다.

여행을 하건, 기타를 치건, 방황을 하건 내가 이루지 못한
삶의 진한 편린을 맛보았으면 한다. 이왕 태어났으니 내가 누
구인지 정도는 알아야 본전 생각이 덜 나지 않겠나, 그런 생
각이다.

이제사 봄이 다 왔음을 느낀다.

(2005년 4월 2일)

민간인 아들, 그 후…

제대의 환희도 잠시, 아들은 어설픈 몸짓으로 어눌하게 이
야기한다.

"제대한 맛 하나도 안 나요."

왜냐고 물으니 이렇게 대답한다.

"교수가 외계인같이 알아들을 수 없는 말만 되풀이하니…
하나도 모르겠어요. ㅠㅠ"

제대하기도 전에 미리 복학을 원하여 나오자마자 다니는 터
라 학교 적응 여유기간이 전혀 없었기 때문이고, 또한 그 넘
머리 알고리즘이 기타와 오락 그리고 무대뽀로 5년 이상 꽉
차있었으니 그럴 만도 하다.

교과서 책 제목을 보니 원서다. 항공 유체역학…골 때리는
과목이라는 건 나도 이미 1979년도 복학하여 유체역학, 진동

역학 등을 해보아 익히 알고 있다.

당시 엉덩이에 땀띠가 나도록 공부하여 애비는 A를 받았음을 주지시킨다. 아들 눈이 외로 돌아간다. 도서관에서 밤늦게 공부하다 보니 이 넘 얼굴 제대로 본 적이 겨우 몇 번이다. 넌지시 이바구를 전한다.

"니 전공과목이 마음에 안 들면 다시 재수해서 가든지, 아니면 니 공부시키는 데 들어가는 돈 줄잡아 1년에 한 2000만 원씩 3년 잡고 6000만 원 줄 테니 장사나 사업해 볼래?"

이 넘 대답이 없다.

나이 서른 되기 전까지 나는 아들이 좌충우돌하여 쌍코피가 빨리 터졌으면 한다. 나는 아들이 무엇을 한다고 해도 OK할 준비태세가 되어 있다.

삶의 내공은 결국 누가 많이 일찍 쌍코피를 터뜨리느냐에 있다. 좀은 안쓰러운 마음이 있으나 제 놈 삶은 오로지 제 놈 외에 누가 갈무리할 수 있겠는가.

더 유순해지고 동작은 예전보다 빠르나 말이 어눌하고 어정쩡해 보임은 그대로다. 세상에 나오게 한 나의 책임에 대해 요즘 많이 생각한다.

삶이 이럴 줄 알았으면 나는 혼자 살았을 터이다.

나 하나로써 지구별 족적의 마침표를 찍어야 했다. 대를 이어 어지러운 사바세계에 발을 딛게 하는 것은 아무리 생각해도 도리가 아니다.

아들이나 딸아이도 이 도리를 깨달아 2세를 아니 보았으면 하지만 나의 원죄가 있고 그 넘들 또한 나름의 삶이 있으니 어찌 하겠는가. 산 넘어 산이 사바세계이니 민간인이 좋아 보여도 또한 다른 산인 것이다.

바라기는 아들이 삶의 도리를 나보다 먼저 깨쳐 민간인으로서가 아니라 한 존재자로서 오롯이 적멸지경과 해탈지심을 맛보길 바란다.

당장 내일 "머리 깎고 절에 가겠습니다."라고 말하면 두 말 없이 그 머리를 내가 반가이 잘라 줄 것이다. 나를 매몰차게 말렸던 아버지와는 정반대로…….

(2005년 4월 14일)

프라이드, 기타, 아들

브레이크가 쑥 밀린다. 프라이드가 또 쌈짓돈을 요구한다. 엔진 룸을 열어 본다. 엔진 빼고는 기타 부속을 거지반 다 갈았다. 아직 손 못 본 곳이 브레이크 라이닝이다. 안전에 중요하다고 수리공이 겁을 팍 주니 나는 바로 겁을 자셔야 한다.

"얼만데요?"

"7만 원… 싸게 해서요."

"더 깎아 줘야지, 아님 그냥 폐차시킬 겁니다."

해서 6만 원에 합의를 보았다.

이미 바닥을 훤하게 내보인 통장보다는 카드가 한 수 위다. 돈을 내는 손은 떨리지만 카드 내는 손 사위는 위풍당당이다.

"일시불요?"

"으~음 2달로 해주세요."

이놈의 장사는 바닥을 엉금엉금 긴 지가 오래인데 돈 달라고 벌리는 손은 수천이다. 허나 프라이드 부품을 갈고 나면 기분은 늘 업이 된다. 주~욱 밟아보다가 브레이크를 밟아본다. 기분 좋게 스톱이다.

아들은 여전하다. 입대 전이나 제대 후나.

그래도 숙제한다고, 세미나 준비한답시고 학교서 밤을 몇 번 세운다. 공부를 기타 치듯이 했더라면 아마 서울대나 연고대는 식은 죽 먹기였으리라. 집에서도 일렉트릭 기타를 손에서 놓지 않는다.

"아들아, 니는 장래 희망을 딴따라로 정했느냐?"

"아니옵니다. 그냥 취미이옵니다."

멤버들 중에 이 녀석 혼자만 아직도 잡고 있다, 기타를…….

그래도 책을 일주일에 세 권씩이나 읽는단다.

"무슨 책인데…?"

"무협지요."

이해가 안 간다. 난 저놈 나이 때 그래도 불경, 노자장자, 라즈니쉬, 간디의 사상 서적들을 탐독하였는데 이놈은 아직 만화나 무협지다. 내 유전자가 이 녀석한테서는 변형을 일으켰나 보다.

"소망이 무엇이냐?"

"좋은 회사 취직이요."

나는 당시 누가 소망을 물었다면 "사회사업이나 공부요."라고, 취직은 절대 불가라고…….

너무나 딴판인 이 녀석 아들을 쳐다보면서 "그래도 심성은 착하지."로 마음을 달랜다.

늘 고치고 수리하는 프라이드는 아들 넘이 편히 쓰게 하기 위해서도 아직 가지고 있다. 물론 아내는 늘 내 하는 짓이 못마땅하다. 아이들에게만큼은 너무 도가 지나치게 지극정성을 다하는 모양이 아이들을 버린다는 신념에서다.

나는 그러한 내 모양새를 사랑이라고 정의한다. 너와 나 사이에 사랑이 없으면 타인이다. 역시 자신을 사랑할 수 있어야 남과도 진정한 사랑을 나눌 수 있다.

나 자신이 아직도 한참이나 멀었다는 사실은 익히 알고 있지만, 우선 주변의 내 손 닿는 모든 것을 어여삐 보려고 마음은 다잡고 있다. 당연히 내 마음을 어여삐 여겨 곱드리고 쓰다듬어 '긴장'에서 '이완'으로 모드를 전환해야 한다.

그나저나 언제까지 이리 말만 가지고 노닥거려야 하나. 갈 길이 너무 멀어보인다. 누군가 행동이 따르지 않는 말은 택도 아닌 방송이라 하기에 똥침을 주었다.

다잡아 말이라도 잘 씨부리다 보면 누가 아나, 한 소식 할지…. 말도 잘 못하는 사람들이 남의 말 하는 것 가지고 염병을 하지만 실은 하든가 말든가다.

그나저나 오월이 너무 빨리 가고 있으나 가든지 말든지….

(2005년 5월 30일)

딸아이 수능

딸아이 수능이 내일입니다.

오지 않을 것 같은 날이라고 한여름 즈음 딸아이는 투덜거렸을 겁니다.

지루한 시간들을 독서실과 학원, 그리고 에미 애비의 사랑을 가장한 공부 부추김 속에서 용케 버텨왔음을 대견해 합니다.

아내는 4시 새벽 기도를 가고 나는 그 시간에 코를 골고 잡니다. 절에서 오전 9시에서 11시 사이에 하는 사시예불기도 때 아내는 안방에서 정갈한 정한수와 향을 사르고 금강경 독경삼매에 빠지면 나는 거실에서 비스듬히 모로 누워 TV를 봅니다.

아내는 지극정성이 아이의 수능 성적 향상에 도움이 된다고 강변하나 나는 눈을 흰눈으로 꼬나보며 딴청을 피웁니다.

내 방법은 푹 자고 그 시간 동안에 아이에게 지극정성을 다하는 일뿐입니다.

수능점수가 잘 나오고 못 나오고는 나에게 그리 중요하지 아니한 탓도 있지만 부처님 전에 빌고 팔공산 갓바위에 빌고 스님 축원 한 자락에 안도함으로 인해 아이가 수능을 잘 보리라는 그 어떠한 연결고리를 찾지 못함이 더 큽니다.

다만 내일 이후로 딸아이가 잠시나마 공부지옥에서 나올 수 있는 것만으로도 애비인 나는 기분이 좋습니다. 나의 입시 전략은 간단합니다. 점수에 맞추어 아무 데라도 가면 그만입니다. 그리고 딸아이가 행복해하면 금상첨화입니다.

"머 하고 싶노?"

"으…응 잘 모리겠다, 아빠."

"니 하고 싶은 거 아무거나 해라."

"메이컵, 뷰티… 아이믄 관광가이드, 이런 거 하고 싶은데 다 전문대학이다."

"아빠는 니 가고 싶은데 있으모 전문대학도 괜찮다."

"거기 갈라 했으면 공부 이래 안 했다."

"그러면 조금 괜찮은 대학가고 메이컵 학원 보내줄게."

대화를 엿듣는 강아지 두 마리의 눈이 깊어갑니다.

'수능은 이제 겨우 고단한 인생살이 첫걸음에 불과한데'라고 말하듯 테리가 하품을 합니다. 어찌 되었든 긴장하지 말고 시험 잘 치러내길 바랍니다. 우째 잘 되겠지요….

(2005년 11월 11일)

차량 도난 사건

며칠 전 한밤중에 걸려온 전화 속의 아들 목소리가 잠결에 메아리친다.

"차가 없어져 버렸어요!"

순간 16년이나 된 애마 프라이드가 눈앞을 스치자마자 야밤 공기 가르면서 아들내미가 풀어진 눈으로 허둥대는 곳을 찾아가 사건을 대충 듣고 허탕인 줄 뻔히 알면서 여기저기 몇 군데를 찾으러 다녔다.

더구나 더욱 기가 막힌 것은 이 넘이 아끼던 기타, 그리고 연주할 때 효과음을 내는 고가의 임팩트, 또한 내가 소중하게 아끼는 pmp, 이 넘 공부 열심히 하라고 사준 메이커 가방과 책, 계산기… 이 모든 것이 감쪽같이 사라져 버렸다.

우선 아무리 되짚어 생각해도 폐차 일보 직전인 똥차를 누가 가져가겠는가 하는 점이었다. 또한 키를 차에서 빼고 나와 이 녀석 손에 들려 있었고, 차문도 귀중품 때문에 잠갔고… 귀신이 곡할 노릇이다.

아들 넘은 풀이 죽을 대로 죽었다.

기타는 둘째 치고라도 애비가 아끼는 똥차와 pmp에 대해선 더욱 할 말을 잃고 있었다. 경찰에 신고하고 나서 나는 잊어 버렸다. 잃어버린 사실을…. 그리고 아들한테 전화하여 "너무 걱정마라. 몸 안 다친 것만 해도 어딘데…?" 하고 말하니 아들 넘이 일순 울먹거린다.

우리 집엔 콜롬보 여형사가 계신다.

아내는 타고난 추리력과 분석력의 소유자이시다. 우선 사건의 흐름을 아는 넘의 소행으로 잡는다. 평소 아들 넘을 못마땅하게 여기는 이 넘을 용의선상에 올려놓고 아들을 피해자 신분으로 취조에 들어간다.

"아들아, 혹시 너 기타를 평소에 탐내었던 넘이 있느냐?"

"없사옵니다."

"그러면 혹 근자에 너를 못마땅하게 생각하고 있을 법한… 언 넘이 있느냐?"

"없는데요, 여형사님." '

"단디 생각해 보아라. 너 새로 사귄 여자 친구 주변도 생각해보고….”

"아! 맞습니다. 여친을 파파라치처럼 따라 댕기던 넘이 있다고 하던데…."

"글마다."

다시 사건 현장을 재현하던 아들 넘은 당시 똥차 뒤에 있던 사람에게 물으니 키가 작고 안경 낀 사람이 차를 타고 유턴하여 가는 것을 보았다고….

"여친한테 글마 신상과 인상착의를 물어 보아라."

공교롭게도 대충 일치하였다. 용의자를 좁혀 수사는 가속도를 붙였다. 아들 넘은 이 넘 사는 아파트 지상 지하는 물론 인근 지역까지 샅샅이 찾아보았으나 발견될 리가 없다.

콜롬보 여형사님 왈.

"그 녀석이 바보가? 그런 데 세워 놓게….”

일마 이거를 직접 수사해, 아님 계속 잠복 미행하여 현장을 잡느냐 하는 것으로 콜롬보 여형사인 아내는 장고를 거듭한 끝에… 그 넘 장래도 있으니 아는 형사에게 부탁하여 그냥 겁만 주어 자복케 하는 방향으로 수사 가닥을 잡아 가고 있는데… 전화 한 통이 날아든다.

"프라이드가 장기 주차해 있는데 왜 안 가져갑니까?"

인근 호텔 지배인의 전화였다. 가슴이 쿵쾅거린다. 안에 물건은 다 없어졌을 테고… 차라도 다시 찾으니 다행이야 하며 대낮에 호텔로 들어갔다. 간단히 차주인임을 확인하고 차로 가니 차가 반갑게 웃으며 나를 맞이한다.

얼른 문을 열고 안을 살피니 물건이 거짓말 같이 그대로 있는 게 아닌가.

아들한테 연락하니 흥분된 목소리로 "진짜예요, 그대로 있어요?"를 몇 번 반복한다. 가방을 뒤진 흔적이 있고, pmp를 가동한 흔적… 그 외엔 그대로였다. 훔친 그 넘이 그래도 양심은 있어 호텔 주차장에 세워 놓았기 때문에 그나마 물건도 안전할 수 있었다.

콜롬보 여형사님은 사건 종결을 선언하면서 이렇게 말했다.

"더 이상 글마를 찾지 마라. 그 넘도 아직 젊은 넘이 9급 공무원 시험 준비하며 묵고 살라꼬 지랄하는데 그냥 찾은 걸로 끝내자."

다시 추리를 해보니 여친 독서실 근방에 사는 넘인데 아들 넘이 수시로 키를 차 햇빛가리개 사이로 숨겨 놓는데 이 넘이 어느 날 키를 복사하여 가지고 있다가 그 넘의 연적인 아들 넘을 한 번 엿 먹이려고 시도한 우발적 범행이라고 결론을 내린다.

갑자기 아들 넘과 나는 행복함을 맛본다.

더 얻은 것도 없는 원대 복귀인데도 안도감이 밀려온다. 사실 나는 잃어버리고 나서 바로 차 잃은 사실을 잊어버리고 있었다. 이는 오래 전 나의 반복된 행동습관이 이유다.

20대 후반 나는 잊어버림을 유난히 연습하고 있었다. 불교에 심취한 가운데 비움의 아름다움을 흉내 내려고 의도적인 자기 최면을 걸었었다. 나중엔 버스에 우산을 두고 내려도 금방 두고 내린 사실을 잊어버리고 그러다 보니 후유증은 친구들과 이야기하다 보면, 아니 아내하고도 옛이야기가 나오면 대부분 나는 기억하지 못한다.

이것은 마치 컴퓨터 청소를 하듯, 조각모음을 하듯 항상 메모리와 하드디스크를 거의 매일 비우다 보니 사소한 별 볼일 없는 데이터나 탐진치(貪嗔癡)에 해당하는 자료는 이미 지워지고 없는 것이다.

용량을 충분히 넓혀 놓아야 비로소 삶의 여유를 찾을 수 있을 것이라는 막연한 생각이다. 또한 집착은 모든 근심의 시작이라는 간단한 사실에도 기인한다.

그러나 그리하여도 내 마음 언저리에는 항상 근심의 살얼음이 나를 감시하고 있다. 감시하고 나를 지탱해주는 듯한 이 념을 내가 잠재우는 날 나는 진정 연꽃 같은 웃음을 가질 터인데 아직도 요원하다.

아들이나 차 훔친 그 넘이나 걱정하였던 가족이나 여친, 이 모두가 이 사건으로 삶이 개시허망(皆是虛妄)함을 눈치 채기 바란다.

(2006년 4월 18일)

해삼과 사랑

　문득 해삼이 먹고 싶었습니다. 바다 향이 그득한 해삼을 통해 나 자신을 다독이고 싶었던 게지요. 소주 한 잔이 "어이!" 하며 같이 바다 향을 맡고 싶어 합니다.

　지난 금요일 인터넷으로 1kg를 시켰습니다.

　오늘 도착했다는 택배 아저씨 전화 소리에 퇴근 시간만 하얀 눈으로 쳐다봅니다.

　내 입보다 먼저 해삼을 나만큼 좋아하는 아들딸이 생각났습니다. 그런데 "부모님도 좋아하실 텐데…" 하는 생각은 한참이나 지난 후 나는 것입니다.

　오늘이 그래도 어버이 날인데… 세상 자식들은 나를 포함하여 일정 부분 윗사랑인 효도의 마음이 아래 사랑을 넘질 못합니다.

　내가 해삼을 보고 자식 먼저 생각나듯이 내 부모님도 그러하였을 터인데 나는 잘 기억하지도, 구태여 그러하였음을 생각하지도 않았습니다.

　내가 이러히 자식을 사랑으로 보듬어 안고 내가 못 먹어도 아이들 먼저 먹을 것 챙긴다 하더라도 역시 내 자식도 나처럼 잘 알지 못할 것입니다.

　부모님과 장모님에게 생화 카네이션을 택배로 보내 드렸습니다.

　오늘에사 받으시고 장모님이 딸을 통해 나에게 고맙다는 전갈을 보냅니다. 천부당만부당하신 말씀입니다. 내가 장모님으로부터 받은 사랑을, 그 표현치 아니 해도 넘치는 은근한 사랑을 수십 년 모른 체하고 묵묵히 공으로 받아 왔는데 꽃 나부랭이와 용돈 조금이 어찌 그 내리 사랑을 감당이나 하겠습니까.

큰아이는 사내인지라 다사롭게 나에게 말을 잘 건네지 못합니다.

아래 늦은 저녁 나에게는 모자를, 아내에게는 영양크림을 쑤욱 건네곤 사라집니다. 좋은 말로 속정이 있는 넘이지요. 평소엔 필요할 때 몇 마디만 하는 녀석입니다.

살아가는 데, 이 지루한 일상을 견뎌나가는 데 한 줄기 시원한 바람이 바로 이런 부모 자식 간의 사랑이라고 생각합니다.

앞머리가 시원하게 올라간지라 모자는 나를 십년 정도 젊어 보이게 할 것입니다. 아내는 그 영양크림으로 지인들에게 한 마디 거들 건수가 생겼지요. 아이에게 어느 날 말하였습니다.

"애비인 내가 제일 행복한 일은 네가 잘 되어 너 기분이 좋을 때란다."

그리고 "너는 애비의 이 마음을 헤아리겠느냐?"라고 물었습니다. 아이는 말을 합니다.

"저도 잘 압니다."

하지만 부모인 나만큼 잘 알지는 못할 것입니다.

해삼과 술 몇 잔으로 하루 저녁을 푸근하고 아름답게 보내고 있습니다. 이제 아이들 먹는 모습을 보면 더더욱 마음이 환희심으로 바뀔 것입니다.

충만하고 구족된 삶은 이러히 해삼 몇 점과 부모 자식 간의 인위적인 사랑 챙기는 날로 인해 우리 가까이에서 우리를 위로하고 있습니다. 흔들리는 일상과 나른한 권태 속에서도 자식은 변함없는 보석입니다.

또한 어머니, 아버지는 북극성입니다.

(2007년 5월 8일)

아들의 연수

아들의 연수가 끝나가고 있습니다. 아침 여섯 시에 깨워주어야 하는 부모의 수고로움이 이제사 끝이 납니다.

오늘 마지막 날 장기자랑에 아들 넘의 필살기인 기타 연주를 한다고 밤늦도록 〈love story〉 주제가를 연습하고 또 연습합니다. 도입부에 느린 템포로 가다가 하반부에 빠른 손놀림과 높은 음의 잼(jam) 연주를 나는 좋아합니다.

습도가 높아 몸이 끈적거리고 글 한 자 쓰는 것도 부대낍니다. 부는 바람도 마냥 시원하지 않습니다. 놀고먹는 게 하루 일과인 애비는 꼭두새벽부터 밤늦도록 일에 파김치가 되어오는 아들을 애잔한 마음으로 그냥 바라만 봅니다.

나 역시 저 나이 때 정신없이 사회 초년병 시절 내 아버지도 나를 저으기 연민의 눈으로 안타까이 쳐다만 보았을 것입니다.

어제와 오늘이 늘 같은 구도에 색깔만 조금씩 바래져 가고 있습니다.

삶도 따라서 조금씩 지루해져 가고 있습니다. 글도 따라서 잘 써지지 않습니다. 살아가는 몸짓 살아지는 폼새가 뒤뚱거릴지라도 나를 전적으로 용서해주고 사랑해줄 수 있는 이는 나 자신밖에 없습니다.

진정으로 내 속에 있는 본능에 충실히 살 수 있었으면 합니

다. 늘 언제나 여여하게 여기 지금 있는 그대로 살아지기를
바랍니다.

(2007년 8월 10일)

취업난

딸아이 취업 건으로 10월 달을 마음 조리며 보내고 있습니다.

요즘 알다시피 번듯한 기업에 여대생이 취업하기란 어려운
일입니다. 몇 십 군데를 지원하였는데 서류합격 통보가 없다
가 10월 중순부터 하나둘 1차 관문 통보 연락이 옵니다.

요즘은 대부분 기업이 4단계 시험 절차를 거치게 됩니다. 1
차 서류 면접은 대략 10배수 합격시키고, 2차는 필기 또는 인
적성 시험을 치릅니다. 여기서 5배수를 가려냅니다.

그리고 3차 관문의 경우 은행권은 합숙 면접이고, 다른 기
업은 실무자 면접이 기다립니다. 3배수 정도 뽑고 4차 관문
이 최종으로서 임원 면접입니다. 여기서 2배수 합격한 사람
이 최종으로 가려집니다.

제가 회사 갈 때는 서류 내고 바로 임원 면접, 영어 면접 보
고 간단하게 취업하였는데 요즘 아이들은 피를 말리는 단계
를 거쳐야 제대로 누가 물어도 어디 다닌다고 대답할 만한 회
사에 가게 됩니다. 취업 걱정은 해본 적도 없었는데….

딸아이는 서울 중위권 대학을 갔지요. 그런데 제일 중요한
것이 우선 학교라는 사실입니다.

웬만한 대기업은 모두 서류부터 불합격하였지요.

마침 딸아이가 금융 관련 스펙을 챙기는 바람에 금융권에서

콜이 옵니다.

우선 산업은행, 기업은행, 외환은행, 농협, 하나은행, 서울반도체 서류 통과했습니다. 그리고 2차 관문 통과는 기업은행, 외환은행, 서울반도체, 농협이고 나머지는 기다리고 있습니다.

어제 저녁 손꼽아 기다리던 외환은행 3차 합숙 면접 결과가 나왔고 다행스럽게도 합격하였습니다. 최종 면접을 기다리고 있는 중입니다. 그래도 다행입니다. 결과는 어찌 되겠지요.

야튼 세월은 불쑥 11월을 알립니다. 부쩍 쌀쌀합니다.

매일이 판박이로 똑같음을 감사하게 받아들입니다.

노화의 징조가 몸 곳곳에서 신호를 보내나 무시합니다.

마음은 나이에 맞게 적당히 안온합니다. 늘 아무 생각이 없습니다.

그냥 되는 대로 살기로 합의를 보았습니다. 편안한 시공은 누가 주는 것이 아닙니다. 무조건 자신이 챙겨야 합니다.

(2010년 11월 2일)

딸아이 결혼

어느덧 나이가 60이 넘어가고 그 긴 세월 동안 무얼 했는지 손에 잡히는 건 가족이랑 강아지 세 마리뿐이다.

딸아이가 어느 날 결혼한다고 정구공마냥 깡총대며 일방 통보를 하는 사이, 환갑이 눈앞으로 스쳐 지나가고 전립선이 이상 신호를 보낸다.

다리 힘은 빠지고 이제 우짜다가 안부를 묻고 있는데 서른 몇 해 나를 지극정성으로 시봉하던 공양주 보살은 점점 기세 등등하고 흰 눈으로 째려보니 아뿔싸 눈 둘 곳이 없다.

팬스레 강아지 머리 쓰다듬고 속으로 "니는 좋겠다."를 연신 중얼거린다.

이제 얼마 지나지 않아 딸내미 이불 개는 수고나 "아빠 데려다 줘."라는 기사 소임이나 족욕기 뜨거운 물 채워 갖다 바치는 딸 바보 소임은 없을 것이나 아마 결혼을 하고 나면 이러한 딸 수발이 얼마나 나에게는 큰 위안이었는지 허공을 쳐다보며 되묻지 않겠는가.

공양주 보살인 아내보다도 딸아이와 많이도 친했었다.

미주알고주알 이바구를 엄마보다도 나에게 조잘대었고 문제가 생기면 참새처럼 포르렁거리며 우짜꼬를 재재거렸다. 이런 부녀 사이를 보며 딸 시집보낼 때 아버지가 우시겠다고 하지만 천만의 말씀이다.

이제 사위될 놈을 조지고 교육시켜 딸아이의 시다바리로 맹글어야 한다. 이미 지금 교육중이다. 다행히도 장인의 휴먼이 깔린 카리스마에 납작 엎드리고 있다.

키 크고 인상파인 아들 하나 얻는다고 생각한다. 이래 너스레 떨어도 식장에서 감정이 북받칠 수도 있으니 "인자 내 딸아이다."를 세 번 복창해야겠다.

이러히 세월은 흐르고 깜박 조는 졸음에 무릉도원을 거닐고 있으나 노병사가 코앞에 있으니 어찌 손만 꼼지락거리고 있겠는가.

생사를 넘어서는 본체자리 맛이라도 봐야지. 마음은 파도와 같이 늘 헐떡거리나 마음을 일으키는 바탕자리는 언제나 바다와 같이 여여하니 촌음을 아껴 둘이 아닌 도리를 깨쳐야 되지 않겠는가.

부모미생전 도리에서 보면 애비의 도리나 딸아이의 혼사나 여타 좋은 일, 궂은일은 단지 비눗방울에 잠시 어리는 무지개일 뿐이다.

　그래서 본래 무일물이라고 육조 혜능선사가 이미 설파하셨지….

(2014년 9월 15일)

제3장

부모

산골에는 장모님이 사신다

병풍처럼 둘러쳐진 산, 풋풋한 장작 타는 냄새가 다시 그리워 설날 연휴 말미에 산골을 찾았다. 또한 지난 가을에 갓 태어난 철순이(개 이름) 새끼 강아지 북실이도 얼마나 컸는지 보고 싶었다.

경남 함안군 칠북면 운곡리. 사방이 온통 산이다.

지방 국도에서 빠져 산허리 몇 구비 돌아 겨우 경운기 다닐 정도의 길을 숨차게 오르는데 며칠 전 내린 눈이 녹아 몇 번 비틀거리고 미끄러지며 올라가는 스릴로 치면 동강의 래프팅은 장난이다.

제일 가까운 인가가 걸어서 1시간 정도이며 그 산 7부 능선에 독립가옥 1채가 구름처럼 덩그러니 자리 잡고 있는데 그곳이 내가 친어머니보다 더 아끼고 마음 쓰이는 장모님 사시는 곳이다.

식구는 토종닭 38마리(원래 41마리였는데 3마리는 육보시하고 현재 하늘나라에 있음), 멍멍이 11마리, 고양이 2마리, 그리고 이웃 식구는 사슴, 멧돼지, 오소리 등등… 그리고 장모님과 처남이다.

장모님만 뵈면 평생을 남을 위해 사신 보살님 같은 분이다.

31살에 청상으로 6식구 키우시고 평생을 자식 기도로 사신 분이다.

얼굴엔 주름살이 밭이랑보다 더 깊게 드리웠지만 삶을 늘 받아드리며 참을 인(忍)과 어질 인(仁) 두 글자가 얼굴에 가득하다.

그리고 내 생각으로 친자식보다 사위인 나를 더욱 살갑게 대하시는 모습은 언제나 고향집 모습이다. 그런 장모님을 모시고 있는 산골 자연은 나 자신을 문득 동심으로 순수로 돌려놓기에 충분하다.

그날도 동생 식구들이랑 도착하여 평소에 살생을 무척 꺼려하시나 선선히 장닭 2마리를 좋은 데 가라고 기도하고 배추 밑둥 자르듯 닭목을 치신다.

안사람과 동서는 벌써 아궁이에 콩대로 밑불 지펴 처남이 해놓은 소나무 가지를 태우니 솔향이 산천에 가득하다.

지난해 거둔 어린애 머리만한 고구마를 성질 급하게 넣어 놓으니 겉은 숯검뎅이가 되었으나 반절을 턱 쪼개니 안은 노오란 병아리 색으로 속살이 무척 탐스럽다.

허겁지겁 먹는 아들놈 입가는 시커먼 숯으로 얼룩이 지지만 오랜만에 천진난만한 미소가 입가에 번진다. 닭다리 하나가 개다리만 하다.

두 놈을 넣고 참웃, 은행, 동생이 가져온 녹각을 넣고 3시간을 고는 사이 나는 아들놈과 산으로 향하다.

곳곳에 짐승 발자국들, 나는 꿩들, 옆으로 튀어나가는 사슴(1미터 간격에서 송아지만한 사슴을 직접 목격하였음.)이 지천이다.

숲을 헤치고 자생란을 찾아 얼어붙은 계곡 자그마한 폭포를 기어서 내려가고 손발이 후끈할 즈음 도착하니 그 닭 두 마리는 무쇠 솥에서 한증사우나 한 후 먹음직한 국물과 군침 도는 향기를 토하고 있었다.

어른 9명, 아이들 3명이 먹어도 남을 정도의 양을 장모님이 손수 담은 개복숭아 술로 배 터지게 먹다.

밤하늘의 별이 구름을 뚫고 나와 으스레한 하늘 아래서 억

새풀과 장작더미로 마당에 불을 지피며 담배 한 대 피워 무니 아무 생각이 없어라.

따로 한 마리 잡은 것은 사돈 드리라며 내주신다.

당신이 5개월을 아침저녁으로 먹이고 보초 서시며 키운 분신 같은 놈들이다. 항상 장모님을 떠나며 내가 고작 해드리는 것은 마음이다.

제일로 고마워하시는 라일락 담배 1보루, 그리고 용돈 조금 뿐이다. 내려오는 길에서 본 장모님 계신 산은 당신을 닮아 그리 온전하게 한 치의 의심도 없이 미소를 머금고 있었다.

우리가 모시려고 몇 번 말씀드려도 거기가 좋노라고, 그냥 여기 있는 그대로가 좋노라고 하시는 듯하다.

(2001년 1월 29일)

그때 그 시절 아버지

그 해 여름은 비가 많지 않았다.

철길을 이고 있는 다리 밑 도랑물은 검다 못해 까만 윤기가 나는 어머니 머릿결 색깔이었고 여기저기서 뽀글뽀글 게거품처럼 폭폭거리며 폭죽이 피어나고 있었다.

그 다리를 한 번 건너는 게 일과의 시작이었다. 침목 사이로 보이는 아래는 눈을 어질하게 했지만 다리 후들거리며 껑충 뛰어 지나는 재미 외에는 일상이 지루했다.

시궁창 썩는 냄새가 코를 마비시킬 즈음 다리 옆 조그마한 골방 문을 열면 파~란 하늘색 비닐이 지천으로 널려 있다. 대나무 진내가 내 코를 선선하게 한다.

아버지는 나무 살이 촘촘히 박힌 우산대를 좍 편다. 나는 얼른 하늘색 옷을 냘름 갖다 바치면 일별도 주지 않고 척 받으시곤 인두로 옷을 발가벗긴 대나무살에 정성스럽게 입힌다.

대나무 우산 머리통 째매는 일은 내 차지다. 동그란 상표를 한 장 이름표처럼 붙이고 딱지 크기만 한 비닐을 곱게 싸서 실로 챙챙 묶는다.

비닐 타는 냄새와 시궁창 냄새가 묘하게 조화를 이룬다. 모두 말없이 우산대하고만 이야기를 한다.

어머니께서 무겁게 말문을 여신다.

"비가 좀 와야 될 낀데….."

그때 아버지 눈을 자세히 보진 못했다. 아마 잠시 손을 놓고 소주 한 잔을 털어넣고 싶었던 눈이었을 게다.

손만 부지런하게 움직이는 그 골방은 아버지의 자그마한 사냥터였다. 그 좋은 먹이들이 많던 사냥터는 손수 선선히 내어주고 황량한 그곳을 찾았을 때 그 마음이 어땠는지 그 당시 나는 알지도 못했고 알고 싶지도 않았다.

명색이 법대를 나오시고 천석꾼 아들인데 비닐우산을 만드셨던 아버지. 방학숙제를 채근 받지 않아도 좋았던 나는 아버지를 아무 느낌 없이 바라만 보고 있었다.

어느덧 만든 제품을 8개씩 묶어내는 아비지의 손놀림을 재밌게 바라보는 사이 나는 낑낑대며 대나무 우산더미를 짐자전거에 올려놓는다. 어머니의 한숨은 깊어만 간다.

"너거 아부지는 과자 만들어 팔 때는 비가 너무 많이 와서 다 썩어 뿌리더만 우산장시 할라꼬 항끼네 하늘이 저리 말갛다."

4형제가 오골거리며 자라는데 부모님 마음이 땡볕 하늘처럼 아니 탔겠는가.

아버지께서 납품 나가신 후 나는 조그만 창을 통해 다리 위를 지나는 사람들을 쳐다보는 게 일상이었다.

의도는 간단하다. 더러 다리 밑으로 빠지는 퍼포먼스를 기다리는 것이다. 한 달이면 네댓은 헛디뎌 풍덩 빠지는 진풍경을 놓치지 않으려면 끈기 있게 쳐다만 보고 있었다.

그런 철부지 아이들을 먹여 살리려는 아버지의 손을 이제사 기억을 해내곤 마음이 어둡다. 우산사업은 그리 길게 하시지는 못했다. 지금 생각하니 큰집도 어느 정도 논밭 뙈기가 있었으나 전혀 손을 내밀지 않으셨다.

그 이후로 손을 대신 사업의 개수가 열 손가락 꼽기가 힘들 정도다. 아들인 나도 어느덧 아버지가 가셨던 그 길을 조심스레 걷고 있다.

내 아들 역시 그때 내 모습처럼 나를 그냥 쳐다만 보고 있을 것이다.

이러히 고생하고 있으니 너희들도 열심히 공부해라 하는 소리를 들은 적이 없다. 나 역시 아이들에게 나의 수고로움을 표하지 않는다. 단지 사람답게 튼실히 커나가기를 바랄 뿐이다.

세상의 아버지들은 자식 앞에 자기 몸을 돌보지 않는다. 어르신 말씀 중 "너거들이 다 커봐야 부모님 마음을 안다."라고 하신다. 나 역시 애들에게 한 번씩 하곤 하지만 부질없는 일인 줄 안다.

지인의 아버님이 황망하게 돌아가셨다는 소식을 접했으나 먹고 산다는 핑계로 문상을 가진 못했다.

오늘이 출상일 것이다.

그분 아버님 역시 자식을 위해 한 몸을 불태우시고 세상을 하직하셨을 것이다.

그런 줄 알기에 자식의 슬픔이 더 클 것이다.

아버지 생각이 부쩍 나는 하루다.

(2001년 3월)

장모님 생각

장모님 원래 태어나신 고향은 일본 동경이다.

다섯 살 철모르는 나이에 아버지와 계모 손에 이끌려 한국으로 나와 경남 진례에 사셨는데 그 사셨던 모습을 마른 논바닥 같은 손으로 담배 한 대 깊이 들이키시며 들려주시는 그 산골 밤은 밤 여우소리 마냥 내 마음을 애잔하게 만든다.

그 고사리 같은 손으로 물 긷고 빨래하고 밥하고 하셨으니 말이다. 지난 세월 받으신 구박을 원래 말씀 없으신 분의 절제된 단어 하나하나로 토해 놓으시는데 가슴이 너무 아프다.

그 엄동설한에 너무 추워서 발을 조금 따뜻하고 헤어진 이불 밑으로 넣자마자 계모가 발을 탁 내쳤다고 하니 콩쥐팥쥐 얘기가 실화구나 싶다.

결혼마저 18세 꽃다운 나이에 아버지뻘 되는 종손 집안에 재처로 가는 장모님 마음이 어땠을까. 가서 보니 큰딸이 장모님과 불과 3살차이.

나는 그래서 얼굴도 모르는 장인어른이 무척 섭섭하다.

장인어른은 성격이 불칼 같고 종손집안이라 집안에 쌀이 있는지 아예 신경 끊고 함안의 안씨 문중 일만 흰 도포자락 휘날리면서 보셨단다.

종부로서 장모님은 그 문중에서 당당히 대소사 일을 훌륭히

치른 일은 내가 결혼하여 첫나들이를 갔을 때 동네 사람들이 대하는 태도에서 짐작하고도 남음이 있었다.

장모님의 부처님은 자식들이라 농사꾼이 제일 부러운 게 두 가지가 있는데, 마른 논에 물들어가는 것하고 자식 입에 밥 들어가는 것이라고… 그 자식 입에 배부르게 보리밥이라도 먹이지 못하던 그 마음이 아직도 한으로 남아 계시단다.

장인어른이 장모님 31세 나이에 돌아가시고 청상이 되어 3년 동안을 종부로서 흰 저고리 치마만 입고 논일 밭일을 하시면서 배 아프게 낳은 자식이 아닌 세 딸을 친자식처럼 키우고 큰어머니—장인어른 첫 부인--제사를 장인어른 제사보다도 더 지극정성으로 지내니 그 세 딸이 지금도 장모님에게 지극정성이다.

지금도 전화 많이 하고 용돈도 두둑이 주는 딸이 그 세 딸 중의 하나다.

뒤에 들은 얘긴데, 사위들 중에 민망하게도 내 자랑을 많이 하신단다.

아무리 생각해도 잘해 드린 게 없다.

내가 사업이 망해 집사람이 나하고 같이 공장 지하 사무실에 경리일을 볼 수밖에 없었을 때 흔쾌히 7년 동안이나 우리 살림살이를 해주셨다.

도리어 고생만 시켜드린 것 같아 두해 전 절에서 중국 여행 가는 기회가 있어 내가 주선하여 가시라고 했건만 황소고집으로 안 가셨다.

이유는 "시방 너거가 아직도 째이는데(형편이 어려운데) 내가 무신 맘으로 놀러 댕기겠노. 나는 담배만 있으면 된다." 그리고 끝이다.

산골의 밤은 깊어가고 두런두런 얘기 중에 손마디와 어깨가 아프시다기에 쑥뜸을 인터넷 강의로 설핏 배운 머리 위 백회와 아픈 곳에 놓아드리니 "아이구 시원타." 하신다.

얼마나 뼈골이 아프셨으면 살이 타 들어가는데도 시원하다 하실까. 하산하는 날 장모님은 가장 친한 친구인 석산댁에 가고 싶어 하신다.

석산댁은 나도 몇 번 뵈었는데 대동아전쟁 때 6개월 살았던 남편 잃고 자식도 없이 여태 혼자 사신다고 하니 그 댁네 얘기도 풀어놓으면 인간시대 5부작은 될 터이다.

처남한테 모셔다 드리라고 당부는 잊지 않았지만 그 두 분이 마주앉아 풀어내는 얘기는 부처님 말씀과 진 배 없으리라 생각이 든다.

이 산골에 선선히 오신 것도 막내아들 뒷바라지다.

지금의 장모님 바람은 막내아들 다시금 일어서는 일이다. 처남이 산골에서 엄마의 마른 몸을 의지하고 용심을 내어 하루 빨리 사람구실 하기를 빈다.

부처님 말씀 중 동체대비심(同體大悲心)을 늘 가까이 하려 한다.

(2001년 3월 12일)

어머니 단상

어머니가 잘 생각나지 않았다.

군에 가서도 다른 전우들은 엄마 피붙이 생각에 하늘을 멍하니 보았어도 난 어찌 된 판인지 보고 싶은 생각이 없었다. 기억에 남아 있는 한 어머니 품이 그리운 적이 없었다.

지금도 그러하지만 어머니는 항상 적당한 거리에서 나를 그냥 쳐다보기만 하신다. 생각에 어머니로부터 꾸중이나 칭찬을 들은 기억이 없으므로, 살가운 애정 표현을 받은 적이 없으므로 그리 된 걸까.

어머니는 항상 자기 삶의 공간을 사랑하신 것 같다. 합리적인 사고방식 탓일까, 나를 그냥 내버려둔 당신이다. 옛말에도 내리 사랑이라 했는데….

어머니께서 단 한 번이라도 나에게 금전적이건 다른 도움이건 청한 적이 없다. 경제력이 전무 하신데도 아프리카를 빼놓곤 아버지랑 여행을 즐기신다.

전혀 우리는 모른다. 알리지 않고 출발하는 까닭이다. 그러니 여비 드린 적이 딱 한 번이다. 참고로 우리 집은 넉넉지 못한 집이다. 두 양반 여행비는 주로 중국, 일본 보따리 무역으로 충당하신단다.

아들은 3개국 정도 다녀왔는데 부모님은 줄잡아 20여 개국이다. 놀란 것은 네팔 5600m 산행을 다녀오셨단다.

그리고 일본 후지산을 노부부 둘이서 4번 도전에 무산소로 완등하시고….

걱정이 되어 수술 여러 번 하신 몸이니 건강 유의하시고 되도록 그만 다니시라 말씀드리나 그래도 삶을 즐기시는 모습은 보기가 좋다.

마음이 건강해서 그런지 내일 모레 칠순인데도 흰머리가 한 올도 없으시다. 아들은 막내까지도 흰머리가 보이는데….

사업이 망하여 거리에 앉을 즈음에 처음으로 원조 요청을 하였으나 "돈은 못 밀어준다." 딱 짜르시고 "해봐야 밑 빠진 독이니 들어와 살라."고 하신 분이다.

니가 알아서 일어서라 이 주의다. 그래서 심성이 억쑤로 여린 이놈이 야수로 변했다. 아마 사자 새끼 키우려고 그러하셨는지….

요즈음은 무슨 바람이 불어선지 붓을 가까이 하신다.

사군자를 치더니 담에는 목단 그 후로 몇 개월 지나 집에 가니 8폭 짜리 산수화 병풍을 그리신다. 참 놀랄 일이다.

어머니가 그림에 재능이 있는 줄 까맣게 몰랐다. 하긴 나도 내 아들도 그림에는 재능이 있다는 소릴 들었지만 연합전에 출품하신다고 하루 8시간 그리신다.

다시 생각해보니 내가 자식으로서 맘을 열지 못한 탓도 있으리라.

어쩌하든 어머니는 당신 혼자의 삶을 묵묵히 살아내심으로써 자식들에게 말없는 교훈을 주시는 분이다. 늘 건강하시고 오래 우리 곁에 남아 계시길 바란다.

다음에 고향 갈 때 좋은 먹과 붓과 한지를 보내드리리다.

(2001년 6월 10일)

어버이날에

아침 장모님께 전화를 드리다.

첩첩산골이라 전화선이 개통되지 않아 작년에 핸드폰을 장만해 드렸다. 무선전화 요금이 비싸다는 걸 아시는지라 통화를 매번 짧게 하신다.

"찾아뵙고 인사드리지 못해 죄송합니다. 건강하신지요?"

"오냐 괜찮다. 전번에 감기에 욕 좀 보았지만 마이 나았다."

전화를 걸라치면 통화 성공률이 50%다. 통화 음질도 좋지 않아서 사위와 장모가 악을 쓰면서 일상의 대화를 한다.

장모님이 기거하시는 집은 예전에 축사 관리인들이 쓰던 집으로 그냥 블록으로 대충 지은 집이라 우풍이 대단했다. 방바닥은 쩔쩔 끓는데 머리 부분은 시베리아 벌판이다.

두한족열(頭寒足熱)이 아무리 건강에 좋다고는 하지만 장모님 연세에 물기 다 빠진 몸으로는 감기를 친구 할 수밖에 없다.

너무 가물어서 농사 걱정이 대단하시다. 집 텃밭 500여 평을 혼자 손으로 지천에 깔린 돌들을 솎아내고 갈고 이랑 내어 깨와 고구마를 심었는데 이게 다 자식 목구멍에 시주하시려고 관절 마디 어디 성한 데 없는 그 몸으로 일구었음을 자식들이 알까.

그래서 나는 처남들이 좀 야속하다. 자주 찾아뵙는지를 안 사람에게 물으면 내 생각만큼 잦지는 않는 모양이다.

너무나 편한 어머니라서 그리 대할지 몰라도 나는 처남이 장모님 말씀마따나 '옛날부터 너거 큰처남은 효자라고 소문났다.'고 하지만 좀 더 잘해줬으면 한다.

당연히 사위보다 자식으로부터 용돈 받고 자주 찾아온다는 얘기를 친구한테 해야 장모님 위신이 서고 더 기쁠 것이다.

일전에 동네 할머님들끼리 놀러 가신다 하시기에 돈을 좀 부쳐드리고 전화를 넣으니 어디로 가시는지도 모른다. 놀러 가시는 장소에 대해 관심도 없고 그냥 운전사가 몰고 가는 대로 가면 되지 하신다. 뒤에 들으니 수덕사와 서해대교를 보신 모양이다.

한 번은 여자 팔자에 대해 얘기타가 안사람이 앞니가 벌어지고 치열이 바르지 못하면 팔자가 세다고 하니 장모님은 씩 웃으면서 하시는 말씀이 "야~야 내는 앞니도 가지런하고 반반해도 팔자가 안 수월터라."

친어머니와 장모님은 갑장이시다.

두 분의 살아온 삶이 너무 극적으로 다른 점이 늘상 마음에 남는다.

나의 외조부님은 일본에서 대학을 나와 일제 강점기 당시 금융조합 지점장으로 계셨다고 한다. 찜차도 있었고 늘상 집에는 들어온 선물로 창고가 가득했단다. 그러니 어머니는 그 당시 일제 강점기 때 우리 사형제도 못 간 유치원에 다니셨고 바이올린도 할 정도로 유복했고 학교도 고등학교까지 마치신 분이다.

나중 들으니 어머니 친구들은 대학도 갔는데 계모가 방해를 해서 못 갔다고… 그래도 엄청 유복한 가정에서 지내셨다.

이에 비해 장모님은 친정어머니가 3살 때 일본에서 돌아가시고 아버지가 재가하셨는데 정말 대단한 계모 밑에서 식모 노릇 하면서 소학교 문턱도 못 가본 분이다. 찢어지는 가난을 이유로 아버지뻘 되는 사람에게 팔리듯 시집을 가셨단다.

반면 친어머니는 당시 법대 졸업생인 아버지와 국회의원 주례로 신식 결혼식을 하셨다. 큰집에서 사준 집에 철마다 큰 트럭으로 쌀이랑 김장거리가 어릴 때 집으로 배달되곤 했다.

지난 세월의 무게가 다르니 두 분은 갑장인데도 불구하고 10년 이상 나이 차이가 보여지매 나는 늘 미안스러운 맘이다.

내가 느끼는 바로는 촌에서 자라서 어렵사리 생을 살은 처가 식구들의 정은 내가 일찍이 겪어보지 못한 것이었다. 특히 장모님의 표현치 아니 하는 정은 부처님인들 저리 하실까.

오늘 어버이날을 맞아 장모님의 지나간 세월이 모두의 아픔만이 아니고 이제사 내 맘을 밝히는 촛불이 되었으니 사람을 제대로 사랑하는 법도를 남기시려는 가르침으로 승화되었음을 나는 안다.

지금 이 시간에도 닭장을 둘러보시고 개들 밥 주느라 분주하시리라.

안사람 몸이 좋지 않을 때 오셨기에 이제 저희 집에서 좀 편히 계시라고 간곡히 부탁드렸는데도 거기가 좋노라고 짧게 말씀하신다.

장모님 더욱 건강하사 오래사시라!

(2001년 5월 5일)

장모님과 큰스님

새벽 2시께 전화가 온다. 성불사 큰스님 음성이시다.

직감적으로 새벽기도 오라는 얘기라 생각하고 마음에 준비를 하는데, "애비야, 장모님 뵈러 가야겠다." 하신다.

아래 장모님이 사고를 당하셨다.

다행히 의식은 찾으셨고 이젠 경과가 괜찮은데 큰스님께서 어찌 아시고 전화를 하신다.

"스님, 가까운 거리도 아니고 마산입니다. 그리고 이젠 괜찮으니 안 가셔도 됩니다. 말씀만 들어도 너무 감사합니다."

"아니야. 그런 소리하지 마라. 위치하고 전화번호 알려주렴."

"아닙니다. 제가 스님 찾아뵙겠습니다."

아침 5시에 부랴부랴 절에 찾아가니 안 계신다. 서울 경동 꽃시장에 가셨단다. 장모님 드리려고 가셨다고 생각하니 숨이 막힌다.

마산에 가 있는 안사람에게 급히 연락하여 자초지종을 얘기하니 화들짝 놀란다. 무조건 못 내려오시게 하란다.

장모님이 산골로 올라가신 지 2년이 넘었고 스님을 자주 찾아뵙지 못함에 늘 장모님은 안타까워하셨다. 절에만 가면 스님이 맨 처음 묻는 말이 장모님 안부다.

다시 안사람이 나에게 연락을 하여 거짓으로 오늘 퇴원하니 못 내려오시게 하자고 하여 재차 연락을 드린다.

"스님, 오늘 장모님이 퇴원하시니 안 오셔도 됩니다. 스님도 몸이 불편하신데 그 먼 길을 가시다가 어쩌시려고요?"

"애비야, 나는 장모님이 다치셨다는 소식을 듣고는 염불이 안 돼. …그리고 장모님이 나를 얼마나 끔찍이 생각하시니… 나도 장모님을 또한 얼마나 존경하는데? 사람이 그리하면 못 쓴다. 의리가 있어야 돼. 그리고 장모님이 보고 싶어… 얼마나 아프실까?"

할 말을 잃는다. 가시려고 단단히 마음 잡수신 듯하다.

큰스님 역시 1년에 한두 차례 입원하실 정도로 몸이 건강치 않으시고 또한 연세도 70이 가까운 분이시다. 인천에서 마산이 얼마나 먼데… 가시려는 걸 막으려던 마음을 접어둔다.

연꽃 같은 밝은 마음으로 내 마음이 환해진다. 4500명 신도를 둔 제법 큰 사찰이고 늘 새벽기도에 신도 만나시는 일만으로도 바쁘신 분이다. 10시 반 비행기를 예약해 놓으셨단다.

맞아, 이것이 바로 지극한 시절인연인 것이다. 순간 박복했던 장모님이란 생각이 한순간에 바뀐다. 세상에서 제일 행복한 순간을 오늘 장모님은 맞이할 것이다.

약사여래불을 보실 것이다.

삶을 오로지 이타행(利他行)으로 살아오신 장모님이시다.

하루하루를 원망하는 맘 없이 그냥 주어진 대로 여법하게 살아오신 장모님을 나는 사랑치 않을 수 없다.

큰스님의 사랑을 나는 어찌 보답하겠는가.

나의 게으름과 이기심으로 아침이 무겁다. 장모님과 큰스님의 사랑을 공기처럼 생각한 이놈은 오늘 밥을 굶고 참회기도를 해야 될 것이다. 부디 장모님 쾌차하시라.

(2001년 7월)

부모님 상경

부모님과 백모님이 상경하셨다.

부친은 3년 전 뇌졸중으로 쓰러진 뒤 바깥나들이를 조심해야 함에도 생질녀 결혼식을 핑계로 오셨다. 개찰구에서 차타는 데까지 오시는 걸음은 달팽이 걸음이다.

그리도 건강하시고 불과 4년 전에는 네팔 5000고지를 등정하신 분인데 장남으로서 보기가 너무 안쓰럽다.

뒤에사 원인을 따져보니 부산에서 대형 파이낸스의 사기로 부도났을 때 아버지의 돈 수천만 원이 물려 있었던 모양이다.

나한테도 어머니한테도 알리지 않고 혼자 속을 얼마나 상하셨을까. 연로하신 데다 심화로 뇌경색이 온 모양이다.

다행히 사촌동생이 한의원을 하는지라 응급조치를 취하여 그나마 당신 힘으로 일어서고 식사하고 산책을 조금씩 다니시는 게 천행이다.

"아버지 날 추운데 오지 마시라고 그리 당부 드렸는데…." 하니 나를 보고 조용히 웃기만 하신다. 백모님 역시 허리를 잘 펴지 못하시는 노구이신데 어려운 걸음 하신 모습이 나에게는 참으로 흐뭇하다.

백모님은 어릴 때 큰집에 방학 시작하자마자 대문도 없는 4000평 큰집에 성큼 들어서면 무쇠 솥을 여시다 말고 "부산 호랭이 완나?" 하고 곁눈질을 살갑게 하신 분이다.

큰집의 맏며느리로 평생을 대소사 뒤치다꺼리로 한 치의 빈틈도 없이 사신 분이다. 차속에서 "이제 빨리 가야 될 낀데…" 라고 말씀하신다.

우리는 죽음을 돌아가셨다고 표현한다.

딱 들어맞는 표현이다.

지수화풍으로 빚어져 태어난 그곳으로 다시 돌아감이다. 업장과 인연을 소멸하건, 하지 않건 우리는 한 치의 오차 없이 사라짐을 피할 수 없다. 피할 수 없을 바에는 정면으로 쳐다보고 당당히 맞이해야 한다.

백모님의 얼굴엔 그런 당당함이 서려 있다.

인도에서는 탄생을 애도하고 죽음을 축복한다고 한다.

인생을 고해의 바다라고 했으니 다행히 도를 닦든, 무지렁이로 살든 육체의 형벌 같은 껍데기를 자연스레 벗을 수 있게 배려한 자연의 법칙에 고개를 숙일 수밖엔….

고등학교 때 죽음에 대해 깊이 생각한 나머지 불쑥 부친에게 "입산하여 스님이 되겠다."고 하다가 뒈지게 꾸지람을 들었다. 그 당시 삶과 죽음에 대해 뭔가 답을 스스로 찾지 않으면 하루를 견디기가 힘들었던 심약한 자신이었다.

이젠 삶과 죽음이 나에겐 일상 같은 것이다.

장례식에 가더라도 낯설지 않고 속으로 축복하고 나온다. 현존이 미래 부존재함에 대한 느낌은 아무 것도 없다.

다만 고해의 바다 위로 그냥 떠다니다가 물결에 내맡기어 삶이 끝나는 자락에 피안의 해변에 닿았으면 하지만 너무나 큰 욕심인줄 안다.

부친이, 백모님이 삶을 놓아버리는 날, 나는 고인이 피안으로 당도하길 축수할 뿐이다. 슬퍼하거나 애통할 일이 아니고 천도만 빌 뿐이다.

퇴근길에 백세주 한 병과 회를 사갈 참이다.

물론 부친 병환에 술이 안 좋은 줄 너무나 잘 알지만 나는 장남이 따라주는 술 한 잔에 아버지의 환하고 붉어진 여래 같은 모습을 보고 싶고 아버지 또한 고해 바다에서 떠다니는 통나무 잡은 듯이 잠시 기쁜 마음이 들 터이니 어찌 아니 권할 수 있으리오.

그리하여 영화 〈뿌리〉에 나오는 조상의 내력을 부친의 생생한 음성으로 다시 들을 터이다.

(2001년 11월)

모피와 장모님

요즘도 가끔 사무실로 허름한 복장에 스티로폼 박스를 들고 와선 납품하다가 하나 남은 거라고 하며 갈치 한 상자를 시중 가격의 반에 사라고 은근히 부추긴다.

물론 생선도 별 좋아하지 않지만 대부분 그냥 보낸다. 하지만 전철에서 1000원짜리는 몇 번 산 경험이 있다. 1000원의 가벼움과 또한 그 물건의 효용이 궁금하기 때문이다.

대부분 아내는 탐탁찮게 생각한다. 싼 게 비지떡이라는 말이 있듯이…. 그래도 중고나 싼 물건 중에 보석을 간간히 발견하기도 한다.

코엑스에 사무실을 두고 있을 때 일이다.

주차장에 차를 세우고 있는데 잠바 입은 인간이 와서는 모피 반코트가 수출하다가 몇 벌 남았는데 차비에 보태 쓰려고 하니 좋은 값에 사라고 한다. 데면데면하고 지나치려 하니 물건만 한 번 보랜다.

옆 눈으로 보니 검은 윤기가 자르르 흐르는 모피같이 생긴 넘이다. "얼마요?" 물으니 시중가격은 150에서 200만 원 호가하는데 그냥 50만 원에 사란다.

속으로 '골이 비었나? 일반 코트 동대문시장 가면 5만 원만 주면 골라서 입는데….' 그 당시 사업이 여의치 않아 포켓에는 1~2만 원이 고작이었다.

"별 생각 없소. 너무 비싸요."

이렇게 대꾸하고 돌아서니 계속 가격이 내려간다. 호기심이 발동하여 얼마까지 내려가나 싶어 흥정을 붙였다.

급기야 10만 원까지 내려가는 것이다. 순간 집에서 살림 돌봐주시는 장모님이 생각났다. 그래 사위가 되어서 이런 선물 못해 드리랴 싶어 사무실로 가서 돈을 꿔 사고 말았다.

대금을 치르기 전 털 몇 가닥을 뽑아 태워보았다. 내 머리털 타는 냄새와 비슷했다. 다시 아저씨한테 다짐했다.

"아저씨, 이거 진짜 맞지요?"

물을 걸 물어야지, 빤한 대답이 찰떡 같이 나온다.

"아이고 아저씨, 대명천지 요새 누가 가짜들고 설칩니까. 확실합니다."

집으로 가는 걸음이 무척 가벼웠다.

아내와 장모님 앞에 턱 펼쳐 놓으니 아내 왈, "이거 10만 원 같으면 무조건 가짜요. 단디 알아보고 내한테라도 전화하고 사지." 하며 곱지 않은 시선을 보낸다.

사실 나는 사전 아무런 알림 없이 턱 내놓으면 받는 사람 기쁨이 배가할 거다 생각했는데. 모피코트를 판 아저씨처럼 게거품을 물고 진짜임을 읍소해야 했다.

그 이후 모피코트를 입고 다니는 사람 옷을 유난히 쳐다보았다.

가까이서는 분간이 가지 않으나 멀리서 보니 10만 원짜리와 기백만 원짜리의 차이는 확연히 있었다. 내가 산 모피는 비루먹은 넘 가죽을 베껴 만들었는지 털이 차분하지 않고 불규칙적이고 윤기가 덜했다.

자위하기 시작했다.

'그래도 명색이 모피인데 그냥 10만 원인데….'

장모님은 무척 기뻐하시는 빛이 역력했다.

절반은 성공이었다.

벌써 6년 전 이야기다.

요즘도 날씨가 추우면 맨 먼저 입고 나가시는 게 그 모피코트다.

장모님 왈, "강서방, 이거 입고 눈밭에 구불어도 안 춥겠다. 엄청시리 따시다." 비록 정품은 아니나 장모님이 저리도 따시다 하시니 10만 원을 지불하고 10배의 효용을 얻은 듯하다.

올해가 장모님 칠순이다.

잔치상 안 받겠노라고 벌써부터 말씀하신다.

"너거가 작년에 틀니 해준 거로 잔치한 걸로 하자." 하신다.

아내와 의논하여 사위, 아들딸들이 십시일반 갹출하여 올해 중으로 장모님 해외여행을 계획한다. 손사래를 치실 게 빤하지만 강행할 것이다.

지금은 산골에 계신다.

(2001년 12월)

장모님 칠순

3월 6일은 장모님 칠순이다.

한 달 전부터 나는 개인적으로 칠순을 좀 거하게 채려드릴 요량으로 여기저기 사이트를 통해 장소를 물색 중이었다.

우선 부산에서도 이름이 있는 허심청 뷔페에서 장모님 아시는 이들을 모두 초청하여 딸 아들 이러히 잘 키워놓았다는 호사를 좀 부리게 하고 싶었고, 또한 한 번도 가시지 못한 해외여행을 계획하였다.

그리고 장모님 새 옷 한 벌 우리가 해 드리자고 아내에게 제안도 해두었다.

그런데 며칠 전 저녁 아내가 '어머니가 가장 필요한 게 뭐겠냐?'고 하면서 행사비용을 최소로 하고 차라리 돈으로 드리는 게 나으니 그리하잰다.

나는 당연 반대를 했다.

장모님 수중에 돈이 필요는 하겠지만 결국 그 돈이 당신을 위해 쓰여질 가능성은 거의 없고 보나마나 막내처남이 어려운지라 아들에게로 들어갈 게 빤하게 보였기 때문이다.

장모님은 워낙 자신을 내세우는 법이 없고 평생 양보만 하고 자식들 위한 일념만 가지고 사신 분이라 "어떻게 할까요?" 물어도 말씀이 없으시다.

딸네들끼리 한참 전화 주고받고 하더니 집에서 음식 장만하고 식구들끼리 조촐하게 하는 걸로 결론이 모여 간다.

나는 성질을 내어 아내에게 말했다.

"어머니가 워낙 자식들에게 양보만 하고 잘해주다 보니 아들딸들이 어머님 고마운 줄 모르는 모양 아니냐. 노인네들이 가장 기뻐하는 일은 친척들이나 동네 사람들에게 자식 사랑하는 일이 으뜸이다. 이참에 함안 영동 할머니들 모두 불러서 잔치하자. 만일 집에서 그리 하려면 난 안 간다. 너거끼리 해라."

나는 객관적으로 친자식보다 장모님의 살아온 질곡의 삶을 피부로 느끼고 있다. 늘 생각에 '복이 없어도 저리 지지리도 없을까…?'

친어머니와 살아온 삶이 너무도 판이하게 어려웠기에 아내의 어머니 이전에 한 사람으로서 그 헤쳐 온 장모님의 당당한 삶을 사랑하기 때문이다.

속내를 드러내시지 않아 짐작만 하지만 조금이라도 섭섭한 마음을 가지면 어쩔까 맘이 안쓰럽다. 혹자가 보면 아내가 얼마나 좋으면 장모님을 저렇게 생각할까 하지만 그렇지 않다.

나의 장모님에 대한 마음은 아내와는 전혀 별개다. 한 사람의 인간으로서 나는 장모님을 소중히 여긴다.

오늘 부산으로 향하면서 내가 부산 내려옴을 걱정하신다.

"일이 바쁠 낀데… 자네 여차하면 안 내려와도 된다." 하시지만 나는 그 말씀 밑자락에 '자네는 꼭 와야 되네.' 하는 메시지를 읽는다.

아들이 즐겨 피우시는 라일락 한 보루를 사다 드린 모양이다. 흐뭇해하신다.

아직 나는 속이 상한다. 도착하면 장모님 칠순 준비에 당신이 또 거들어야 하는 수고를 왜 아들딸들이 모르는가.

단지 내가 해야 될 일은 돈이라도 신권으로 드릴 수밖에 없다.

(2002년 3월)

아버지와 사랑

아버지 손등은 수액이 이제 다 빠져버린 잎새 같았다.

개여울 가의 가장자리 바닥 파랑이 만들어낸 잔금처럼 무늬가 선명했다.

가만히 손을 잡아 본다. 촉감은 벨벳처럼 부드럽다. 지그시 나를 쳐다보는 눈은 보고픔으로 가득 차 있었다.

석 달 전 뵈었을 때보다 더 가벼워 보임이 못내 속상하다.

"아버지, 괜찮으세요. 저번 안 좋으실 때 바로 못 찾아뵈어 죄송합니다."

"괜찮다."

딱 한 마디 하시곤 입을 다무신다. 어깨 팔이라도 주물러 드렸어야 할 터인데 워낙 부자지간에 할 말만 하고 온 세월이라 간단치는 않다.

장남이라 나를 무척이나 괴었을 텐데 제대로 부모님을 즐겁게 해드린 기억이 가물가물하다. 애써 '그래도 큰 걱정 끼치지 않았으니…' 자위해도 마음은 가볍지 않다.

어제 저녁 늦게 아들이 문을 불쑥 연다.

이 녀석은 부부 방을 언제나 노크도 없이 알현하는 넘이다. 손에 자그마한 꽃바구니가 들려져 있다. 제 딴에는 우리에게 빨리 전해주고 싶었던 게다.

어버이날 바라지도 않던 꽃을 보니 아들 넘에 대한 걱정의 무게가 살푼 가벼워진다. 장모님은 그냥 전화로 안부 드린다.

부산으로 갔을 때 뵈어야 되었으나 바쁘다는 핑계로 그러지 못했다. 허나 평소 사위 아끼는 마음처럼 장모님을 나도 그리 생각하니 이해하시리라.

굳이 아버지께선 일광을 고집하셨다.

몸이 불편하시니 본가에서 가까운 식당으로 가시자고 해도 한사코 고집하셨다. 나는 그 이유를 알고 있다. 아버지께서 교육공무원으로 재직하실 때 좌천 일광 월내 인근에서 젊은 시절을 보내신 까닭이다.

이제 삶의 끝자락에서 푸른 솔처럼 젊었을 그때를 추억하고 싶었던 것이다. 흔쾌히 동생들과 나서는 차 안에서 아버지는 가벼운 흥분이 입가에 묻어 나온다.

그 당시 교육공무원이었지만 세금도 거두러 다니셨다고 회상하신다. 당시의 인심을 지금도 흐뭇해하신다.

입맛이 예전 같지 않다고 걱정인 어머니의 근심을 단번에 없애버린다.

오리고기가 풍에 좋다는 이야기를 들은지라 음식점을 그리로 정하였다. 상추쌈에 아버지는 참 맛있게도 드셨다.

당연히 술과 담배는 아버지 병환에 좋지 않다는 것을 알지만 가지고 간 오가피 술을 권했다. 두세 잔을 들이키고선 "너거들이 이래 모여 한 자리서 먹으니 참 좋다."

말씀 끝에 눈가에 눈물이 고여 있음을 나는 보았다. 내 손을 가만히 쥔다. 언어 장애가 있는 탓에 말수가 부쩍 주셨다.

"내가 저번에 못 일어나서 누웠을 때 자살까지도 생각했다."

아버지 마음을 안다.

우리들에게 짐이 되지 않으시려는 마음이 앞서신 탓이다. 순간 형용치 못할 슬픔이 가슴을 저민다.

"너거 엄마가 참 욕봤다. 내가 참 고맙다, 너거 엄마한테."

어머니에게 표현을 거의 하시지 않으셨던 분인데…. 어머니를 바라보시는 눈이 사랑으로 가득 차 있음을 느낀다.

일순 혹 가실 때가 다 되어서 저리 표현하시는 게 아닌가 하는 망상이 얼핏 들었으나 얼른 고개를 흔든다.

육친의 정이 어찌 언설로 가늠이 되겠는가.

자식을 키워보니 원망보다는 안타까움이 많다.

그 사랑이 어찌 종교나 이성 간의 사랑에 비할 수 있겠는가.

나에게 그간 잘해 주지 못했다고 느끼시는 아버지의 안타까움을 이미 알고 있다. 사랑인 것이다. 그 사랑으로 나는 자식을 또 사랑할 것이다.

비록 자식이 못나게 크더라도 어긋나면 날수록 안타까움은 더 큰 사랑으로 변할 것이다. 그리하여 몸은 사라지더라도 부모님 사랑으로 전생 현생 다음 생이 여일함을 깨칠 것이다.

건강하시기를 늘 기도드릴 수밖에 없음이 또한 안타깝다.

(2002년 5월)

산골에는 장모님이 아니 계신다

산골에서 이제 머리에 수건을 살푼 동여맨 장모님 모습은 보지 못할 듯하다. 해발 400고지까지 개발의 마수가 뻗친다. 골프장을 건설한단다.

사위를 삥 둘러봐도 산의 적막만이 병풍처럼 포근하고 뻥 뚫린 밤하늘에는 별들이 보석처럼 쏟아지던 곳이다.

졸지에 처남은 4년여 공들여 일군 삶의 터전을 힘없이 내놓아야 했다.

밤나무가 지천으로 널려있고 갓 캔 고구마의 발가스럼함이 푸근했던 곳이다. 작년 구정 때 장작불 속에서 익힌 고구마 맛을 잊지 못한다. 껍질은 온통 숯검뎅이나 반을 턱 쪼개면 노오란 병아리 색깔의 고구마가 침샘을 자극했다.

놓아먹인 토종닭을 천도제 지낸 다음 가마솥에서 푹 고와 기름이 동동 뜨던 국물을 이제는 볼 수가 없다.

개를 키웠었다.

개 값이 월드컵을 계기로 똥값이 되어버린 후 장모님은 늘 마음이 불편하였다. 막내처남은 지지리도 장모님 전생 업장을 각인시키려는 양 애도 많이 먹였다. 40이 넘은 나이에 마지막으로 밑바닥서부터 재기하려는 꿈이 깨지면서 장모님의 두통은 훨씬 심해지고 있었다.

지난여름에 수해로 그나마 몇 마리 있던 개들이 떠내려가고 안타까움으로 장모님이 또한 얼마나 가슴을 쓸어내렸을까. 해서 여름에는 장모님 생각에 돈을 처남에게 보냈다.

마침 산 아래 축사로 쓰던 건물을 임차하여 다시 집을 짓는다고 한다.

참 기가 찰 노릇이다. 처남 내외가 남의 손 빌리지 않고 주위에서 버리는 자재들을 주워 모아 써까래를 올리고 방을 놓는단다. 지켜보는 장모님의 속이 아마 숯검뎅일 것이다.

아내에게 동기간에 누가 좀 도와주는지를 물으니 하도 애를 많이도 먹인 처남이라 다들 강 건너 불구경이란다.
아내에게 "남도 돕는데 친동기간의 어려운 일은 의당 도와야 도리이니 언니랑 오빠한테 얘기해라." 해도 "저것들 알아서 해야지 우째 이야기하노?"라고 말꼬리를 흐린다.

나도 처남 때문에 곤경 당한 적이 있으나 지금 당장 저리 헤매고 있는 마당에 자꾸 장모님이 눈에 밟힌다. 해서 엊저녁에 다시 돈 좀 보내라고 하니 아내의 표정이 밝아진다.

한편으로는 큰처남이 못마땅하다.

물론 처남댁의 눈치를 보아야 하나 미워도 동생이고 엄마 자식인데… 그래도 큰처남이 예전에 효자라고 소문났다는 장모님 말씀에 힘이 없어 보인다.

물이 참 맑고 청정하던 곳이었다.

개밥을 큰솥에 끓이면 고양이와 새끼 강아지 열 마리가 삥 둘러 군침을 삼키며 지켜보았고 어미 개는 자기 밥을 다 먹지 않고 입에 머금고 있다가 새끼가 오면 뱉어 먹이는 아름다운 곳이었다. 줄에 늘 매여 있는 어미 개가 측은했던지 온몸이 까만 새끼 두 마리는 부지런히 먹을 걸 어미한테 날라다 주고 선 어미가 맛있게 먹는 모습을 쳐다보던 곳이었다.

땅거미가 찾아와 산 주변으로 코발트빛 하늘이 깔리고 어스 레한 별빛이 구름 사이로 비칠 즈음 마당 한가운데서 장작불 을 지피는 재미가 쏠쏠하였다.

빠알간 불껌둥이 하늘 바람을 타고 춤을 추었다. 나무 타는 냄새가 좋았고 온기는 근심을 덜어 주었다.

술을 아무리 마셔도 정신은 초롱초롱하였고 유년 시절의 그 리움이 새록하였다.

그런 곳을 이제는 다시 보지 못한다.

사람의 취미생활을 위해 자연을 이렇게 파괴한다면 머지않 아 우리 자신이 업보를 받을 것이다. 이미 지난여름의 수해로 우리는 많은 것을 경험하였다. 인위적인 물길을 자연은 결코 용서치 않고 본래의 물길을 단숨에 복원해 놓았다.

인간의 미련함을 본다.

가슴에 묻을 것이다. 그 짧았던 산골 밤의 추억을……

(2002년 6월)

어머니 시화전

사실 개인전이란 적어도 국전이나 기타 공인된 전시회에 입상 경력이 있는 사람들 중에서도 일생에 한두 번 하기가 쉽지 않은 일이다.

처음 준비하면서 단순히 어머니를 기쁘게 하기 위한 자리 마련 정도로 생각했으나 시간이 가면서 과연 높은 연세에 커다란 전시장을 채울 수 있는 그림들을 준비할 수 있을까, 또한 손님들이라 봤자 시화전에 문외한인 가까운 친척이 태반일 텐데 보는 이가 없어 공간이 더 커 보이지 않을까 여러 걱정이 앞섰다.

전시장을 들어서는 순간 나는 공간을 꽉 채우는 아름다움을 보았다.

잉어가 화폭 안에서 춤을 추고 대나무는 소리 내어 울고 있었다. 8폭 병풍은 어머니의 열정이 녹아 있었고 뒤편에는 반야심경이 살아 움직였다. 석류가 터져 바알간 속을 내보이는 사이 모란은 붉은 사랑을 노래하고 자목련이 가녀린 가지 위에서 바르르 떨고 있었다. 난초는 바위 끝에서 바람을 마중하고 청포도 송이 송이가 유월을 노래하고 있었다.

한복을 곱게 차려입으신 어머니의 입가에는 미소가 가늘게 묻어 나오고 아버지 눈엔 예전에 볼 수 없는 안온함만이 남아 있었다.

여러 분들이 오셨다. 모두들 70연세에 그것도 3~4년 만에 그린 그림이라는 나의 자랑에 놀라워하신다.

인생살이의 참맛은 그 끝이 좋아야 된다고 한다. 어머니의 삶 말미에 아름다움을 풀어 놓았으니 비록 4형제 키우면서 여느 부모처럼 고생도 하시고 대수술을 8번이나 하신 인생 역정이 오늘을 위한 것이라 여겨진다.

뜻밖에 내 지인도 오시어 기쁨을 배가시킨다. 여러 일로 머릿속이 복잡할 텐데 오신 정성은 내가 배울 점이다. 그리신 작품 중 매화 그림을 드릴 참이다.

어머니는 일생 흐트러진 모습을 보이지 않으신 분이다. 사랑이나 정을 드러내지 않고 우리 자식들을 자유롭게 내버려 두었다. 자식들에게 냉정할 땐 섭섭키도 하였다.

그러나 당신 모습을 일생 그대로 유지하던 한마음을 이제 화선지에 담아내신다. 어머니 덕분에 자식들 어깨도 올라가니 이것이 어머니 사랑이리라.

이제 부모님이 안 아프시고 자는 잠에 생을 마감하시기를 기도할 뿐이다.

상경을 하면서 다시 아버지 손을 쥐어 본다. 두어 달 전보다 더욱 야위어지셨으나 촉감은 여전히 부드럽다 .

"아버지 통장 번호를 알려주세요." 하니 손을 내저으시며 "괜찮다."고 하시나 억지로 적어오다. "제가 용돈 좀 넣어 드릴게요." 하니 표정이 밝아진다.

내 나이 여섯 살 때 나에게 파란색 세 발 자전거를 사주신 분이다. 온 동네를 빵빵하게 휘젓고 다니게 해준 아버지께 나는 제대로 잘해드린 기억이 별로 없다.

살아생전에 자전거를 받았던 그때 나의 파란 마음처럼 아버지 가슴에도 파란 물감을 번지게 해드려야 할 텐데… 기껏 생각이 통장 번호 적는 일이다.

아내가 시어머니로부터 자극을 받아 붓을 들었다.

아직은 테리가 보아도 웃을 개발 새발이나 마음 넘이 신선하다. 다시 내 맘 속에 있는 붓이 조금씩 건지럽다.

내 나이 칠십에 나는 세상에 무엇을 보여줄 수 있을까.

(2002년 6월)

세여인

열일곱 꽃다운 나이에 시집을 간 세 여인이 있었다.

장모님이 사시는 경남 함안군 영동부락의 박복한 여인네들이다. 한일합방 전후로 출생한 조선의 여인네들의 한을 어찌 지금의 우리들이나 아들딸들이 알 수 있겠는가.

영산댁은 나이 열다섯에 어른들끼리 정한 혼처에 신랑 얼굴도 보지 못한 채 과년하기만 기다리고 있었다. 열일곱을 한 달 남긴 그해 겨울 일면식도 없는 남편이 급환으로 열아홉에 비명횡사한 것이다.

그렇게 간 사람은 속편하다. 젊디젊은 청춘에 갔으니 비통함이 오죽했겠냐마는 남은 꽃다운 신부 맘을 비견이나 할 수 있을까.

아마 지금 같으면 영산댁이라는 호칭도 없이 자동적으로 그냥 혼사 없었던 일로 하고 당장 새 혼처 물색하기 바쁠 것이다.

"영산댁은 아직 처이다(처녀이다)."라고 장모님은 말씀하신다. 자신보다 더 기구한 삶을 살아낸 영산댁을 비견하면서 장모님은 당신 삶을 그래도 복이 많다고 생각할는지도….

신랑이 죽자마자 바로 시댁으로 들어가서 조카들 다 키우고 여태 팔순이 다 된 몸을 혼자 지탱하고 있다.

석산댁은 그래도 신랑 얼굴이라도 보았으니 영산댁보다 낫다. 내 장인어른이 혼사의 중신을 하셨단다.

인물도 좋고 훤칠한 젊은이였으나 그 당시 먹고 사는 일 역시 전쟁이라 밭 뙈기 몇 마지기 소작농 해봐야 굶기를 밥 먹듯이 해야 하니 외지로 날품 파는 일도 마다하지 않아야 했다.

대동아전쟁이 한창 때라 이리 숨고 저리 숨고 하는 요량이 없는 그 새 신랑은 신부 배만 불러놓게 하고 대동아전쟁 때 개 끌리듯 남태평양으로 끌려가선 여태껏 소식이 없다.

태어난 딸도 아비 찾으러 일본 가서 낳곤 모진 고생을 당한지라 4살을 넘기지 못하고는 아비 얼굴도 모른 채 저 세상으로 가버렸다.

석산댁의 가슴엔 무덤 두 개가 여태 자리 잡고 있다.

장모님의 유일한 말벗이고 친구이기에 오 년 전 다시 뵈었을 때 피붙이 보듯 하여 송어 회를 시켜드리니 온 동네 할머니들은 다들 모이셨다.

장모님은 사위며 딸을 내세우지는 않으신다.

석산댁 앞에선 친구라도 맘 다칠까 배려하시는 모습이 역력하다.

18년 전 일제 강제징병 전사자들의 대일 배상이 있을 때 30만 원을 받으시곤 한참이나 우셨다고 한다.

석산댁으로선 신랑 죽음을 팔아서 받는 돈이라 여겨졌을 테니 그 비통함이 더했을 것이다. 그 돈을 쓰지 않고 돈을 빌려주고 이자를 받곤 해서 지금은 한 삼천만 원 정도가 된단다.

그나마 나은 삶을 사신 이가 사동댁인 나의 장모님이시다.

재처로 팔리다시피 간 시집이지만 그래도 행세깨나 하는 집안의 종부로 갔고 영감을 그래도 십여 년을 모시고 살았고 아들딸 4명을 두었으니 말이다.

세상사는 일이 누군들 아픔이 없을까마는 정말 한 많은 삶을 살아내신 이 땅의 어머니들을 기억해내는 일은 우리 자손들의 몫이다.

일부종사를 운명으로 받아들였던 세 분의 어머니들과 이혼과 재혼을 선택으로 여기는 지금의 어머니들의 삶을 살아가는 방식의 차이가 나를 우울하게 만든다.

세 분의 어머니들은 진정 현재를 사신 분이다. 주어진 운명을 숙명처럼 여기고 하루하루를 바느질하듯 일상의 소중함을 들추어내신 분이다.

어느 날 장모님이 먼 데를 보시며 담배를 깊숙이 한 모금 하신다.

옆에서 지켜보던 이모님이 지나가는 소리로 내 아들한테 묻는다.

"준홍아, 외할머니 지금 무슨 생각 하겠노?"

그러자 아들은 대뜸 "영감 생각하겠지, 뭐." 해서 박장대소를 했다. 그래 영감 생각이 젤로 많이 날 것이다. 이 세 분 어머니들은….

(2002년 9월 5일)

장모님의 등

"엄마 그거 나중에 해도 된다. 내비둬라."

장모님은 딸의 소리 공양을 귓전으로 들은 채 묵묵히 부엌에서 소시락거리신다.

나는 늘 장모님 등만 물끄러미 쳐다본다.

그러다간 어느새 장모님 손에는 걸레가 쥐어져 있다. 늘 닦고 쓸고 하는 모습이 이제 벽에 걸린 그림처럼 일상이 되어 버린 지 오래다.

게다가 강아지가 두 마리고, 나를 포함한 딸과 아들은 치우는 일이 아예 머릿속에 프로그램 자체가 없다.

"엄마 내가 하께, 좀 쉬어라. 아이구 할매도 내내 아프다 하면서 무에 그리 몸을 많이 움직이노?"

딸은 멀찌감치서 얼굴에 오이 팩을 바르고 소파에 누워 또 음성 공양을 한다. 아내의 이름을 하나 지어 주었다. 복녀(福女)라고….

세상의 어머니는 평생 자식을 그림자처럼 품고 사신다.

아내도 부지런 떨고 깨끗이 하는 데는 일가견이 있으나 장모님에 비하면 조족지혈이다. 딸은 늘 어머니보다 모자라고 하수일 수밖에 없다.

아내가 엄마한테 곰살맞게 살갑게 대해줬으면 한다.

마음은 그렇지 않으나 나오는 말과 행동은 경상도 보리문둥이처럼 무뚝뚝하다. 그렇다고 사위인 내가 아양을 떨기가 좀 계면쩍다.

손녀딸이 그래도 장모님 시름을 덜어주느라 어깨도 주물러 드리고 맛있는 것 있으면 "할머니, 이것 드세요." 하며 쪼르르 붙어 애교를 떤다.

그 뒤로 한 입 욕심을 품은 강아지 테리와 제니가 쫄망쫄망 뒤따른다.

어머님의 사랑이다.

그래도 지금은 어머니 사랑을 지근에서 냄새 맡을 수 있고 맛난 음식을 사드릴 수 있으니 이 아니 행복한가.

언젠가 내일이 또 내일을 낳고 그러다가 어머니 사랑이 기억 속에만 남겨질 그날 나는 울음을 참지 못할 것이다.

장모님이 딸을 사랑하고 손자 손녀도 사랑하고 그리 편하게 대하기가 무엇한 덤덤한 사위마저도 사랑하시나 그 딸과 손자손녀와 나는 아무리 어머님을 사랑하고 괴인다 하더라도 그 어머님 사랑만 하겠는가.

이제 퇴근하여 현관을 들어서면 또다시 장모님의 등을 볼 것이다.

육신에 병이 깊어지기 전까지는 등을 바닥에 누이시지 않을 것 같으니 한참 나중에 아내나 나는 어머님을 두고 얼마나 후회를 하고 안타까워 할 것인가.

딸이 그 고목나무 껍질 같은 어머니 손을 가만히 쥐어 보고 어깨라도 자근자근 주물러 줬으면 한다. 나는 늘 등만 물끄러미 쳐다볼 뿐 살갑게 해드릴 수 없음이 속상한 저녁이다.

(2002년 3월)

생로병사

손사래를 치시는 장모님의 사진을 어렵사리 찍었다.

연세에 비해 너무 얼굴이 험하게 늙으셔서 사진만큼은 마땅치 않으시다. 늘상 병을 숨기며 사신 까닭에 한 번 자리보전 할라치면 퍽 안쓰럽다.

엊저녁에도 속이 쓰리다는 말씀에 몇 번이고 병원 타령을 늘어놓았지만 필경 겔포스 하나로 때우실 게 분명하다. 아내에게 병원 진찰을 신신당부를 하다.

생로병사(生老病死)가 우리들의 그림자이긴 하나 너무나 당연한 인간사라 그리 깊이 생각되지는 않는다.

하지만 살아온 것에 더 당연함을 두고 '노병사(老病死)'는 별안간의 사건으로 여겨져 더욱 슬프고 애통하게 느껴짐이 의당하지만 다시 곰곰 생각하면 이렇다.

우리가 태어날 때 얼굴 표정은 공포 그 자체의 단말마 울음을 운다.

주변 사람은 좋아라고 환호하지만 새 생명 당사자는 그렇지 않다.

자궁에서 퇴출당하는 두려움이 극도에 다다른 것이다.

허나 병들어 돌아가실 때 표정은 대부분 편안한 모습이다.

주변 사람은 반대로 애통절통이니 아이러니한 사실이다.

부모님이 늙고 병들어 다른 세상으로 가심이 어찌 애달프지 않으리오마는 나는 애써 현학적인 사유를 핑계로 담담함을 가장한다.

제일 바라는 장모님 생각은 자는 잠에 저 세상 가심이다. 자

식들이야 임종을 못 할 수 있어 불효 운운 하더라도 나 역시
자는 잠에 가시기를 기원한다.

세상살이는 적응하여 순치되는 과정이다.

해와 달이 둥글고 이 지구가 둥근 모습이 순치의 결과이다.
장모님 얼굴에서 나는 순치의 흔적을 느껴본다.

자기를 돌보지 않은 적응의 결과로 비록 얼굴은 밭이랑 같으
시지만 순치된 사랑의 향기가 늘 풍겨 나온다.

강아지가 장모님을 좋아하는 까닭은 순전히 고구마 때문이다.

(2002년 4월)

동네 슈퍼 집 아들

아버지의 마지막 하신 일이 슈퍼였다.

동래 복천동시장 삼거리에 처음 오픈하고선 나는 그날로부
터 콜라, 사이다 배달부가 되어 있었다. 무식하게 생긴 짐자
전거에 음료수 5상자 싣고 언덕길을 낑낑대며 오를 때가 엊
그제 같은데 벌써 30년에 가까워온다.

아버지께서 다른 사업 하실 때는 늘 근근하게 살았지만 이
슈퍼로 인해 몇 년 만에 다시 우리 집을 가질 수 있게 되었다.

그 당시 삥땅은 치지 않았다. 삥땅은 초등학교 때 설탕 녹인
잉어나 총 이런 거 뽑기 사업 하느라 쪼들려 정지 찬장 어디
쯤에 놓인 엄마 검붉은 지갑에서 10원씩 꺼내다가 나중에 사
업 규모가 커져 100원씩 슬쩍 하고선 꼬리가 잡혔다.

그날 아버지한테 작살나게 두들겨 맞았다.

명절 대목 일주일 전부터 우리 가족은 전투태세에 돌입하였다. 그 당시 돈으로 하루 매상이 7~80만 원 정도였다. 가장 힘든 일이 설탕 포대와 밀가루 포대 배달하는 일이었다.

저녁엔 두 분이서 돈을 세는 모습이 보기 좋았지만 나는 편안함과 고단함에 졸음이 쏟아졌다. 나이 어릴 적에 슈퍼를 했더라면 과자 먹는 재미로 좋았을 텐데 당시 나는 대학생이었고 우째 잘 보여 가지고 용돈 받아 여학생 뒤꽁무니 쫓아 댕기는 일이 제일로 급했던 시절이다.

어머니 말씀이 이 장사가 바로 살 깎아 묵는 장사라 하시면서 힘들어 하셨던 모습이 눈에 선하다. 그만큼 힘들다는 뜻이고 또한 힘든 만큼 소득에 대한 보람도 있다.

(2002년 4월)

큰스님이 누구예요?

1990년부터 연을 맺어 온 스님이다.

내가 맺은 연이 아니고 스님이 맺어주신 연이다. 그해 불탄일 인천 계양산 자락 성불사에 구경 갔다가 스님 눈에 바로 붙잡히고 말았다.

나는 절에 거의 가지 않는다. 그 절에 자주 간 까닭은 순전히 물 뜨러간 목적 외엔 다른 뜻이 없었다.

사업이 부진하여 골이 밍밍거릴 즈음이면 어찌 아셨는지 스님이 전화를 주신다.

"아배야, 낼 새벽 3시반경 오렴."

나는 금방 알아차린다. 또 쌀을 주신다는 사실을…. 추운 겨울날 새벽 깜깜한 밤 절문으로 들어서면 늘 큰스님은 빵모자에 마스크 쓰시고 대웅전 앞에서 날 기다리고 계셨다.

누가 볼세라, 얼른 관음전에 들어서자마자 쌀 1가마니를 두 포대로 나누느라 스님 이마에 김이 모락모락… 내가 하겠다고 하지만 연신 바가지로 쌀 퍼 담느라 정신이 없으셨다. 몇 번이고 사양 또 사양했지만 스님의 내리 사랑을 차마 거부할 수는 없었다.

두 포대로 나눈 쌀을 싣기 위해 차를 거꾸로 들이밀 때도 스님은 훌륭한 조수셨다. 끙끙거리며 쌀을 싣고선 나는 합장만 드리고 물러선다. 이러히 그 어려운 시절 받아먹은 쌀만도 한 30가마가는 족히 될 터이다.

신도수가 4000여 명 되는 큰 사찰인데 남자 신도 중 내가 제일로 성의 없고 잘 가지도 않았으며 또한 불사도 늘 게으름을 피웠건만 나에 대한 큰 스님의 굄(사랑)은 늘 그대로였다.

이해가 잘 안 가는 사실이었다.

언젠가 전생연을 말씀하셨다.

"아배가 전생에 내 자식이야…."

나는 늘 그런 스님의 사랑이 부담스러웠다. 특히 새벽기도 빠지지 않고 가는 처사가 나에게 옆 눈을 뜨고 말한다.

"큰스님이 매일 새벽기도에 강 처사 발원기도를 빼지 않고 하신다는 거 알고 계슈?"

나는 할 말이 없다. 내가 가면 큰 스님 얼굴이 늘 밝아진다.

어느 날 가니까 몸이 편찮아 보여 문후를 여쭈니 냉큼 돌아서 엉덩이를 나한테 까 보이신다. "치질인데 인제 많이 나았지?" 하시면서 어린 아해처럼 웃으신다.

장모님을 참으로 많이도 좋아하셨다.

생전 예수제 옷차림 비용이 40여만 원인데 손수 큰스님이

채비해주셨다.

사위 덕에 장모님이 큰 사랑을 받으셨다. 쌍가락지 반지도 두 번 받으셨고 용돈 하시라 받은 돈만 해도 수백만 원이다.

내가 시주한 돈은 얼마 되지 않는다. 고작 부처님 전에 공양 올리는 칠보 은 밥그릇 시주로 130만 원을 드렸는데 며칠 후 가니 좀 깎았다면서 도로 30만 원을 돌려주신다. 이러히 글을 쓰면서 참 나는 염치없다는 생각이 많이도 난다.

사실 초하루나 관음제일 등 행사 때 예불 드리는 일은 나하고는 정말 맞지가 않아 겨우 스님 눈도장 요량으로 다니다가 근자에는 거의 가지 않는다.

이제 스님 연세가 칠십이 낼모레니 기력도 많이 쇠하셨다. 늘 나에게 하시는 말씀이 “애비는 착해.” 소리만 하신다. 사실 나는 착하지 않는데도 말이다.

글 쓰는 김에 오늘 내일 날 잡아서 인사 여쭈러 가야겠다.

나를 잊어 주셨으면 좋겠다고 생각했는데 기도빨이 먹혔는지 요즘은 연락이 뜸하시다. 그래도 가보아야지, 철딱서니를 벗으려면 말이다.

(2003년 6월 28일)

부모님 생각

지인의 모친상을 접하고서야 아버지 염려가 되살아나니 나는 효자가 아니다.

4년 전 뇌경색으로 위험한 상황까지 갔으나 다행히 응급조치로 이제 90%로 완치된 상태이긴 해도 연배가 80에 가까우니 뵈올 때마다 전보다 못한 모습에 안타깝고 큰일마저 눈앞에 오는 듯하여 허전하다.

불과 7년 전 70의 나이에 네팔 5,000고지 아마추어 등반코스를 어머니와 함께 오를 정도로 건강하셨다. 또 일본 후지산을 3차례 만에 무산소로 등정하고선 자랑하실 때만 해도 지금의 모습을 상상키나 했는가.

얼마 전 "좀 어떠시냐?"고 여쭈니 안 그래도 말씀이 퍽 준 탓에 한참이나 머뭇거리시다가 하시는 말씀 "사는 게 지업다 (지겹다)." 하신다.

자식이 어찌 해드릴 수 없는 상황이라 가슴만 싸~할 수밖엔….

중2 때 할아버지 임종하실 때 신발도 채 벗지 못하고 "아부지!" 하고 울부짖으면서 사랑채로 뛰어 들어가시던 아버지 뒷모습이 아직도 생경타.

이제 얼마 가지 않아 아버지가 할아버지를 보냈듯이 나도 보내드려야 한다.

인도에서는 탄생을 슬퍼하고 죽음을 기뻐한다고 하나 어찌 우리 정서를 차치하고라도 사람의 탈을 쓰고 죽음을 앞에 두고 아니 슬퍼하겠는가.

단지 살아계실 때 무어라도 원하시는 거 챙겨드려야 함인데 도 지역이 멀다는 핑계로 안부 전화로 확인 사살 정도이니 나도 한참이나 통한의 울음을 내놓을 것이다.

자식들에게 내놓고 정을 표현한 적은 없지만 그렇다고 자식이 어찌 마음을 놓고만 있겠는가.

요즘 상갓집을 가보면 상주 모두가 양복에 완장만 차고 문상객을 받는다.

굴건제복은 아니더라도 삼베 두루마기마저 찾기 힘들다.

보기가 민망한 사람은 문상객 중 노인들일 것이며 나 또한 그러하다.

유교적 사상으로 자식은 죄인인데… 예전엔 3년을 무덤 옆에서 움막 짓고 삼시 세 때 밥 올리며 슬픔을 가누지 못하였는데… 이제 세월이 좋아지기는 했지만 저러히 간편한 복장에 상주인지 문상객인지 분간이 안 되는 장면이 나에겐 마땅찮아 보인다.

엊저녁 아내에게 "부모님 돌아가시면 장남인 나는 굴건제복을 하고 동생들은 두루마기라도 입힐 터이다." 하니 그러자고 한다.

멀지 않은 가까운 날 오늘 부모님의 부음을 들을 것이다.

왕생극락을 빌지 않을 터이다.

왕생치 마시고 이제 윤회의 사슬에서 벗어나 인연법도 모른 체하시고 적멸(寂滅)하시길 빌 것이다.

눈물 한줌 뿌려 마구니들을 경계할 것이다.

그리고 하늘 쳐다보며 내 자리를 가늠할 것이다.

(2003년 7월 3일)

아버지 그리고 동생

이번 설도 여느 설처럼 그렇게 황망하게 보냈다.

걸음이 영 불편하신 아버지를 모시고 목욕탕으로 가는데 아버지 얼굴이 밝아짐을 느낀다. 아버지는 40년 전 초량 금수탕으로 4형제를 데려가 설 대목 전에 씻겨야만 했다.

고만고만한 우리 형제들은 물놀이하기에 바쁜 중 한 넘씩 잡아다가 때를 미셨다. 연신 메밀 국수만한 것들이 떨어지면 땀 흘리시면서 "이 노무 손, 때 봐라. 껄배이(거지)가 친구하자 하겠다."며 수고로움을 아끼지 않았다.

뇌졸증 후유증에 80을 바라보는 아버지의 몸은 여리디 여린 애기 몸 같아 선뜻 손이 가지 않았다. 몸에는 반짝이는 별 같은 점들이 몸을 뒤덮고 있었다.

저승꽃이라는 까만 점들을 보며 몸을 씻긴다. 땀이 뚝뚝 떨어진다. 우리 형제들을 씻겼던 수고로운 몸을 정성을 다하여 씻어드리는 내 마음은 가벼워지지 않았다.

내 정성이 아버지 정성만 하겠는가. 형제들을 모아놓고 순번을 정하라 명하였다.

둘째 동생은 매월 1일, 셋째는 10일, 막내는 20일에 아버지 목욕 당번으로 임명하고선 고스톱을 1시까지 치다.

동생들 중 둘째동생을 형이지만 마음속으로 존경한다. 참고로 이 동생은 가장 키가 작고 나머지 3명은 모두 키가 175 이상인데 둘째 동생만 165를 간신히 넘겼다.

국민학교 때 키 크려고 철봉대에 한없이 매달려 있던 모습을 보고 참 마음이 찡하였다. 또한 이 동생만 대학을 나오지 못하였고 인물 또한 뒤쳐진 터라 그 마음고생이 오죽했으랴.

중장비 학원을 다녀 자격증을 따고 울산 현대중공업에 입사하여 월급 중 8000원만 남기고 모두 부모님께 드린 효자이기도 하다.

사주로 보면 격국이 맑은 넘이다. 마음이 백색이다. 사는 집에 놀러가서 책장을 보고 속으로 적이 놀랬다. 라즈니쉬와 크리쉬나 무르티의 책과 불교 서적들이 즐비하였다. 그리고 클래식에 심취한 동생의 얼굴은 은은하였다.

동생이 또 한 번 나를 감동시킨 사건은 화실에 나간다는 사실이었다. 4형제 중 제일 그림에 소질이 없다고 여긴 내 생각을 여지없이 깨버리고 노동자 그림 대회에서 수상을 하였다. 그리고 주변 지인들이 주로 화가나 선승들이다.

부산역 앞 수정동 산 밑에 암자를 짓고 수도하는 스님을 해마다 명절이면 금일봉과 회에 소주를 사가지고 찾아간다기에 연전에 따라 나섰다.

금강경을 필사하시는 스님이며 얼굴이 맑아보였다. 그림 그리는 스님 집으로 가자 하여 소주병을 꿰차고 가서 밤새도록 술 마시고 담배 피며 승속을 넘나들었다.

항상 동생은 빙긋이 웃고 말을 아낀다. 동생 덕에 그날 스님들의 진면목을 보았다.

스님이나 나나 속진에서 헤매고 있음을…….

그 동생이 참 나를 좋아하고 역시 존경하고 있다. 이 무지렁이 형을.

제법 큰돈을 사업할 때 동생으로부터 빌리고선 내 무심한 탓에 나머지 천이백만 원 정도를 다 갚은 줄 알고 잊어 버렸다. 10년이 지난 후에사 어머니로부터 전해 들었다. 동생에게 빚이 있다는 사실을. 동생이 얘길 안 한 것이다. 형이 어렵다고…….

왜 얘길 하지 그랬냐고 미안한 마음을 내비치니 형이 돈이 철철 남아넘치면 그때 얘기하려고 그랬단다. 그리고 그 돈 없어도 사는 데 괜찮았다고…….

부랴부랴 작년에야 돈을 10년 만에 갚았다.

아상이 나보담 가벼운 동생이다. 전생 선업을 많이 지은 넘일 것이다.

그래도 나보다 더 잘살고 있으니 고맙기 그지없고 장남인 내가 객지에 있다 보니 아버지 병 수발은 순전히 그 넘 차지이다. 마침 녹용 사업을 하고 있으니 그 덕으로 좋은 약재를 드신 탓에 아버지는 아직도 어느 정도 건강을 유지하신다.

아버지 몸을 씻겨드리면서 작년보다 그리 축이 나지 않았음을 동생의 덕으로 안다. 이 동생한테 제대로 형으로서 해준 게 없어 늘 미안스럽게 생각하면 도리어 하는 말이, 형으로부터 많은 것을 배우고 있고 늘 마음으로 고마움을 느낀단다.

설날 할아버지 산소에 성묘하고 뒷산으로 난을 찾아 나섰다. 내가 난을 좋아하니 그 넘도 덩달아 취미를 붙여 같이 산을 타면 나보다 항상 좋은 난을 그 넘이 먼저 캐온다. 이 넘 정성을 하늘이 아는가 보다.

고마운 동생이고 아직 지탱해주시는 아버지도 고맙다.

어머니는 여전히 부지런하셨고 부산의 고래 고기는 참으로 향긋하였다. 해운대 바닷물은 쪽빛임에 언젠가는 귀향 할 것이라는 다짐을 수평선에 던지고 일상으로 원대 복귀하다.

(2004년 1월 31일)

장모님의 아픔

장모님께선 웬만한 아픔은 표하지 않으신다.

70 평생을 육신의 아픔보다 몇 곱절 더한 치열한 삶을 사셨던 까닭이다.

나이 스물도 안 된 새색시가 큰딸이 서너 살이나 많은, 상처한 종갓집에 등 떼밀려 결혼하시고선 나이 서른 갓 넘어 장인 어른이 병환으로 세상을 버려 창졸간에 혼자 되셨다.

며칠 전 치료를 받으시고 사위인 나와 베란다에서 담배를 서로 한 대씩 붙여 맛있게 잡수시면서 마음이 시리도록 저몄던 아픈 추억 한 자락을 내어 놓으신다.

"자네 장인어른 돌아가시고 내가 앞으로 자석 새끼들 하고 우째 살꼬 싶어서 죽을라고 10일을 물만 먹었대이…."

그런데 어느 날 동네 어른들이 '사동떼기(장모님 택호)는 얼마 안 가서 아마 도망갈 끼다. 아아들은 일곱이제, 논밭 뙤기 하나 없제, 우째 살겐노?' 하면서 수군거렸다.

"내가 이 말 듣고 정신 차렸다 아이가. 내 머리칼 희게 될 때 내가 우째 살았는지 한 번 보여줄 끼라꼬 마음 다잡은 기 40년이 훌쩍 넘었대이."

그러시며 라일락 담배를 힘껏 들여 마신다.

갑자기 등허리 부분의 통증을 견디다 못해 호소하신 게 스무날 전인데 이 병원, 저 한약방 수소문하고 다니다가 결국 병명이 목 디스크로 판정이 나서 어저께 입원시킬 수밖에 없었다.

큰아들, 작은아들, 딸 포함해서 일곱이 되어도 굳이 우리 집에 오셔서 치료하심을 나는 감사한 마음으로 받아들인다.

내가 당신의 사위 사랑을 이미 오래 전부터 아는지라 편하게 계시고 치료함을 또한 고마운 마음이다.

아내가 치료비 등으로 내 눈치를 보기에 일갈을 하였다.

"내 어머니보다 더 아끼면 아낄 장모님인데 돈 문제나 혹 내가 불편해 할까 이런 생각 추호도 하지 말아라."

당신 육신 불편함보다 그 일로 자식들 걱정할까 봐 전전긍긍하시는 장모님의 모습이 안쓰럽다. 나는 이미 어머니의 순수 지고한 마음자리를 장모님을 통해 느낀 터라 그 사랑 베풂 틀 안에 있는 것만으로도 행복하다.

배움은 일천하시나 사리와 경우와 예가 정갈하신 분이다. 어저께 차를 타고 돌아오면서 치료에 수백, 수천만 원이 들더라도 나는 괜찮으니 내 걱정 하지 말라고 아내에게 이야기하다.

살아생전에 부모님을 공경하여야 한다.

돌아가신 후 맛있는 제사상 채려본들 우리 입에 들어가지 망자가 잡숫겠는가. 사실 내 친부모님께는 장모님처럼 마음이 써지지 않았다.

장모님은 지지리도 가난한 집에서 태어나 평생을 고생만 하신 분인 반면 내 부모님은 그래도 두 분 모두 유복한 가정에서 태어나 고생 없이 당시 최고학부를 나오셨다.

천석군집 아들과 금융조합장 딸과의 혼사로 당시 신식 결혼을 국회의원 주례로 하신 탓인지 매사에 합리적이고 잔정을 주시지 않으셨다.

허나 내가 결혼을 하고 뵌 장모님은 처음엔 낯선 촌로의 모습이었으나 이십여 년을 지켜본 나에게 어른의 사랑을 알게 해주신 분이다.

　또한 부모님은 두 분 다 살아계시나 장모님은 40여 년을 혼자 사셨다. 그러니 내 마음이 장모님에게로 흐름은 자연스러운 것이다.

　아내가 이뻐서가 아님을 밝혀둔다.

　얼른 쾌차하시길 기도 발원할 수밖에 없다.

　어머님이 친지를 만나면 늘 사위인 나를 자랑하신다고 하니 부끄럽기 짝이 없다.

　그것은 어머님의 사위 사랑의 일 푼도 되지 않음을 나는 알고 있다. 다음 주에 아마 수술을 하셔야 될 것 같다. 내 마음이 지극정성이니 그 정성으로 수술이 잘 되길 바랄 뿐이다.

(2004년 2월 8일)

생존의 한가운데 서서

　발로 탁 밟으면 뚜껑이 저절로 열리는 쓰레기통을 아이템으로 아버지께서 내가 중3 때인가 장사를 하셨다. 신기한 통을 보며 나는 마구 재미나게 밟다가 된소리를 듣곤 했지.

　당시 아버지는 가족 부양자금 만드는 일 외엔 도통 다른 생각을 하지 못하셨음을 지금에사 나는 알 수밖에 없다.

　'신제품 입하'라는 종이를 한 다발 들고 약국마다 슈퍼마다 붙이러 다니셨다. 나도 짬나면 재미삼아 거들었다. 또 다른 신제품인 '까스 노'… '연탄불 위에 뿌리고 자면 까스 걱정 없어요.'라는 설명과 함께 돌가루 푸대 같은 봉지에 하얀 가루가 담긴 제품을 한 가방 가득 메고 쫄랑쫄랑 따라 다녔다.

당시에 나는 믿었다. 절대 연탄까스가 생기지 않는 제품이라고….

지금에사 생각하니 만일 그게 사실이었다면 당시 떼부자가되었을 터이다.

그러나 아버지의 웃음은 늘 허전한 빈 웃음이었던 걸로 기억된다.

비닐우산 만들기, 시계 총판, 약품 총판, 그리고 양유 대리점… 당시 아버지의 수고로움을 알기엔 철이 너무 늦게 들었다.

군에서 휴가 나왔을 땐 아버지 몸에서 닭똥 냄새가 진동하였다. 큰댁 하천부지를 빌려 육계 사업을 하셨다.

손에는 누런 장갑을 끼고 사료를 주시다가 그래도 나를 보시고선 환한 웃음을 보이셨던 아버지를 나는 그러려니 너무 무심히 지나쳤음을 이제 후회해도 다 지난 일이다.

수고로움을 피부 깊숙이 못 느낀 탓에 나 역시 아버지처럼 가족 부양금을 만드는 생각 외엔 딴 생각을 전혀 할 수 없는 업보를 전수받았다.

먹고사는 일에 대부분을 소진해야 하는 말도 안 되는 생존 카테고리 속으로 훌쩍 들어 와 있다.

이러려고 조상님이 애써서 나를 지구별로 보내진 않았을 터인데… 참 속상한 일이지만 제일로 급한 게 생존이다.

내 아버지, 그리고 아버지의 아버지 역시 나처럼 이러히 황망한 상중생 중심에서 허한 동공으로 자신을 뒤돌아보았을까 안타까울 따름이다.

일주일에 서너 번은 지방 출장이다. 이러히 사는 게 무슨 가치가 있을까 하는 상념에 젖어 들 여력도 없다. 이미 수십 년 전에 삶의 굴곡을 알았더라도 생존에 부닥치면 어찌 이러히 수족이 풀리는 황망심이 들지 않겠는가.

그래도 매일 존재하고 있음에, 또한 나의 수고로움으로 인해 딸내미 미소가 살아있음에, 아내가 그래도 옆에서 코를 골고 잘 수 있음에, 당장 그래도 먹을 곶감이 몇 개나마 꿰어져 있음에, 단순지심으로 감사하는 마음으로 하루를 지운다.

비록 내가 원치 않는 삶을 살아가고 있더라도 팔자려니 생각하고 또한 내 흉중에 칼이 그래도 녹슬지 않게끔 가끔 꺼내어 닦고 한 번씩 벼르는 즐거움만은 오로지 내 것이다.

이것이 여여한 척 자위하는 양이 되지만 그래도 삶을 여일하게 여여하게 욕심내면 여법하게 살아지리이다 하고 내심 기도할 수밖에 없음이다.

어제와 똑같은 오늘의 내 은신처로 돌아가야 한다.

둘째 강아지인 마린이 어제 생일이었다. 육포를 사서 척 던져주니 '황공무지로소이다.' 하며 쩝쩝 잘도 먹는다.

이놈 팔자가 상팔자다. 가서 볼을 비벼야 한다. 비록 털이 빠져 내 입술에 묻히더라도 그 넘 볼에 내 뺨이 닿으면 나는 자연의 한가운데 서 있는 느낌이다.

본래 고향인 자연의 품으로 내 등을 누구라도 한시바삐 떠밀어 주었으면 좋겠다. 그리고 아무 생각조차도 나지 않았으면, 또한 꿈 없는 잠을 원 없이 자보길 소망한다.

내일 또 출장이다. 오로지 돈 벌러….

(2004년 6월 25일)

조기 굽는 아침

무쇠 솥 아궁이 검붉게 타다 남은 숯불 위에 조기 두 마리가 가만히 누워 있습니다. 석쇠에 뉘어진 몸통이 자작 소리를 내며 귀를 간질이고 아삭한 조기 내음이 코를 연신 두드립니다. 장모님이 사위 왔다고 숨겨놓은 조기를 굽고 있습니다.

나지막한 산 위로 이윽고 해가 바스러지며 슬레이트 가난한 촌집을 밝힙니다. 드르륵 무쇠 솥을 열고 하얀 혓바닥 넘실대는 물 한 바가지를 양철 세숫대야에 부었습니다. 무쇠 솥 그렁렁 여는 소리가 가슴 저 밑을 쓰다듬습니다. 첼로음보다 더 둔중합니다.

얼음이 둥둥 떠 있는 찬물을 다시 부어 세숫물 간을 맞춥니다. 휘휘 저어 목 언저리로 물을 끼얹으면 금방 뽀드득 소리가 납니다.

찰밥에 무와 콩나물이 걸쭉하니 조화를 이룬 소고기국, 그리고 조기 두 마리가 나를 기다립니다. 머리에 쓴 수건을 걷으시며 장모님이 "어서 들게. 자네 시장했다." 하십니다.

아침 밥상이 바로 사랑입니다. 이제사 소원이신 고향 촌집에 자리를 잡으신 장모님을 뵈오니 진즉에 우리가 그리 해드렸어야 할 터인데 손수 당신 알아서 계신 모습에 미안한 마음이 앞섭니다.

아침 걸쭉하니 들고 아내의 유년 추억이 묻어 있는 동네를 어슬렁어슬렁 산보합니다. 여기가 어디고 저기가 어떻고 아내는 신이 났습니다. 덩달아 나도 거듭니다.

언젠간 이리 살아야 할 마음이 더욱 굳어집니다. 비록 저녁

방은 뜨겁고 우풍으로 고개 내밀면 알싸한 찬기가 느껴지지만 그게 대수입니까.

자연 있는 그대로 유유자적할 수 있을 것 같은 호기로 아내에게 넌지시 뜸을 들입니다.

"이 근방에 헐적한(값이 싼) 땅이나 함 알아보자. 그라고 마여기서 한세월 노닥거리다 가는 거지 머, 인생이 별 끼 인나 그자?"

아내도 고개를 주억거립니다.

모임과 아버지 생신으로 주말에 부산을 다녀왔습니다.

장모님 방문은 부록이었습니다만 갔다 와서 남는 잔상은 장모님 계신 곳에서의 하룻밤입니다. 동네 어르신 모여 있는 회관에 굳이 찾아가 어른들 쓰시라고 돈을 몇 푼 내놓았습니다. 장모님 어깨에 힘이 좀 들어갈 것입니다.

잘 계시는 모습을 보고 오니 마음이 한결 가뿐합니다. 자작하니 잘 굽힌 조기 맛을 또 맛보려면 장모님이 건강하셔야 될 일입니다.

사위인 내가 해드리는 거라곤 몇 푼의 용돈과 꿀 한 병, 그리고 약 부스러기뿐입니다. 언젠간 내가 아침저녁으로 무쇠솥 불 지피는 처지가 되었으면 합니다.

무시래기를 새끼 꼬아 시렁에 매달고 땅 파서 파랑 고구마랑 감자를 파묻는 일이 내일 당장이래도 왔으면 합니다.

살다보면 어찌 되겠지요.

(2004년 12월 26일)

부음

　올해만 들어서도 갑작스런 급환으로 돌아가시거나 응급조치를 받은 지인이 한둘이 아니다. 아침 식사를 하는 중에 동생 전화가 와서 셋째 고모부님 부음을 전한다.

　어제 저녁 세미나를 갔다가 늦어서 고모님이 수소문하니 심장마비였단다. 우선 떠오르는 생각이 아직 시집 못 간 두 사촌 여동생이 눈에 밟히고 고모님의 황망함이 눈에 선하다.

　고모부님은 라이스톤 카우보이라는 1960년대 올드 팝송을 좋아하셨다.

　작은 키에 늘 입가엔 웃음이 떠나지 않으셨던 분이다.

　내 요량엔 조카 중에서 나를 그래도 아껴 주셨던 분인데 뵌 지 수해가 넘었으니 그 죄송함을 전할 길이 없다. 동래에서 오랫동안 병원을 하신 통에 우리는 동래 고모부라고 부른다. 의사도 자기 몸은 어찌 할 수 없는 모양이다.

　소설가인 지인도 그리 허전하게 가시고 작년에 나와 같이 몇 달 일을 한 사장도 올 1월에 갑자기 심장마비로 가셨다.

　내 고등학교 동기 중에도 올 초 러시아에서 열린 학회 참석차 간 친구가 뇌졸중으로 멀고 먼 타향에서 생을 마감하였다.

　친형처럼 모시는 고교선배, 이 선배 때문에 타향살이를 십수 년째 하고 있지만 뜬금없이 두어 달 전에 연락이 오기를 응급실로 가서 수술 중이라고 해 가보니 심근경색인데 마침 직원이 곁에 있어 겨우 위기를 면했다고 한다.

　이 바람에 혹시나 하여 나도 생전 가지 않았던 심장 계통 병원을 검사차 3월에 찾았다. 가슴에 전선을 몇 가닥이나 붙이고 뛰고 초음파 하는데 몇 십 만 원이 휘떡이다.

일주일 후 결과는 약간의 고혈압 기는 있으나 심근경색이나 기타 심혈관계 이상이 생길 확률은 1% 미만이라고 한다. 비싼 떡 사먹은 셈이다.

마침 세일할 때 혹시 하여 여태 없던 검은 양복을 단돈 오만 원에 사두었다. 아침에 입고 나와 잠시 숨고르기를 하고 부산으로 떠날 참이다.

나의 건강을 늘 염려하는 아내를 나는 내내 흰눈으로 흘기며 "그래, 니 오래 살아라." 하고 면박을 준다.

"배가 나왔으니 당뇨 조심해야 하고, 집안에 유전적으로 뇌질환 계에 이상이 있으니 조심하고, 담배 끊고, 운동하고, 고기 많이 먹지 말고, 삿된 생각 하지 말고…."

우리 엄마보다 더하다. 우리 큰스님보다도 더하다.

"아직 나는 건강하다."는 말 속에 함정이 있다.

시간적으론 현재 지금까지 이상이 없다는 뜻이지 계속 그러리라는 보장은 없다. 그리고 평소 아프지 않던 사람이 '갑자기'이다.

나 역시 부모님으로부터 물려받은 몸이 건강체라 아직 몸에서 이상신호를 느끼지 못하고 있으나 나라고 어디 대수이겠는가. 무병장수 축수기도 발원을 나대신 아내와 장모님이 지극 정성으로 하고 있으니… 하고 자위한다.

태어나면 다시 그 자리로 돌아감이 우주의 자명한 이치이지만 그리 갑작스레 인수인계도 하지 못한 상황에 그간 지구별에 뿌린 인연들과 한 번 마지막 손이라도 잡지 못하고 일별도 못 나눈 채 간다는 것은 망자에게도 한이지만 남겨진 가솔이나 지인들에게는 더한 슬픔이다.

도력이 높지 않은 다음에사 어찌 제 갈 시간을 미리 알 수 있겠는가.

여하지간 몸조심, 마음조심 하여야겠다고 다짐한다.

(2005년 4월 26일)

동지 팥죽

거무튀튀한 나무 송판으로 엇댄 마루 끝자락 뒤주 옆 귀퉁이엔 동짓날이면 어김없이 아가리 큼지막한 도가지에 어머니는 팥죽을 그득 끓여 담아 놓으셨다.

나무 뚜껑을 머리에 얹은 채….

하얀 새알을 둥근 밥상 꿇어앉힌 위로 코를 훔쳐가며 동글동글 말아 누가 잘 만드니, 너무 크다느니 하며 소담히 올려놓았던 일이 기억 한참 저편이다.

커다란 나무 주걱으로 알루미늄 큰솥의 팥물을 휘휘 저으면 어머니는 새알을 눈송이 뿌리듯 사르르 넣으셨지.

'뽁뽁'거리며 팥죽이 끓기를 숨죽여 눈 크게 뜨고 바라보는 사이, 침은 몇 번이고 목젖을 간지럽혔다.

"인자 다 되었다."는 소리가 떨어지기가 무섭게 사형제는 숟가락을 먼저 들고 쪼르르 병아리처럼 둥근 밥상 위로 앉아야만 한다.

"입 딜라, 처언~천히 불어가면서 먹어라. 동치미 국물도 좀 묵고…."

귓전으로 흘려들어야만 한다. 주둥아리가 팥물로 붉으죽죽한 모습을 아랑곳 않은 채 입으로 퍼 넣기 바빴다.

어머니는 하얀 사발에 팥죽을 한 그릇 뜨고선 대문께로 가신다.

내 알 바 아니다. 나중에사 페인트 얼룩덜룩한 대문짝에 팥물이 파편처럼 튄 모습을 보고 "이기 먼데?"라고 빵빵한 배를 문지르며 묻는 내 질문에 "귀신 들어오지 말라꼬 하능 기다."

"엄마, 참말로 귀신이 인나?"

"하모 있다. 너거들처럼 말 안 듣고 방에서 팽이 치는 아~아들한테는 귀신이 온다 카더라."

문득 동생들과 안방에서 팽이를 친 탓에 바닥 장판 온 데가 곰보 자국으로 빼꼼한 데가 없음을 기억한다.

"이노무 손들, 와 바깥에서 안 치고 방에서 이래 치고 이 난리고?" 하시며 시멘 마당 밖으로 몰아내도 당시 우리는 돌 맞은 송아지였다.

까만 전깃줄로 얽어 만든 장바구니를 들고 검자줏빛 손지갑을 왼손에 다소곳 쥐시고 초량시장에 장보러 가시자마자 우리는 쪼르르 팽이채를 들고 안방으로 가야만 했다. 당시 바깥은 너무 춥고 손등은 늘 갈라져 바세린을 바를라치면 손 갈라진 틈새가 너무 아팠다.

신물이 목젖을 타고 올라와 끄윽 끅 소리가 날 즈음 숟가락을 놓는다.

"쌔이야(형아), 니는 새알 몇 개 먹었노? 나이 수만큼 만나?"

"그라는 니는 몇 개나 먹었는데, 니부터 말해바라."

동생들은 형인 나를 '쌔이야'로 불렀다. 한땐 언니야로도 불렀다.

하기사 나이 수만큼만 먹었겠는가. 어머닌 항상 장남인 나에게 먹을 것을 많이 주셨던 것으로 기억한다. 밑에 세 동생은 균등 배분이었다.

다음날 아침 해가 마루 끝의 기둥 위부터 밝힐 즈음 팥죽이 든 도가지 나무 뚜껑을 열어본다. 찬기가 코끝에 쌔~하다.

마치 얼음 언 것처럼 두껍게 표면이 굳어 있다. 나무 주걱으로 하릴 없이 저어보면 새알과 팥이랑 밥풀이 엉겨 떡이 되어 있다.

식곤증이 도는지라 주걱에 붙어있는 팥죽을, 얼음같이 차가운 팥죽을 한 입 가득 우물거린다. 아… 어찌 그리도 달콤하고 군침이 돌든지 지금 상상하여도 침이 돌 지경이다.

이제사 팥죽 끓이는 수고로움을 내 어머니도, 아내도 하지 않는다.

도가지에 그득하였던 팥죽 아니 본 지가 수십 년이다.

마침 점심나절에 아내와 장모님이 절에서 나를 호출하여 간만에 절에서 끓인 팥죽을 두 그릇이나 비워 내었다. 비록 마당 깊은 옛 우리 집 마루 위 팥죽 맛은 아니나 그런 대로 먹어 한 배 그득 빵빵하다.

장모님이 팥물을 따로 챙겨 주신다. 사무실 입구에 좀 뿌리라신다. 귀신 출입 방지용이다. 미신이다 싶다가도 장모님 정성으로 데면데면 뿌렸다.

이제 다시 나이를 한 살 또 먹는 것이다.

그리고 추억은 늘 늑골 부근을 간지를 것이다.

(2005년 12월 26일)

아버지 그리고 수다

제 아버지도 몇 년째 요양원 중환자실에 누워 계시는데 불효스럽게도 기도조차 하지 않습니다.

워낙 아버지로부터 자상한 사랑을 못 받은 탓도 있지만 제 개인적인 성향도 있습니다.

하루 빨리 소천하시라고 빌어 드립니다. 아들 도리가 아닌 줄 압니다마는 아버지도 그리 원하실 것으로 압니다.

눈동자와 오른손만 약간 움직이는 상태에서 말씀도 못 하시고 그러시니….

속아지를 천연스럽게 드러내고 악악대고 사는 이도 많습니다마는 대부분 배웠답시고 참는 게 능사라 여기고 안으로, 안으로 꾸역꾸역 근심 걱정을 밀어 넣습니다.

민폐를 끼치면 안 된다는 명제를 참이라 믿고….

그리 되려면 천성이 병적으로 느긋하거나 수행이 어느 정도 되는 사람만이 가능하지 웬만하면 큰소리 정도로 무식하게 악악대지 않더라도 삐약 정도로 소리는 내야 한다고 생각합니다.

동병상련의 상호간 수다는 어느 약보다 좋습니다.

머리에 든 짐은 내려놓아야 편하다는 진리를 우리는 자주 깜빡합니다.

예전에 어떤 분은 부끄럽고 창피한 일상을 아름답게 토해 놓음으로써 자신도 견뎌 나가고 주변 분들에게 신선한 감동을 준 사례가 있지요.

어버이날과 부처님 오신 날

어버이날 고향에 다녀왔습니다.

늘 그렇게 정정하게 아버지 자리를 지켜주실 걸로 여겨왔는데 자리에 누우신 지 여덟 해가 지나갑니다. 저번보담 바라보는 아버지 눈빛이 많이 힘들어 보입니다.

자식으로서 해드릴 수 있는 일이 별로 없습니다.

그나마 어머니가 아직 곁을 지키고 계셔서 아버지에겐 큰 버팀목이십니다.

내 얼굴에서 아버지도 보이고 외할아버지도 보입니다.

곧추 앉아 있기도 버거운 모습을 나는 애써 외면합니다.

나도 얼마지 않아 몸이 내 마음을 받아주지 않을 날이 오겠지요.

고집멸도(苦集滅道)… 살아있음은 고통을 전제로 해야 함을 반세기 전에 석가는 깨우쳐 불을 밝혔지요.

또한 살아있음으로 집착을 아니 할 수 없음도 인정하였고 허나 살아있는 동안에 집착도 멀리하고 고통도 사라지게 하는 멸함은 늘 우리에겐 지난한 것입니다.

집착과 고통을 매일 머리 위에 얹고 다니는 일에 익숙할 때도 되었지만 아침마다 새로운 마음 무거움을 하나씩 만들어내는 어리석음을 나는 측은히 바라봅니다.

나 자신이 어리석다는 것을 인식하는 걸로 위안을 삼습니다.

부처님 오신 날, 절에 콧배기도 보이지 않았습니다.

스님은 몇 번이고 불초소생에게 전갈을 보내었지만 아내와 조카를 대신하였습니다. 대신 나는 석가모니 일대기를 다시 보았습니다.

그도 나와 같은 인간이었음에 내 존재의 가능성만 확인합니다.

말년엔 허리 통증으로 고통을 호소하셨고 마지막엔 천민이 준 음식을 받아 잡숫고선 식중독으로 괴로워하시며 열반에 이르렀다는 사실에 친근감을 느낍니다.

자신을 우상화하거나 숭배하지 말라고 신신당부하였지만 우리는 부처님으로 형상화하여 우람한 가람에 모시고 조석으로 기도하고 예불을 드리는 아이러니를 행하고 있습니다.

대자유의 경지인 깨달음은 고통으로부터 탈출한 부산물입니다.

목표가 깨달음이 아니라는 이야기입니다. 내면의 집착과 욕심을 어떻게 순치시키느냐의 수행이 깨달음으로 가는 과정이요, 그 과정이 부처님 가르침입니다.

하여 저는 절에 잘 가지 않을 뿐더러 가더라도 형상화된 부처님께 그냥 수인사만 하고 옵니다.

그와 같은 길을 나도 갔으면 하는 작은 바람은 있지만 그를 숭배하진 않습니다.

다만 흠모와 사랑만이 있을 뿐입니다.

아버지도 생로병사(生老病死)의 뿌리를 보았을 터이고 집착함으로써 삶이 얼마나 보잘 것 없는지를 아셨을 터이고 이제 그 멸함의 방법을 인식하셨을 터이니 이제 이윽고 편안한 사라짐의 지복을 맞으실 것입니다.

병마가 늘 아버지를 자리에 보전하게 함으로써 아버지는 이미 깊은 참선의 경지에 있을지도 모르는 일입니다.

부디 인연의 실타래를 선연히 놓아 아버지의 심기가 늘 여여 평안하기를 바랍니다.

(2006년 5월 9일)

아버지 소천

파란색 세 발 자전거를 아버지께서 내 어릴 적 어느 날 사
오셨습니다.

오십여 년 전의 강 안개 아슴프레한 기억을 이제사 더듬는
자식은 그래도 자기 생각만 합니다. 가파른 경사진 다락방
에 아버지는 올려놓으셨지요, 자전거를. 당시엔 귀한 물건이
니….

내 조그만 손을 붙잡고 시장으로 가 까만 비닐잠바를 사주
셨지요.

그러면 달뜬 기분에 아버지 거래처 가는 길을 쫄망쫄망 따
라다니며 잠바 값을 하느라 씩씩거리며 내 키 반만 한 물건을
끌고 다녔지요.

기분이 좋으실 땐 한 잔 걸치신 불콰한 얼굴로 일본 노래
"오래와 사비시이노…"를 흥얼거리시면 내 조그마한 입으로
따라 불렀지요. 부르다가 모르면 모모다로상을, 내가 다 아는
그 노래를 아버지 앞에서 불러댔지요.

그리 정이 없으셨던 아버지로, 내가 어려울 때 손 안 내밀어
준 야속함만의 기억 떠올림으로 아버지에게 살갑게 못 대해
준 자식의 잘못이 어디 용서가 되겠습니까.

내가 기억하지 못하는 까마득한 유년 시절, 얼마나 나를 어
여삐 여기고 사랑하셨을까 생각이 듦에 가슴이, 어깨가, 허리

가 휘어 굽어져 복 받혀 울음 들썩인들 무슨 소용이 있겠습니까.

아버지께서 소천(召天)하셨습니다.

장자인 나는 애써 굴건제복을 입고 대나무 막대기를 폼인 양 의지하고 나의 불효를 감추기 바빴습니다. 내내 불경을 소리 내어 불러 드렸습니다.

육신의 그 무거운 짐을 이제 벗으사 자유를 얻으셨음으로 나의 후안무치의 뻔뻔함이 또한 용서가 되겠습니까.

그래도 "이제 다 고마 갠찬타." 하는 아버지의 목소리가 들리는 듯합니다.

49일 동안 나를 지켜보시는 자애로운 눈빛을 의지 삼아 기도하겠습니다.

그리고 이윽고 아버지 혼백이 대자유하시기를 빕니다.

(2011년 6월 8일)

아버지의 노래

"사요나라 사요나라 오레와 사비시인다….."

아버지는 일본 엔카인 〈오레와 시비시인다〉를 소주 한 잔 불콰해지면 한국계 일본가수 프랑코 나가이처럼 처연하게 부르셨다.

기억하기로 잘 부르신 노래가 아니라 술기운에 기분은 좋고 깨면 답답한 어정쩡한 독백이었다. 초점 없었던 눈으로 허공을 쳐다보던 모습이 지금도 생생하다.

경남 김해 지주 아들로 대학 졸업한 인텔리였으나 삶은 녹

녹치 않아 평생 직업이 없이 닥치는 대로 일을 하셨다.

늘 못마땅하게 아버지를 바라보았는데 그 모습이 이제 나에게 투영되어 아버지 못지않게 나도 닥치는 대로 살고 있다.

친구 아들 결혼식 식사 반주로 몇 잔 들이킨 술이 엔카를 기억시키고 아버지를 추억케 하니 나도 이제 나이가 들어가는가 보다.

막 사시는 듯했지만 아버지에게도 존재의 감수성이 있었을 터이다.

해서 불생불멸의 근원 자리를 각성키 위해 노래를 불렀을지도 모른다. 허깨비 같은 환상이 매일 대하는 일상사임을 알아차려 무심지경의 오도송인 줄 누가 알겠는가.

나도 흥얼흥얼 입속 노래 부르며 실존이 진즉에 실존이 아니었음을 눈치 채고 한 잔 술에 오늘도 없는 듯이 있을 뿐이다.

단지 지금 여기 '오레와 사비시인다'만 흐를 뿐이다.

(2014년 10월 5일)

제4장

부부

함석헌 선생 탄생 100주년과 나의 결혼식

얼마 전 함석헌 선생 탄생 100주년 기념 KBS 100분 스페셜을 보면서 감회가 깊어 젊은 날의 기억을 더듬어 몇 자 적어본다.

1981년 10월 25일은 나의 결혼식이었다. 하객들 면면을 보니 늘 보던 낯익은 형사가 세 사람 와 있었다.

복학하여 대학교 졸업반 시절이던 1980년, 계엄이 선포되자 또 함석헌 선생의 〈씨알의 소리〉가 폐간되었다. 그때 나는 함 선생을 흠모하여 부산 성경 모임에 매월 다니고 있었다.

〈씨알의 소리〉가 폐간되자 나와 뜻을 같이하는 2명이 돈을 모아 〈삶의 소리〉라는 월간지를 계엄사 도장을 받고 출간했다. 단돈 120만 원을 모아서. 그 당시 신입사원 시절이었는데 초봉이 35만 원 정도였으니 120만 원이면 거금인 셈이었다.

그런데 어느 날 정보부에서 회사로 나를 찾아왔다.

"이거 언 넘 사주 받고 출판하는 거야?"

덩빨 좋은 형사들이 인상을 쓰면서 물었다. 나는 형사에게 강변했다.

"보소 형사아저씨 책 한 번 읽어 봤소? 그리고 분명히 계엄사 도장까지 받고 했소. 그 내용 보면 다 종교 얘기고, 종교 얘기 빼면 다른 내용이 없는데 배후는 무슨 배후요."

하여튼 계엄사의 사전 검열을 안 받고 출판했으면 나도 박종철 군처럼 끌려가서 열사가 됐을지도 모르겠다.

그런 인연이 있는 이 형사 놈들은 주례가 함석헌 선생이라 명동사건처럼 시국선언문 낭독할까 봐서 찾아왔던 것이다.

식전에 함 선생님께 "제발 30분 안에 끝내 주세요." 하니 "알았어. 오늘은 간단하게 하지 뭐." 하시며 계면쩍어 하셨다.

결국 주례사는 정확히 55분이 지나서야 끝났다. 물론 시국선언문은 없었다. 얼른 끝내고 첫날밤 기다리는 넘에게 시국은 무신 시국….

주례사가 너무 길어 중간에 웅성거리자 이런 말씀까지 하신다.

"떠들 양반들은 다 나가주세요."

그 한 마디에 조용….

함 선생님 탄생 100주년 소식을 들으니 젊은 날의 감회가 새롭다.

부산 모임에 오시면 장기려 박사님을 비롯한 지우들과 함께 냉면 삶아 먹던 게 엊그제 같은데… 벌써 탄생 100주년이란다.

편지를 보내면 꼭 답장을 해주셨는데, 아직도 기억나는 구절이 있다.

"비록 발은 더러운 시궁창에 있더라도 머리는 구름 밖에 놓고 하늘을 보고 사시오."

(2002년 3월)

인생의 반을 겨우 산 안사람에게

계절이 바뀌면서 습관의 테두리를 벗어나고 싶어도 그게 그리 쉽게 되진 않는다. 항상 먹고사는 걱정이 앞선다. 뭔가 허전하고 불안할 때 잊기 위해 더욱 분주하려고 애쓰며, 자기 존재를 더욱 깊은 장롱 속에 파묻어 두려고 무의식적으로 행동하는 자신이 있다.

어리석음, 고요히 자신을 되돌아볼 때 자기 자신을 정면으로 내놓지 못하고 자기 아닌 남들 틈에 남이 만들어 놓은 공식에 꿰맞추려고 하는 습관적인 행위들… 이는 꿩이 자기 머리만 구석에 처박으면 안 들킬 줄 아는 것 같은 착각이다.

결론적으로 말해 나이가 들어가고 세상 지분대는 틈 속에서 그만큼 살았으면 이젠 자신의 허구성에 집단적 무의식이 만든 세상 공식에서 하루라도 빨리 나와야 한다. 통상 쉬운 방법으로 교회 가거나 아니면 개인 취미생활을 하거나 심하면 일탈하는 것이다.

허나 가장 중요한 것은 남에게 보이기 위한 생활을 바꿔야 한다. 남이 나를 살아주는 게 아니다. 이는 오랫동안의 선천적 후천적 습성 때문이다.

돌이켜 여태까지 받은 기존 교육과 질서, 도덕률, 살아온 생활방식에 대해 절절한 의문을 가져야 한다.

"이렇게 남편, 자식, 식구, 주변 사람을 위해 살다가 가면 이게 뭐냐? 원래 내 모습이 뭐지? 감사하는 마음보다 분노, 짜증, 불만을 일으키게 하는 원인이 뭐지?"

과연 남들이 그렇게 만들어서 내가 그런 건지, 원래 내 모습이 그래서 그런 건지 냉철히 들여다볼 필요가 있다. 이러한 쳇바퀴 같은 삶을 내 삶인 것처럼 살다보면 남에 대한 원망과 분노, 실망감 등으로 하루 일상을 소비한다.

그런데 이러한 마음을 자기만 가지고 있는 삶인 내면 쪽으로 돌리는 순간, 머리는 맑아지고 마음은 무거운 듯이 아래로 가라앉는다.

불가에서도 이런 부질없는 망상이 들면 "방하착(放下着)!"하면서 모든 걸 내려놓도록 하였다. 세속에서 잘 살아가는 방법 중의 하나가 이기적으로 보일지 몰라도 처음에는 자기중심적 사고방식이다. 참선도 처음에는 그리 시작한다. 여기서 내 탓이요, 내 맘이 움직인 결과라는 생각이 들면 사랑하는 맘이 생긴다. 이 때 마음 밑자락에 사랑 없음이 가장 문제다.

이분법적인 사고에 물든 가슴에 사랑이 자리 잡을 수는 없다. 자기중심적 사랑이 깊어지면 어느덧 주변 삼라만상이 나와 같다는 동체대비적인 사랑이 자리 잡고 드디어는 다른 대상이 자기 몸같이 보이는 것이다.

중요한 것은 이러한 마음의 초점을 바꾸는 것이다. 금방 되지 아니하나 그리 사는 게 잘 사는 길이라는 믿음이, 깨달음이 첫째다.

고요히 내려앉음은 나 자신을 다시 한 번 찾아가는 지루한 여행이다. 마구니도 나오고 주변 생활이 방해하기도 하고 대충 사는 인생들이 시기심에 놀리기도 하지만, 뒤돌아보지 않고 묵묵히 자기 찾음이다.

개인적으로 이 여행을 시작한 지 수십 년에 이른다.

계속 그 자리는 한 목소리다. 내 여행의 종착지는 깨달음이다. 어떻게 가는 게 지름길이고 빨리 가는지를 모르나 일단 철없이 무식하게 내 모습으로 누가 뭐래도 가는 거다.

적어도 이 길을 방해하는 자가 있으면 부처라도 목을 칠 각오로 산다. 다른 이가 보면 정신 못 차린다고 하지만 거꾸로 보면 누가 정신 차렸는지는 다 가보면 안다. 입으로 좋은 말, 귀로 듣기 편한 말들을 한 칼에 쳐야 한다.

한세상을 잘 살고 간다는 것을 다시 생각해보면 살아있을 때 진작 자신이 잘 살고 가는 게 중요한 것인데 살아있는, 남아있는 사람들이 이러니저러니 평가한다. 자기 자신의 주인은 바로 남이 아닌 나다.

자는 잠에 가듯이 한 점의 아쉬움 없이 조용히 가기 위해선 살아있을 때부터 죽는 연습을 해야 한다. 이게 고요히 앉는 불가의 참선 공부다.

나 자신 속에 있는 자존심, 내가 누군데 하는 망상 분별심, 원망심 등을 죽이는 연습이다. 이러한 연습(수행)을 하더라도 망상은 워낙 오랫동안 마음에 착 달라붙어 단시간에 없어지지 않는다.

오랜 시간을 두고 매일 10분씩이든 꾸준히 허망한 자신을 없애는 죽이는 연습을 해야 한다. 그러면 어느 날 자기도 모르게 웃음이 묻어나오고 눈에는 참회와 감사의 눈물이 나올 수 있다. 이러면 일단 깨달음의 열차에는 승차함이요, 그때부터는 그 마음을 계속 염을 하여 단속을 열심히 하다보면 더 이상 때도 없어지고 마음도 없어지는 그 자리가 분명히 온다.

문제는 먹고 사는 화두에서 잠시 벗어남이 중요하다. 그 벗어남에는 처음 불안과 예민해지는 마음을 느끼는데 그것을 주시하고 '내가 왜 불안한 거지? 그러면 그 실체를 보자.'고 용심을 내면 사라질 수밖에 없다.

성경 말씀에도 '날아다니는 저 새를 보라. 저 새가 오늘 먹을 것, 입을 것, 잘 것을 생각하느냐?'고. 그러면 당장 반문이 '그래 지금 딱 한 푼도 없으면 어떻게 사냐?'고.

그런데 내가 보기엔 5000년 우리 민족 역사를 봐도 죽기 전까지 의식주가 계속 붙어 다녔고 어떻든 다 해결하고 세상 떠난 거다.

기본이 되어 있는 우리네는 저 무지렁이처럼 의식주에 목매 달고 살기에는 너무 지금의 삶이 아까운 게 아니냐 하는 생각이 든다. 그리 보면 마음을 찾는 공부는 내 속에 있는 부처님 찾기와, 가까이는 원수를 포함한 다른 이들을 내 모습으로 참구하면 생활 속에서도 얼마든지 공부가 가능하다.

공부하기 좋을 때는 심장이 상할 때, 성이 하늘까지 날 때가 좋다. 그때 화를 내는 나는 누구인가를 생각하고 그 화내는 자신을 또 다른 내가 쳐다보면 그리 부질없을 수 없다.

결론적으로 마음공부는 자기 밥그릇 크기를 깨닫는 일이다. 사실 이런 관점에서는 깨달음 공부, 나 찾는 일만큼 급한 게 없다. 마치 불난 집안에서 가장 급한 일은 뛰어나오는 일인 것처럼. 그렇다. 기존 살아오던 껍데기 자기 자신에서 하루 빨리 뛰쳐나옴이다.

그것이 이해가 잘 되지 않으면 뛰쳐나오려는 다른 이의 일상도 살갑게 지켜봄이다. 죽기 전에 반드시 삶의 문제를 요리해야 한다. 나는 자신 있게 얘기한다. 한시라도 이 고해, 뜨거운 사바세계를 탈출해야 한다.

주위의 보살핌도 있으니 잘만 하면 자네도 피안의 언덕으로 갈 수 있으리라.

사실 강을 건널 때 배가 필요하지, 건너고 나면 배를 버리는 이치다. 그런데 당신은 건너기전이나 건널 때나 건너고 나서도 배에 대한 집착이 유별나다.

버려야 하고 죽여야 하고 없애야 한다. 그러면 세상이 달라 보인다.

(2000년 4월 2일)

사무실

아침 9시부터 저녁 8시 반까지 머무르는 감방이라고 부르는 사무실은 향(向)이 북향이라 햇볕이 전혀 들지 않는다. 겨우 오후 3시정도 반대편 건물에서 반사된 햇살 조각만 냄새 맡을 수 있다.

1998년 3월 이 사무실로 맨 첨 수감되었을 때 전 감방장(監房長)이던 어부인은 확실한 형기를 가르쳐 주지 않은 채 딱 한 마디 했다.

"욕 좀 바라."

내가 있는 감방의 열쇠는 내가 관리하는 선진화된 곳이다. 어부인이 챙겨주는 관식을 점심으로 때우다가 어부인이 편찮으시면 사식으로 때운다. 내가 하는 일은 하루 종일 앉아서 기도하는 일이다.

수인번호 : 540708
죄명　　 : 경제우롱죄, 미필적타녀일견죄, 마누라유기죄
선고　　 : 징역 5년에 집행유예 50년
판사　　 : 안xx 여판사
변호인　 : 강테리 변호사

아내와 결혼한 이바구

그때가 아마 유월 이맘때쯤이었는가 보다.

고등학교 선배이자 대학교 과 선배인 잘 생긴 형이 부른다.

"니 요 쪼매이 와바라. 오늘 니가 동문회 총무 일로 잘 봐서 내가 쏘주에다가 여자 있는 집 갈라카는데 안 갈래?"

선배 말에 이런 거 안 간다 하면 조상이 용서 안 한다는 신념으로 "형요, 쪼매 바쁘지만 형이 부르는데 쫄따구가 가야 안 되능교." 하고 장소를 물으니 서면 부전궁다방 이란다.

"형요, 바로 술집에서 만나면 되지 와 다방인교?"

"음… 다른 선배들캉 만나서 가기로 해따. 6시에 온나, 아라 쩨?"

사실 나는 그 당시 복학하여 미팅 안 나가는 걸로 소문났다.

여러 녀석이 가자고 해도 '여자는 요물이다. 또한 군대 가기 전 열정적인 연애 끝에 남는 건 쓰라린 아픔뿐이라 아예 만나지 않겠다.'는 서원을 혼자 한 터이다. 다방에 도착하니 분위기가 이상하다. 선배랑 과 동기들이 여학생과 같이 앉아 있는 게 아닌가?

"형요, 이기 뭔교?" 하니 "보면 모르나, 미팅이제." 하기에 바로 "형, 내 가요." 하며 성큼 나서는데 따라 나온다.

"얌마, 지금 쪽수 딱 채워 났는데 빠지면 사달이다 고마. 한 번만 눈 딱 깜고 앉아만 있어주라." 사정하기에 할 수 없이 앉았다.

상대편들을 보니 학생이 아닌 것 같았다. 알고 보니 학교 가까운 회사에 다니는 아가씨들이었다. 속으로 이 선배가 작당을 했구나 하며 앉아 있는데 "자 인자 파트너 구합시다. 남자분들은 자기 소지품을 하나씩 내놓으시고 여자 분들은 잠시 눈 좀 깜아 주이소."

나는 손에 잡히는 대로 만년필을 내놓았다. 아가씨들이 킥킥 웃으면서 하나씩 고른다고 난리다. 애당초 기대가 전혀 없는 터라, 저녁에 야학에 가야 할 시간만 보고 있었다.

"자, 이 만년필 주인은 누고?" 하기에 "냄니더." 하며 만년필을 든 여자를 첨 보았다. 긴 머리를 밴드로 묶고 뭐 지가 대학생인 양 책을 무릎 위에 놓고 앉아 있었다. 첫인상은 곱고 참하게 보였다. 이런저런 얘기를 하다가 "약속이 있어 먼저 나가지요." 하며 일찍 나왔다.

그 쪽 사연을 들어보니 나하고 사연이 비슷했다. 낮에는 회사서 경리 일을 보고 밤에는 야간 대학을 다니는데 급한 일이 있어 만나자는 언니 꼬임에 안 빠지던 수업 빠지고 왔다고 했다. 속으로 안심되었다. 별로 여자 사귈 맘이 없던 터라 그냥 헤어져도 무방할 것 같아서였다.

6개월을 까맣게 잊고 지냈다. 그러나 인연의 끈은 무서운 것이었다. 그해 겨울 친한 동기 놈이 서울서 내려와서는 여자 소개 시켜주라고 한다. 암만 생각해도 주변에 여자 없었다. 그때 미팅한 그녀가 생각이 떠올랐다.

"회사 댕기는 아가씨도 괜찮나?" 하니, "내가 식은 밥, 찬 밥 가릴 처지가? 바로 연락해 바라." 한다.

그리하여 두 번째 만남이 이루어졌다.

예전에 만나던 사람과는 판이하게 달랐다. 말 수도 없고 사실 예전에 만났던 여성들은 내가 연락하기도 전에 먼저 연락도 오곤 했는데 깜깜 무소식이었다. 연락을 하니 반갑게 전화를 받고 친구 하나와 같이 만남을 가졌다.

그리고 나서는 역시 나의 무관심과 집사람의 무심이 합쳐져 한동안 만나지 않았다. 당시 나는 '깨달음병'에 걸려 수행한답시고 단식과 묵언수행 중이었으니 더더군다나 여자 생각은 전혀 나지 않았다.

그러다가 크리스마스 날에 무슨 바람이 불었는지 연락을 하고 잠시 만나고 이야기를 했으나 전혀 즐거운 마음이 들지 않았고 무심의 거리만 확인하였다.

그렇게 무덤덤한 사람은 처음 본지라 호기심이 발동하여 편지도 보내고 소위 말하는 작업에 들어갔다.

허나 또다시 반응도 없고 전화도 없는데 희한하게 만나자고 하면 두 말 없이 포르릉 나와서는 배시시 웃고만 있었다.

야튼 몇 번의 만남과 헤어짐을 반복하다가 영도 뒤편 해안가 도로 위를 걷다가 그네에게 "내를 조아하요?" 물으니 그냥 웃고만 말길래 "그라믄 이제 그만 만나입시더. 서로 피곤한데… 안 그런교?" 하며 최후의 결별을 하고 말았다.

그냥 잊고만 지내다가 내 나이 28살이 들어서자말자 부모님이 나의 혼담을 꺼내 놓으며 어머니 친구 분 딸 이야기를 하면서 선을 보라 하신다.

당시 결혼 생각은 꿈에도 없었다. 오로지 구도 열정과 사회 사업을 펼칠 생각뿐이었다. 그러다가 회사에서 근무하던 중 화장실에서 한 생각이 들어 6개월 만에 또 전화를 하게 된다. 해운대 백사장에 둘이 오도카니 앉아 들고 나는 파도를 보면

서 한 마디를 불쑥 꺼내었다

"내하고 결혼할라요?" 하니 한참을 흰 포말을 보던 눈을 나에게로 돌리더니 미소를 띠며 고개를 끄덕인다.

그리하여 나의 인생과 그녀의 인생은 서로를 묶어 놓는 가족이라는 울타리를 손수 지어 무기수 결혼생활을 시작하게 되었다. 이렇게 인연이란 질긴 것이다.

(2002년 4월)

아내의 입원

내일은 안사람의 수술 예정일이다.

진작 했어야 되는 일인데도 나의 안빈낙도와 게으름으로 늦춰진 일이다. 수술 안 하고 어찌 견뎌보려고 3000원짜리 쑥뜸을 사다가 온몸을 지지고 애써 참아보는 안사람을 보면 나의 가난은 문틈으로 들어오는 겨울바람이다.

근자에 조상의 돌보심으로 계약이 몇 건 성사되어 이제야 수술을 받겠다는 안사람의 말에 "그래 내가 뭐라 캤노. 빨리 해야 된다 안 카드나?"라고 흰소리만 한다.

안사람의 고통을 '병원 24시' 드라마 정도로 여긴 철없는 남편에게 그래도 안사람은 매일 아침 따뜻한 밥을 해준다.

안사람은 나에게 고향집 느티나무다. 언제나 항상 그 자리에 그 모습으로 그대로 변함없이 곁을 지켜주는 느티나무다.

수술 후 건강해진 몸으로 고향집 툇마루에 걸터앉아 주제 없는 이야기를 하면서 해바라기나 하고 싶다.

아내가 입원한 터라 아침 6시 반에 일어나 아들놈 재수하는 학원에 첫 등교라 서둘러 밥을 하고 어제 먹다 남은 찌개에 물을 붓고 끓인다.

이놈만 쳐다보면 속에서 불이 댕기지만 그놈 방 청소하면서 졸업 공연 때 찍은 락 밴드 공연 사진을 보면 멋은 있다. 라이터와 담배 껍질이 나온다. 이런 것을 숨길 줄도 모르는 녀석이다. 여자 친구한테 온 편지도 방구석에 굴러다닌다.

전철역에 태워주고 손수 정액권을 끊어주었다. 왜냐, 아들 녀석한테 돈 주면 정액권 안 사고 딴 짓 할까봐 노심초사이기 때문이다.

돌아와서 딸내미 깨우고 학교 보내고 집안을 깔끔히 청소를 한다.

차에 시동을 거는 순간, 이런 생각이 든다. 퇴원해서 집에 올 안사람이 너무나 깨끗하게 치워진 집안 모습을 보고 행여 자기 없는 자리가 별 표시 없음에 서운해 하지 않을까 하는 생각이다. 야튼 다시 일상으로 돌아와 비워진 화장대 앞에 앉아 명상하는 안사람을 보고 싶다.

(2001년 2월)

집사람의 출타

집사람이 며칠 출타 중이라 밥을 내 식대로 해먹으니 아주 좋다. 혼자 먹을 때는 마가린에 양파와 홍당무 잘게 썰어 넣고 볶은 뒤 찬밥 넣고 간장 넣고 빠삭하게 조리해 먹으면 맛도 있고 뒤처리도 간단하다. 그냥 상 위에 김치하고 조리된 프라이팬 달랑 얹어놓고 텔레비전 보면서 먹으면 된다.

어저께는 애들이 있는지라 유부초밥을 해먹기로 했다.

이것 역시 간단하다. 갓 해놓은 밥에다가 이미 정해진 소스를 넣으면 된다. 딸내미 왈, 양파와 홍당무, 감자를 볶아서 같이 넣으면 좋대나… 밥에다가 깨소금 넣고 식초 넣고 볶은 재료 넣어 비비면 된다.

재미나는 것은 유부에 밥을 넣는 일이다. 비닐장갑을 끼고 밥을 알맞게 조물락거려 럭비 볼처럼 만들어 유부의 제일 깊은 부분에 쏙 넣어 아래위로 편편히 고르면 모양새가 좋다.

애들은 만들자마자 게 눈 감추듯 먹어치운다. 이넘들 3개 먹는 사이 겨우 한 개를 입에 넣는다. 그래도 배가 부르다. 애들이 맛있게 먹으니 더욱 그러하다.

안사람이 없어서 애들이나 내가 좋은 점은 자유롭게 어지르는 일이다. 퍼포먼스가 따로 없다. 여기저기 물 컵들, 내팽개쳐진 옷, 먹다 남은 수박이 환하게 웃는다.

나는 정돈된 공간에서는 위축이 된다.

잠깐의 즐거움을 맛볼 뿐 아내의 잔소리에 길들여진 나는 이내 자율신경계의 명령처럼 '자, 인자 좀 치우자.' 해놓고선 등을 도리어 바닥에 더 깐다. 좀 더 즐기고 싶은 것이다.

정리된 삶, 시간에 의해 격식을 갖춘 밥상은 나를 얼마나 무미건조한 삶으로 살게 했는가. 결국 아침 2시간에 걸쳐 애들 아침밥 해먹이고, 도시락 싸고, 설거지와 대청소를 하고, 현관문을 나서며 뒤돌아본다.

뭔가 낯설다.

(2001년 7월)

청소전문가 종무씨님

　종무씨님은 아내의 별호다.

　종무씨님의 유일한 낙이자 존재감을 느끼는 일은 청소하는 일이다.

　도배 청소하는 즐거움을 아내에게 선물하고 싶다. 증말 쓸고 닦는 일 하나는 이슬람 예불 드리는 것보다 더 학.실.히. 한다.

　옆에서 지켜보는 나는 짜증이 난다. 좀 어질러져 있어야 사람 사는 냄새가 나는데 말이다. 아침에 내 러닝을 보고 이맛살을 찌푸린다. 누렇댄다. 난 암만 봐도 상아빛 아이보리로 이뻐보이는 색상인데⋯ 잔소리 반복하기 전에 재빨리 갈아입어야 한다.

　아들과 딸이 나를 닮았다.

　지독스러울 만치 속내의를 잘 갈아입지 않는다. 목욕은 물론이다. 바라보는 나는 흐뭇하다. 깔끔떠는 사람치고 여유 있는 사람을 보지 못했다.

　만약 아프간사태가 한반도에 일어난다면 나와 자식 둘은 얼마든지 악조건에서도 견딘다.

　아들넘 목 주위를 보면 경계선이 뚜렷하다. 나는 그래도 목은 씻는데, 이넘은 고양이 세수다.

　요즘은 테러 같은 종무씨님 잔소리에 나도 모르게 치우고 정리하는 더러운 습관이 들었다. 깨끗하게 치워진 사무실이나 거실은 숨 막히게 한다. 오늘 아침에 청소기를 먼저 들었다. 순전히 테러 예방 차원이다.

11월말쯤 나는 9일간 자유를 만끽할 것이다.

아내가 무슨 바람이 들었는지 친구랑 캐나다 록키 일주를 한단다. 참말로 어느 서방이 마누라 혼자 저거 친구하고 바다 밖으로 놀러간대는데 딱 한 마디, "당신 가고 싶으면 가라." 고 하겠는가.

재작년에 아내와 친구 둘이서 해외여행 가려고 모아둔 곗돈을 생활비로 써버린 이유도 있지만 아무리 생각해도 씨님이 상좌 하나는 잘 만났다.

가고 나면 내 세상이다.

셋이서 퍼포먼스를 할 것이다. 아마 일주일 동안 두 번 정도는 치우겠지. 아침에 개지 않고 몸만 쏙 빠져나온 이불을 저녁에 이글루 들어가듯 파묻히는 기분은 안온하다.

*종무씨님 : 사찰의 행정을 도맡은 종무소 스님이라는 뜻으로 아내를 가리킴.

(2001년 10월)

결혼기념일

내일이 결혼기념일이라는 사실을 나도 모르고 아내도 몰랐다.

막내 동생이 출장 관계로 집에 와서 이런저런 얘기 끝에 "내일 너거 형수랑 친구랑 둘이서 태백으로 놀러간단다." 했더니 동생이 되묻는다.

"형님, 내일이 결혼한 날 아이요?" 하길래 짚어보니 맞다.

어떻게 해석해야 할지 부부가 서로 눈을 멀뚱 쳐다보는데 아내 왈, "우리는 매일, 매일이 결혼 기념인데 그런 거 별로 신경 안 씁니다."라고 얘기한다.

다시 생각하니 결혼기념일 날 아내에게 여행을 보내게 되었으니 그것도 딴에는 의미가 있다고 여긴다.

아내는 생일이나 뭐 기념일 이런 것에 신경을 안 쓴다.

도리어 나는 챙기는 편인데, 챙겨도 반응이 없으니 이젠 나도 그러려니 넘어간다. 내 생일 아침에도 아무 말 없이 미역국만 척 얹어놓고 이렇다 저렇다 말 한 마디 없다.

도리어 아이들은 선물로 혁대와 손수건과 편지를 건넨다. 먹고살기에 급급한 삶을 한동안 살았으니 그리 여유 없는 탓의 주범은 나일 게다. 아내로부터 사랑의 냄새를 느껴본 적이 없다. 그게 밥 먹여주나 식의 일상생활에 억척인 양반이다.

나는 살면서 살가운 다독거림이 조미료마냥 삶을 얼마나 따스하게 해주는지를 안다. 나의 배려와 살가움은 아내에게 전혀 느낌을 주지 못한다.

한동안 '참 별난 사람이야.' 하며 중얼대다가 어느 날 나는 이런 아내가 '나와 인연을 맺은 원인이 있을 거야.' 하는 생각이 들었지. 아내를 통해 나의 전생 업장을 보는 것이다.

아내의 무덤덤함을 화두로 하루를 살아내다 보면 삶이 보일지 않을까. 어떻든 2박 3일 제일 친한 친구와 가을에 취해 돌아오면 조금 서정과 낭만과 살가움을 묻혀 올지도….

(2001년 10월)

아내와 라이터

　이쁘게 잘 지내고 있다. 82년도에 책을 내려놓고 이제사 다시 잡으니 거의 20년째다. 결론은 재미있다는 것이다.

　방위들 노래마냥 희망찬 하루들이다. 희망을 가진다는 뜻보단 하루하루가 꽉 찬 느낌이다. 버리기로 작정한 몸이 무슨 부귀영화를 위해 더운데 지랄하겠는가. 그냥 지금 행위를 하는 것으로 만족한다.

　하나씩 책을 읽어내야 하는데, 그 속에 진주가 있을 텐데 하면서도 시간 탓, 게으름 탓으로 몇 장을 못 넘기고 먼 산을 본다.

　며칠 전 아내가 라이터를 하나 사 와가지고 불쑥 내민다.

　"이거 아파트 장날에 1000원 주고 샀어요. 괜찮은지요?"

　콩알만 한 걸 불쑥 내밀며 묻는데 꼼꼼히 살펴보니 중국제다.

　곧잘 켜진다. 사실 아내의 선물이라고 할 것까지 있겠냐마는 나에게는 23년 만에 내가 원하는 물건을 선물로 받았으니 아내가 대견스럽고 고마웠으나 차마 반색을 못 한다.

　또한 나의 끽연을 간접적으로 이해해준 것이라 생각이 드니 아내가 나를 생각하는 깊은 맘도 알게 된다.

　요즘 이혼을 당당하게 말하고 그 가능성에 대부분 자기 가정을 대입해 보곤 한다. 나 역시 그런 생각을 아니 한 바 아니다.

　세상이 다양해지고 경제력과 생산력의 증대로 욕구가 다양해지다 보니 부부간에 서로 성격이 안 맞고 생각 차이의 골이 깊고 무덤덤한 관계에서는 예전과 달리 조그마한 불씨만 있더라도 부부간 악화의 개연성지수는 높을 수밖에 없다.

그러나 개인적으로는 맞지 않는 사람을 사랑의 닉닉한 품으로 감싸 줄 수 있음은 정신적인 성장의 척도이며 삶을 지혜롭고 풍성하게 살아내는 과정이 아닐까.

삶의 진정한 깨달음의 척도를 굳이 스승이나 깨달은 이에게 물어볼 필요가 없다. 작게는 가정에서 아내의 맞지 않은 부분을 거슬리지 않고 대화나 행동으로써 끊임없이 받아줄 수만 있다면 이미 삶을 제대로 살며 깨어 있다고 할 수 있다.

'수신제가치국평천하(修身齊家治國平天下)'라는 몇 구절 속에 이미 답은 나와 있다. 나는 언제부턴가 깨달음에 대한 책이나 사이트를 보지 않고 강연에도 가지 않는다.

나의 가까운 스승은 아내와 자식이며 또한 멀게는 인연 없는 이웃들이다. 그리고 하늘 바람 안개 매미소리 등은 훌륭한 화엄의 세계이며 명상 음악이다.

내 마음속에 이들을 공경하는 맘이 자라도록 마음 단속을 할 것이다. 오늘도 아내가 건네준 작은 라이터를 염주마냥 만지작거리며 그네가 혹 오쇼책인 사라하의 노래에 나오는 활 쏘는 지혜의 여신인 사라하가 아닐까 생각한다.

(2002년 4월)

소 이야기

아내가 요즘 예전 같지 않았다. 일주문 좌우에 턱 버티어 서 있는 사천왕 같은 얼굴에 미소가 방실해지니 조금은 불안하다. 날씨 탓만은 아니다.

스무 해 넘게 날씨와 관계없이 늘 나를 어그정하게만 만들던 안사람이다. 그동안 유전자 분석도 해보았다. 조폭인자가 과연 뼈대 있는 가문(아내는 늘 친정집 교지를 흔들면서 '너거 집에는 이런 거나 있냐?'고 함)에서 나올 수가 있는가.

그 해답을 〈야인시대〉 드라마에서 찾았다. 긴또깡이다. 김좌진 장군 그 뼈대 있는 가문에서도 나올 수가 있었다.

해답을 오늘에서야 발견했다. 또 아내의 '풀향기'라는 모임에서 싱가포르로 아지매들끼리 여행가는 계획이 나도 모르게 진행되고 있었던 것이다.

자기는 갈 마음이 없는데 운운하면서 왜 얘기를 자주하는지… 또 변한 게 있었다. 갑자기 외눈으로 보던 강아지를 곰살맞게 이뻐 하는 것이다. 속 보이는 짓이다.

작년 이맘때도 캐나다로 여행가면서 가기 전 일주일, 돌아와선 딱 이틀 동안 나를 오야붕으로 대접하고선 그담부터는 역시 나는 소위 말하는 '아그'로 돌아가야 했다.

사실 나는 처복이 지지리도 없다고 감흥시 냄새 풍기며 아내 면상에 대고 읍소하지만 아내는 늘 가소로운 눈웃음으로 '놀고 자빠지고 있네.'라는 염화시중의 미소만 지을 뿐이다.

결국 아내의 작전은 자기는 가기 싫은데 자상하고 착한 남편이니 한 번 '갔다 온나.'라는 한 마디를 듣고 등 떠밀려서 가고 싶다는 것이다.

　이 장면은 가증스럽기도 하고 귀엽기도 하다. 참 음흉하고 가소롭지만 이 경우 나는 마음이 너무 착하고 고운 게 단점이자 장점이다. 내일이나 모레쯤 그 음험한 미소를 보지 않으려면 '자네 한 번 갔다 오시게.'라는 자백을 고문 당하기 전에 목숨 보전하려면 해야 한다.

　'내캉 같이 가자'라고 하면 대반에 나올 레퍼토리가 있다.

　"그러면 일은 누가 하노?"

　나는 그래서 우리 집 소다.

　'soda'라는 구두 브랜드가 아니고 소 우(牛)인 것이다. 진짜 소라면 아내의 씨부리는 소리를 우이독경으로 들을 수 있어야 하는데 나는 참말로 어중잽이 소다. 아내는 촌에서 나고 자라 소 부리는 데는 도사다. 적당한 소여물과 채찍을 늘상 저울질한다.

　또 걱정은 내보담 훨씬 오래 살 것 같은 예감이다. 해서 나도 요새 헬스클럽에 나간다. 내가 더 오래 살아가지고 나도 봄날을 한 번 맞이하고 싶다 이 말이다.

(2002년 4월)

아내의 신년 화두

아상은 무엇이고 자아는 무엇인가.

신년 초 아내가 화두를 던지며 그 도리가 무엇인지를 답하라 하신다. 해서 '아상은 겉껍데기고 자아는 참모습 아닙니까?'라고 즉답하니 아내 왈(曰).

"그대는 아상이 많고 자아는 없다고 하고, 나는 아상은 없고 자아는 많다고 한다면 그대가 나보담 덜 떨어진 인간 아이가?"

아상은 타파되어야 할 그 무엇으로 없애야 할 이미지로 부각된다.

나 역시 아상 타파를 위해 나름대로 몸부림칠 대로 쳐봤지만 사실 자아가 속에서 턱 버티고 있는 상황에서의 아상은 점점 그 무게를 더하고 만다.

자아와 아상은 서로 친구이면서 앙숙이다. 둘은 동전의 양면이다. 이 모든 게 몇 백 그램도 되지 않는 뇌 속에서의 장난에 지나지 않음을 어찌 모르겠는가.

역시 아상과 자아가 서로 잘 낫다고 우기는 대갈통은 단편적이다.

머리는 삶으로부터 그대를 단절시킨다. 제발 단순한 가슴으로 삶을 살아지기를 원한다. 42장경에 많이 배우는 것만으로 도를 이루려고 애쓰면 도를 알기 어렵고 흉금으로 도를 지키면 참으로 큰 것이 도다.

삶은 오로지 단순한 가슴으로만 알 수 있다.

복잡한 머리로는 자아와 아상은 구별할 수 있을지 모르나 단순한 삶을 이해하는 것은 어렵다. 어린이, 시인, 신비주의자들은 잘 이해한다. 그들과 삶은 아주 일치되어 있다. 편견도 기독교도 불교도 없다. 그 자신만이 단순히 존재하는 그 이상도 이하도 아니다.

따스한 가슴으로 삶이 살아지는 게 도다.

벨벳같이 부드러운 가슴으로 하늘의 별빛을 담는 게 견성이다. 자아를 비워내는 게 전부가 아니고 아상을 타파하는 것 역시 일부에 지나지 않는다.

부드러워질 대로 부드럽게 마음을 쓰다듬고 문득 지금 여기를 가슴에 한가득 담는다면 지금 이 자리서 육체의 옷을 벗음은 축복이 아니겠는가.

아내의 화두에 대한 느낌이다.

(2003년 1월 3일)

삶은 아름다운 무지개로다

모처럼 만에 시간을 내어 안사람과 함께 원족을 가기로 하다. 오늘 개인적으로 즐기는 자생란 산채 선약을 제끼고서 말이다.

갈 곳을 물색하다가--사실 난 거의 목적지를 정하지 않고 다니는 버릇이 있다—아내와 의논하여 한 번도 걸음하지 않은 춘천으로 정하다.

내심 외수 님이 사는 그 공지천을 보고 싶었다.

허나 미사리를 지날 즈음 아줌마와 아저씨들이 줄지어 목련같이 하얀 뻥튀기 과자를 흔들고 있는 게 아닌가. 불길한 예감… 봄맞이 차량이 뱀 꼬리 마냥 줄지어 밀리고 있었다.

난 판단이 매우 빠르다. 이게 단점이자 장점이다. 불법 유턴을 하여 미사리 조정경기장으로 향하다. 미사리의 풍경은 막이 다 끝난 연극 객석과 같은 스산함이었다.

내팽개쳐진 건물과 카누, 다듬어지지 않은 수목들, 북적북적하던 88올림픽의 흔적은 어디서도 찾을 길 없고….

차를 돌려 찬란한 카페 촌과 쓰러져가는 촌집과 비닐하우스를 뒤로하고 그냥 발길 닿는 대로 핸들을 돌리다.

고덕동, 문정동… 생전 첨 가보는 길을 달리다가 머릿속에 문득 남한산성이 떠올랐다. 그래 거기다. 해서 성남으로 방향을 잡다.

올라가는 산길은 역시 차로 빼곡하나 엉금엉금 기어 올라가면 갈수록 주변 낮추어진 산등성이를 내려다보는 맛도 괜찮다.

안온한 건너편 산색은 초봄 햇발을 담아 연한 보랏빛이 배어 나온다.

중간에 차를 세워놓고 걸어 올라가다.

남문의 성벽 돌을 보다.

수백 년 전 나의 할배, 할매의 피땀이 배어 있으리라. 오랜만에 흙길을 밟다. 신발창으로 부터 전해오는 봄의 물컹함. 바람이 종일 불었다.

2월 초하루 영산 할매 굿을 아니 해서일까.

내 안사람 고향 경남 함안에선 동네 사람 모두 모여 떡과 술을 빚어 정월 그믐 저녁부터 동네 부녀자들이 모여 해초(동네 제사)를 한다. 자정 경에 종이를 태워 소지하여 하늘로 보내어 바람 신에게 태풍이 아니 오게 달래는 제사다.

음식점 여기저기를 물색타가 따사한 양지바른 2층에 자리 잡아 더덕 정식을 먹고 안사람이 피곤해 하기에 잠시 쉬었다가 곧바로 집으로 향하다.

오면서 부처님 말씀이 생각나다. 우회가 가장 지름길이라는 것이다.

우리의 인생이 그렇다.

모두들 어떤 목적과 희망을 가지고 열심히 젤 빠른 길로 가기 위해 여러 궁리를 한다. 그러다가 좌절이 되면 절망하고 후회의 씨만 뿌리고 아파한다.

삶이란 흘러가는 것이다.

어디서 좁은 여울을 만나고 댐을 만날지, 언제 바다를 만날지 불가지다. 목적과 희망과 의지를 가짐도 중요하지만 그보다 더 중요한 일은 자기의 흘러가는 삶을 지켜보며 사랑하는 일이다. 자기를 지켜보는 따뜻한 자신의 눈을 가지는 일이다.

세월이 지나 '만일 그때 그랬더라면 내가 더 나았을 텐데…' 하고 후회하나 이 생각을 부질없음으로 승화시키고 '지금 여기 이대로의 내 모습'을 더욱 살갑게 보는 작업이 삶을 풍성하게 한다.

비록 우회로 잘못 판단으로 둘러, 둘러 길을 걷다가 기진맥진하여 지금 이 시간 이 못난 모습으로 여기에 있다 할지라도 분명한 것은 그게 가장 안전하고 빠른 길이었음을, 또한 이게 내 본 모습임을 느꼈을 때 삶은 그렇게 아름답지도, 불행하지도 않는… 그냥 그대로 살아지는 아름다운 무지개인 것이다

(2003년 3월)

그래 마 이리 사는 기 인생이다

내 사무실에서 10분 정도 차로 가면 부천여우고개라는 그린벨트가 나온다.

요즘 카페 등 너저분한 것들이 있어 정취는 옛날만 못 하지만 그래도 봄이면 꽃냄새를 진하게 맡을 수 있는 비처(祕處)다.

아래 오후 안사람이 느지막이 모자를 쓰고 칼을 들고 나타났다. 순간 또 '내가 비구니와 놀던 일이 들켰나?' 하는 생각.

하기야 나의 메모 및 일기 쓰는 습관 때문에 몇 번 들켜 안사람으로부터 치도곤 맞던 일이 눈에 선했다. 난 단지 불우여성들 도와준 일밖에 없는데 말이다.

"쑥 캐러 갑시다."

내심 가슴을 쓸어내리면서 "오이야." 소리가 바로 나온다.

바로 나와 여우고개를 힘 가쁘게 나의 애마 1990년식 프라이드가 쌕쌕거리며 오르는 사이 벚꽃들은 차마 나를 못 기다려 바닥에 꽃의 나신들만 즐비하다.

저리도 좋은 것은 빨리도 간다. 가인박명이라더니. 고개를 넘어 일전에 봐두었던 언덕으로 올라가 숨을 고르니 도시 인근이라도 꿩 소리가 반가움을 전한다. 음지녘이라 개나리 고운 자태가 아직은 남아 있고 둔덕 풀섶은 초록으로 이미 물들여져 있었다.

안사람은 금방 입이 헤벌어진다.

쑥을 보더니 정신이 없는 모양이다. 예전에는 배가 아파도, 머리가 띵해도 쑥을 먹었단다. 나보고도 연필 깎는 칼을 주며

"좀 뜯으소, 마." 한다.

쪼그러가지고 몇 번 캐니 품새가 영락없는 여자 오줌 누는 형상이라 사대부 체면이 있지 영 못할 짓이다.

"나 저쪽 가서 물 좀 빼고 오께."

그러고는 어영부영 하늘보고 산 내음 맞고 어정거리다.

해가 거의 넘어가고 땅거미가 어둑하니 내려앉는데도 안사람은 정신이 없다. 1시간을 캤는데 큰 봉지로 가득이다. 내가 뜯은 것을 주니 바로 면박이다.

"보소, 이래 뜯으면 두불일(이중일) 아이요. 좀 탈탈 털어야지. 우째 그리 안 야무지노 마."

난 슬그머니 뜯은 넘을 탈탈 틀어본다.

"마, 됐소. 인자 갑시다."

이래 보니 난 '마당쇠'라는 느낌이 드는 오후였다.

오는 길에 넌지시 묻는다.

"요 아래 순대국이 맛있지요."

난 속을 안다. 안사람은 육류를 좋아하지 않는데 저녁 수고를 안 하려는 작전이다.

"그래 함 가보자."

한 그릇 똥개 밥그릇 비우듯 깨끗하게 비워내니 안사람 얼굴에 만족의 미소가 번진다. 이때 보면 마눌이 아니고 엄마 같은 모습이다.

야튼 어제 아침에 쑥 내음이 퍼지는 밥상을 받다.

"어 맛이 좋네. 향이 지긴다(죽인다)."

이렇게 평하니 안사람 얼굴이 복사꽃처럼 환해진다.

'그래 마 이리 사는 기 인생이다.'

※

아내가 이뻐 보인 날

이유는 간단하다.

내가 그리도 바라던 강아지를 사라고 윤허하시어 친히 강아지를 인도받아 내 품에 안기게 하신 너그럽고 자애로운 은총을 하사하셨기 때문이다.

50 먹은 초로의 사내 중 나만큼 강아지를 이뻐하는 종자는 찾기 힘들 것이다. 이 강쥐는 순수한 혈통인 코카 스파니엘 종이다.

아버지가 챔피언이고 엄마도 거의 챔피언감이다.

사게 된 연유는 우리 집이 2층이고, 18층 같은 라인에 이 강쥐 엄마를 키우고 있었는데, 새끼를 낳아 그때부터 나는 눈독을 들이고 있었다.

그러나 지금도 두 마리를 키우는데 언감생심 사자고 불충스런 발언을 할 수 있겠는가. 그런데 그 집에서 은근히 강쥐를 좋아하는 나에게 주고 싶어 하는 콜 사인이 몇 번 왔으나 대왕대비 마마께옵서는 늘상 그 입 다물라 하셨다.

그런데 오늘 약을 드셨는지 사고야 말았다.

강아지와 함께 아내도 이뻐 보인다.

이 넘은 세바스찬 주니어 3세 정도가 아니고 진짜로 혈통 좋은 아메리칸 코카스파니엘 버프종이다. 아 행복하다.

지금 사무실서 똥 싸고 코 자고 있다.

다른 강아지가 못 살게 구는데 이 넘들은 오늘부터 찬밥이다. 아니면 퇴출이다. 일찍 퇴근해서 사료랑 장난감이랑 사야겠다.

(2003년 8월 30일)

땐스 단상

그냥 '글쓰기'를 눌렀습니다. 그러지 않고서는 이제 쓰는 일이 점점 국민학교 때 숙제 같은 느낌이 들어서입니다. 다들 평안하게 잘 계시리라 믿습니다.

8월이 이제 막 숨고르기를 하고 있습니다. 이번엔 하늘이 좀 무심했습니다. 그리 장대비를 쏟아 붙고선 아직 우리에게 앙금이 남았는지 따가운 햇살 보기가 그리 쉽지는 않습니다.

돈 내놓아라 하는 청구서가 한 달이 지나감을 알리는 전령사입니다.

언제나 가벼운 주머니가 일상인 우리입니다. 마음마저 가벼우니 떼를 한 번도 제대로 써본 적 없이 그냥 내놔 하면 줄 수밖에 없습니다.

가벼운 주머니와 마음을 아무리 사랑한다고 다짐을 해보지만 우리의 일상은 은행 잔고에 마음 바탕이 상하기 쉽습니다.

어느 날 아들에게 물었습니다.

"니는 어떤 아버지가 되었으면 좋겠노?"

"아빠, 나는 우리가 좀 더 빵빵하게 살았으면…."

'혹시나' 하던 게 '역시나'로 끝났습니다. 보이지 않는 사랑이 최고선이라 암묵적으로 전달한 것 같은데 아들은 보이는 풍요한 현실을 더 원하는 것 같습니다.

당연한 일이지만서도 마음 한켠으로는 자식 인성 공부를 소홀히 하였다는 자책감이 날씨처럼 스산하게 남습니다.

태초에 유기물 한 덩어리가 수십 억 년을 통해 지금 사람으로 진화해온 일등공신은 본능적인 생존에 대한 애착입니다.

애착의 밑바탕에는 돈 욕심, 성에 대한 욕심, 의식주에 대한 욕심 등 유전자 정보가 태어 날 때 이미 수록되어 있습니다.

그러니 아들의 '부자 아빠' 환상은 너무도 자연스러운 것입니다.

허나 고등동물로 태어난 죗값으로 내 욕심만 채워서는 아니 된다는 사리분별과 사회구성원으로서의 책무와 올바른 삶이 어떤 건가 하는 정체성을 욕심과 함께 생각을 해야 하니 우리는 늘 부자연스럽습니다.

아내가 별안간 스포츠 댄스를 한다고 나갑니다.

큰 엉덩짝이 불쌍해 보입니다. 가만히 조신하게 붙어 있는 히프가 오늘부터 고생 좀 하리라 봅니다. 반면 제 엉덩짝은 주인 잘 만나서 언제나 평강하게 잘 지냅니다.

제일 정신없는 넘은 테리 딸 제니 엉덩짝입니다. 연신 꼬랑쥐를 좌우로 엄청 흔들어대니 그넘 늘 정신이 없을 겝니다.

저도 사교 댄스를 배워야겠습니다.

아내는 스포츠를 좋아하니 스포츠 댄스로 가고 저는 사교를 좋아하니 지루박부터 시작해야겠습니다. 부창부수라 얼마나 보기가 좋습니까.

제비 뺨칠 정도로 배워가지고 낮이고 밤이고 춤에 빠져 정신 못 차리는 아지매들을 잘 설득하여 가정으로 돌려보내는 일을 할 것입니다.

부디 아내가 댄스에 푹 빠지기를 기원합니다.

하여 잔소리가 춤으로 승화되기를 축수발원 드립니다.

(2003년 8월)

축축한 날의 독백

아내가 지나가는 말투로 입을 연다.

"이제 우리도 나이가 오십 줄에 다가서네요."

나는 마우스로 이리저리 화면을 난도질하면서 대꾸한다.

"신경 안 쓴다, 나는…."

제한된 시공 속에서 아내와 나의 대화는 거의 세 마디를 넘기지 못함. 하루 종일 오토리버스 되는 대화….

문을 나서며…아침에. "내 간다." 가등가, 말등가 바쁜 몸놀림….

사무실에서 "와 이래 사무실이 추접노?" "집에 먼저 들어가라." "제니가 똥오줌 마이 싸사서…."

저녁에. "내 와따." "저녁 묵어야지요?" "채리라." "수박 묵을끼요?" "오이야." "안 잘끼요?" "먼저 디비자라."

각자 상대방의 마음 살핌은 필수가 아닌지 오래 됨.

적당한 간격이 공기 같이 편함을 이미 서로 눈치 챘음.

서로에게 길들여지기를 애시당초 거부함.

그러면서도 상대방이 없는 시공을 함부로 상상을 못 함.
만일 상상만 하더라도 불경죄로 자동차 키, 신용카드, 돈…
모두 몰수당함.
이래 살아야만 하는가조차도 이젠 생각이 안 남.
반복일상의 규칙적 단음에 심각할 정도로 중독되어 있음.
살가운 대화는 딸내미, 테리와 제니로 국한되어 있음.
이유는 무지 단순함. 나를 속없이 좋아하기 때문.
조건 없는 무채색 단순한 사랑만이 나를 수초 간 이완시킴.

피가 더 이상 뜨겁지 않음.
쏘주 한 잔에 쉽게 경계가 풀림.
알딸딸한 가운데서 대화는 독백으로 끝남.
앞으로 계획은 아내가 술을 좋아하게 만드는 일임.

(2003년 9월)

디지털 카메라

아내의 시큰둥한 반응을 흰 눈으로 흘기며 디카를 구입키
위해 인터넷을 뒤지고 또 뒤졌다. 지인들이 대부분 권하는 메
이커는 올림푸스였다.
올림푸스는 고등학교 때 쬐끄맣고 하얀 손에 쏙 들어오는
싸구려 카메라 인식이 대부분이다. 나는 그 당시 rollei 카메
라를 가지고 있었다. 여학생 작업엔 필수장비였으며 부수 장
비로는 하모니카를 지참했다.
물론 나 자신의 품성과 허우대만 가지고도 작업에 지장이

없었으나 그래도 킹카 작업엔 기본 장비 외에 팝송을 통기타 라이브로 칠 정도는 되어야 가능했다. 작업의 결과는 설대(서울대)도 못 가고 처음 만난 별 볼일 없는 여자애한테 빠져 하모니카만 쌩 불어댔다.

올림푸스 3020z를 현찰로 535,000원에 구입했다.

그리고 128메가 카드와 충전기를 보태니 60만 원이 넘는다. 만족한다.

아내가 "머 그리 비싸요?"라고 또 조그마한 눈을 흘긴다. 이때가 최고 귀엽다.

"바라, 아지매야. 니도 계산 좀 해바라. 필름 한 통에 3000원, 현상하면 4500원, 더하면 7500원…이제 1년에 20통 찍는다 하면 7500원 곱하기 20하면 15만 원이제. 다시 4년을 안 잊어버리고 간수 잘해 가지고 쓰면 60만 원 아이가. 또 이거는 동영상도 찍고 바리(바로) 피씨에 유에쓰비로 딱 연결하면 이래 잘 나온다 아이가. 아라쩨?"

딱 찍어 놓은 것 보더이만 그냥 못 지나간다.

"개새끼 찍을라꼬 이 비싼 걸 산나?"

이때를 놓치지 않고 약을 올려야 한다.

"그래 우째 아란노? 해답보고 아란나? 내 잘 빠졌제?"

약빨이 잘 먹히는 날엔 기가 상승하여 아내는 거의 열반지경에까지 간다. 그런데 이것도 타성이 되니 별 효험이 없다. 아내를 약 올리는 것은 기 순환이 잘 되라는 지아비의 지극한 사랑이다.

그러나 건전지 약을 4개 넣고 쓰는데 금방 약이 닳아버린다. 이게 좀 단점이다.

그래도 며칠 가지고 놀 장난감이 생기니 내 얼굴에 생기가 돈다. 다음 번개 모임때 필수로 지참해가 338만 화소로 참석한 아지매들 기미 주근깨 잔주름을 낱낱이 찍어 공개할 예정이다. 화운데이션으로 카바할 경우 목주름을 타깃으로 할 것이다.

(2003년 10월)

새벽예불

새벽 3시에 도량석을 돌고 4시쯤이면 새벽예불이 시작되는게 절집의 첫 일과다.

나는 왜 하필이면 잠에서 덜 깬 눈을 비비고 억지로 사지를 세워 예불하는 시간을 새벽으로 택하였는지 알 수가 없다.

한 8시나 9시정도 하면 잠을 푹 자고 난 뒤 개운한 마음으로 지극정성 청정지심으로 부처님을 경배할 수 있을 터인데 말이다.

고등학교 시절 덜렁 기분으로 아버지께 사문으로 가겠다고 얘기하였다가 설레바리로 격하되어 택도 아닌 방송으로 매도되고 말았다. 그때 갔더라면 나는 새벽예불 때문에라도 일찌감치 하산하였을 것이다.

오늘 새벽 3시 반 전화벨이 울린다.

직감적으로 큰스님이시구나 하며 몸을 더욱 이불 밑으로 쑤셔넣고 있는데 아내는 연신 "고맙습니다. 감사합니다." 하며 입에 침을 바르고 있었다.

넌지시 물어본다. "내도 오라 하더나?"

"말해 머하는교? 일어나소, 마."

아, 참으로 오랜만에 새벽예불 호출이시다. 연유를 물으니 '오늘이 천신이 내려오는 날이고 생기복덕일이라 와서 기도하면 좋단다.'라고….

한 10여 분을 꿈과 현상계의 경계선상에서 뒤적거리다가 아내를 위해서 큰스님을 향해 오체투지(五體投地) 되어 있는 육신에 긴장을 주어 기립하여야 했다.

아내는 기도를 좋아한다.

한때 금강경을 매일 5독하더니 잠잠하다가 요즘엔 108배를 하기 시작한다. 내보고는 건강에 좋으니 동참하자고 회유하나 넘어갈 내가 아니다.

대학 불교 동아리 시절 1080배를 몇 번 하고 난 뒤 나의 깨달음은 굴신 운동은 신심을 깊게 하는 게 아니라 허리만 아프게 하고 식은땀을 나게 한다는 것이었다.

해서 나는 참선을 택하였으나 그 역시 지루하기만 하고 마음속의 끝말잇기로 항시 하수상한 심사만 보았다.

4시 정각에 성불사에 도착하니 예전과 다르다.

주차장에 차가 몇 대밖에 없고 대웅전에는 불빛에 보이지 않았다. 형식적으로 사리탑과 9층 석탑에 '내 와따.'라는 가벼운 목례를 하고 아래층 관음전을 보니 큰스님 빨간 가사가 보인다.

예전에 새벽기도 호출 때엔 거의 7~80명 신도가 모였는데 오늘은 고작 10여 명이다. 속으로 오늘은 빨리 끝나겠구나 하며 기대를 가지고 법당에 들어선다.

자리가 큰스님 옆자리밖에 없으므로 예불문 낭독하는 시간 동안 계속 기계적으로 절을 하여야 했다. 눈도장이라도 확실히 찍어야겠다는 중생심밖에 없음이다.

나와 가족을 위해 이름을 거명하시며 축원기도 하신다. 내심으론 '안 하셔도 되는데…' 하지만 스님 정성을 지극정성절로써 화답하다. 스님이 말씀하신다.

"예전에 새벽기도에는 내가 웬만한 신도는 모두 전화해서 오라고 했지만 이젠 안 해. …스님 좋으라고, 부처님 좋으라고 기도하라고 해? 모두 제 좋으라고 기도하는 건데 알아서들 와야지."

나를 보시고선 "아배야, 너는 부르고 싶었단다."

마음이 '싸아' 해지는 사랑을 느낀다.

내가 어려울 때 큰스님은 내 이름으로 2년여 동안 새벽기도 축원을 한 번도 빠뜨리지 않으셨다고 도반이 넌지시 귀띔을 하기에 몸 둘 바를 몰랐으나 또한 중생심으로 그 정성을 엷게 만들었으니 아내는 그런 나를 참으로 안타까이 쳐다본다.

'스님의 그 정성을 그리 몰라야 되겠소?'

'나는 원래 염치가 없는 넘이다. 하지만 내 마음에는 항시 스님의 사랑이 자리 잡아 맴돌고 있으니 그 지극한 인연의 아름다움을 어찌 모르겠는가.'

독백을 한다.

예불이 끝나고 도량으로 나서니 큰스님이 넌지시 부른다.

을 일순 느낀다. 그 자비와 사랑을 느끼지만 내가 받아들이기에는 자신이 너무 왜소하다.

"장모님, 초파일날 꼭 오시라고 그래." 하신다.

새벽이 훈훈해진다. 잠은 가신 지 오래고 우윳빛 아침이 또 나를 반긴다.

제대로 스님에게, 사찰에 해준 게 없음이 늘 목구멍에 걸린다. 겨우 부처님 개금불사 때 몇 십만 원 냈다 해도 스님 사랑빚 갚음의 백분의 일이라도 될까.

한때 스님은 나를 부르시곤 "아배가 내 상좌야." 하시매 난 부담감만 쌓이고… 사실 나는 기복신앙에는 별 관심이 없는데도 지치지 않고 나를 챙기시니 전생 인연이라 생각한다.

자주 찾아뵈어야 하나 나의 게으름은 늘 나를 혼자 서성거리게 한다. 요즘 들어 심사가 온전치 못하니 이게 다 제대로 스님께, 부처님께 말씀에 지극 정성치 못한 벌이라 생각한다.

이제 큰스님 세속 연치가 칠순이니 건강 걱정이 앞선다. 다시금 다잡아 천수경 독경이나 해볼 참이다. 그리고 앉아 있다 보면 혹 삼매에 빠질지 누가 알겠는가.

(2004년 5월 21일)

가벼워져야 하는 아침에…

아내가 어쩐 일인지 내 듣기 좋은 이야기를 한다.

이글스 내한 공연이 9월쯤에 있다는 방송을 보았다고 한다. 그리고 보면 웬만한 내로라하는 유명 가수들은 거의 다 다녀갔는데 유독 그룹 이글스만 종내 무소식이다.

2002년도에 내한 공연 시도가 있었으나 미국 911사태로 불발이 됐던 일이 있었다. 이 그룹 초청 개런티가 좀 세다고 한다. 대략 12억 원 정도라고 하니 기획사에서 심사숙고 아니 할 수 없는 금액이다.

만일 이번에 내한공연이 이루어진다면 내 생애 처음 비싼 돈을 주고서라도 한 번 볼 참이다. 경기가 바닥을 치고 주머니가 바싹 마를지라도 내 감성의 사치를 위해 허리띠를 졸라매고 본다고 하는데 누가 무어라고 할 것인가.

아니 아내가 일침은 쏘겠지만 그럼에도 불구하고 간다는 게 오랜만에 악동의 청개구리 짓거리도 해볼 수 있을 터이니 벌써부터 기대가 된다.

환장할 넘의 유월이 이제 가쁜 숨을 내쉬며 발치에서 멀어지고 있다.

누구 말마따나 쳐 죽일 넘의 오월도 시나브로 핫바지 방귀 새듯 가더니만 유월도 제 알아서 제대로 눈길 한 번 주지 않고 간다고 하니 무상타 세월이….

요즘 날씨만큼이나 눈에 보이는 이 나라 모든 것들이 암회색이다. 그러지 않아도 민중의 마음은 기본적으로 돌 하나 달아놓고 억척스러운 삶을 살고 있는데 나라에서 또 다시 돌 몇 개를 무상으로 우리들에게 선사한다.

생즉시고(生卽是苦)라고 하지만 그래도 고(苦) 속에서도 한 번 숨 돌릴 틈이 있어야 되지, 이러히 경제 사회 외교 모든 시스템이 한꺼번에 우리를 옥죄어 버리면 참으로 난망한 일이다.

곳간에서 인심이 난다고 하지만 옛이야기가 되고 말았다.

가진 자들이 더 이상 베푸는 미덕을 잃어버린 지 오래다. 세계 최강의 가진 자들인 미국의 짓거리를 보노라면, 그리고 그 뒤를 어쩔 수 없이 쫄쫄 똘마니처럼 가방 모찌라도 해야 하는 대한민국을 보면 참으로 천민자본주의의 실상을 보는 듯 이 아침이 씁쓸하다.

근자 젊은 우리 형제가 죽임을 당한 일은 마음이 너무 에이는 일이라 더 이상 거론하고 싶지 않다. 오로지 내세에서 평온을 찾기 바란다.

소용돌이는 아픔은 고난은 늘상 있어 왔던 일이다.

워낙 위기에 무방비하게 노출된 나라에서 길들여져 살다보니 내 몸 내 가정은 홀로 내가 지켜야 한다. 나라가 있는데도 말이다.

또한 극복의 저력이 그만큼 탄탄하다는 이야기도 된다. 빠른 시간 내에 치유될 것이다. 세월만이 우리에게 유일한 치료제였으니 말이다.

7월이 오면 아들이 간만에 휴가를 나온다.

중고참이 되었지만 그래도 기다려짐이 부모 마음이다. 그리고 흉내라도 내어 피서도 생각해 볼 참이다. 작년에 갔다 온 갈음이 해수욕장으로 말이다.

분가루 같은 모래와 짙은 송림에 가슴의 돌덩어리를 슬쩍 놓고 올 요량이다. 앞으로 잘 될 것이라고 자기 최면도 걸어야지….

또, 또 세월이 꿈 같이 흘러 9월이 오면 호텔 캘리포니아를 라이브로 들을 것이다. 순간의 무궁동이겠지만 오르가즘을 느껴야한다, 나는…. 그리하여 가벼운 아침이 오길 소망한다.

(2004년 6월 28일)

작심삼일

아내가 나에게 종종 하는 독백입니다.

결심, 마음 돈독히 먹음, 목표를 정하고 죽자 사자 매달리기, 그리고 지극정성… 이런 좋은 낱말을 꼭 하루에 한두 번은 사감 선생님으로부터 접수해야 하루가 무사히 지나갑니다.

종내에는 하는 척이라도 하여야겠지요. 아내 체면도 있는데…. 그런데 이게 작심삼일입니다. 아니 어떤 것은 작심삼초(作心三秒)도 있습니다. 대개는 '너는 씨부리라.' 하고 딴전을 피우지만 난들 마음이 편하겠습니까.

언젠가 아내에게 법문을 하였습니다.
"그대는 그래 살고 나는 이리 살 것이다."
내가 생각해도 훌륭한 말씀입니다.
생긴 꼬라지대로 여여(如如)하게 살기도 버거운 삶입니다.
나를 가만히 놓아두었으면 하지만 이미 관계를 인정하는 계약서에 자필서명을 하였으니 어찌 선뜻 관계로부터 자유로울 수 있겠습니까.

오늘은 아내가 시키지도 않았음에도 불구하고 집에서 사무실까지 걸어 왔습니다. 아마 아내 마음무게가 100그램 정도 줄었을 것입니다.

아 내는 몸 건강을 위해 운동을 좋아하지만, 나는 마음건강을 위해 반경 1미터 이내에서 헤부작헤부작 빈둥거립니다.

표면적으로 보면 이득이 꽤 솔솔합니다. 기름 값 아끼고 운동되고 또한 공원을 두 개나 지나야 되니 풀 물고기 하늘 보는 재미도 감칠맛이 나지요.

허나 다리도 뻑적지근하고 후덥지근하고 발밑이 숨 쉬는 흙이 아니니 산책이 아니라 그냥 걷기뿐입니다. 운동보담 산책을 어슬렁거리는 발걸음을 좋아합니다.

여름과 가을의 경계선에서 낮에는 매미가 이제 마지막 각혈을 하고 밤에는 귀뚜라미가 단조로 아리아를 부릅니다.

가을이 오더라도 나는 그대로일 것입니다.

마음이 가을을 핑계로 풀어놓아 보았자 종내에는 나만 다시 주워 담기에 헥헥델 터이니 그냥 평상심을 그대로 유지할 것입니다.

만일 가을이 오면 세간살이도 나아진다는 명제가 참이면 나는 기다릴 터이나 그런 희망은 아이들에게나 통하겠지요. 어른이 되면 통박이 자동적으로 부팅이 되니 참으로 갑갑하지요.

여하튼 이번에는 작심 열흘 정도로 계획을 하고 걸어볼 참입니다.

걷다보면 포레스토 검프의 단순함과 우직함이 나에게 전염이 되어 수심이 좀 사라질지도 모르지요. 생존을 위해 영혼을 팔아야 하는 매일의 일상 몸짓거리를 이제 쉬어야 한다는 외침은 매시간 알람으로 마음을 때립니다.

허나 어쩔 수가 없습니다. 당분간 얼마 남지 않은 영혼을 가늠해보며 조금씩 매혈(賣血)하듯 오늘을 팔아야 합니다.

나를 가장 무겁게 만드는 행위입니다. 이것 역시 아내 말씀 어록을 귀 기울여 듣지 않다 보니 결심을 제대로 못 하고 생존과 영혼의 경계선에서 헤매는가 싶습니다.

아내 말마따나 결심을 하고 마음을 돈독히 하여 이제 그만 영혼을 팔겠다고 나서면 아마 먹고사는 생존을 가지고 나를 채근하겠지요.

삶은 반복입니다. 지겨운 오토리버스입니다. 어쩌면 탈출과 깨침과 희망을 가슴에만 담고 있다가 어느 날 햇발 좋고 안개 서늘하고 뭇새 지저귈 즈음 나도 모르게 씨앗이 싹 틔우듯 그때를 마냥 기다릴 수밖에 없습니다.

어찌 하였던 존재계에 모든 유정 무정이 아무 생각 없이 살아지기를 바랍니다.

(2004년 9월 1일)

술 한 잔

그날 혹시나 하고 털레털레 집으로 퇴근하던 날, 장모님의 등 너머로 고기 냄새가 났습니다. 소고기를 자작자작 굽고 계셨습니다.

사위의 가난한 소망 한 자락을 모르실 장모님이 아닙니다. 늘 한 병씩 사다놓는 댓병 투명한 소주는 종일 냉장고에서 또한 저를 기다려 주었습니다.

30분간의 행복을 누렸습니다. 들썩이는 마음 개구쟁이들을 잠시 떼어 놓을 수 있었습니다.

땅거미는 약속치 아니하더라도 또박 제 시간에 나를 밀쳐내려고 합니다.

집에 가보아야 빤한 스토리가 기다릴 터이고 그렇다고 낯가림이 좀 유난한 나로서는 "어이 아무나 술 한 잔 하세."라는 소리를 평생 한 번도 하지를 못하였습니다.

얼마 전 걷다가 배가 고파 삼겹살집 앞에서 몇 번이나 뱅뱅 물방게 짓거리를 하다가 한쪽 구석에 철푸덕 처음 혼자 앉아 보았습니다.

1인분은 아니 준다 하여 망설이다가 2인분의 고기를 시켜 술 한 잔을 따라 연거푸 쏟아 넣었습니다.

바람이 그날따라 나를 위로해 주었습니다.

소주도 시원하고 삼겹살은 나를 감치게 했습니다. 나의 정량은 고작 소주 반병입니다. 그날은 아마 안주가 아까워서 그랬는지 거의 한 병을 비워가고 있었습니다.

술 한 잔에 유년의 그리움이 가슴 밑바닥을 건드리고 두 잔, 석 잔이 넘어가자 나와 한때 시공을 같이 하였던 여인들이 내 목을 살금살금 간지럼을 태웁니다. 야속함과 후회와 치기 어렸던 졸장부의 내 모습이 낱낱이 투영됩니다.

거의 한 병을 비워갈 즈음 아내에게 전화를 겁니다.

그 시간까지 한 번도 아내 생각을 하지 않았습니다. 단지 나를 태워 집에까지 모셔다 줄 사람이 그때서야 생각이 납니다.

아내는 나의 엉뚱한 모습에 흰눈을 내리깔지만 이미 알코올이 이성을 잠시 잠재워둔 터라 목소리가 저절로 우렁찹니다.

"얼릉 온나. 여 와서 니도 한꼽푸 해라."

무어라, 무어라 고장 난 확성기 소리가 들립니다. 아내는 내 존재의 아픔에 대해 무관심합니다. 아니 아프다고 말한 적이 없지요.

하지만 그래도 지나가는 소리라도 이런 말 듣고 싶지 않겠어요?

"누구 아부지, 요새 맴이 맴이 아이지요. 마 세상이 그렇기

라요. 한 잔 묵고 마 힘내소. 존재니 아상이니 마음공부니 지랄 떨지 말고 마 마음 팬키 있으소. 사람 사능기 마 다 그런 거 아이요."

불가능한 멘트를 혼자 날려 봅니다.

오후 8시가 넘어갑니다. 퇴근해야지요.

마린이 이 넘이 갈수록 이쁜 짓을 합니다. 장가를 함 보내야 하는데 신부감이 없습니다. 얼마나 몸이 건지럽겠습니까.

아마 전화가 올 겁니다. 8시가 좀 넘으면 아내가 나를 챙깁니다.

마치 내무반 일석점호처럼…. 나를 아니 찾아주었으면 하지만 그 시간에 연락이 오지 않으면 도리어 불안해지니 서로가 서로에게 인연 시그널을 장착한 때문입니다.

나는 소망합니다.

아내가 술을 좀 잘 잡수었으면 합니다.

서로 얼근하게 주거니 받거니 하는 것만으로도 법거량이 되겠지요. 그리고 아내의 정신 나간 소리도 좀 듣고 싶습니다.

매사에 똑 부러지는 아내를 쉬게 하는 방법은 술을 먹이는 일입니다. 이완주를 서로에게 헌주하다 보면 삶은 보랏빛으로 변해갈 겁니다. 매일 한 잔씩 먹여볼 참입니다.

오늘도 여여히 아무 생각 없이 그냥 여기 있는 그대로….

(2004년 9월 13일)

북한산과 점심

몸을 움직이기 싫어함에도 근자에 많이 움직이지 않을 수 없다. 아내의 흰소리가 아니더라도 매스컴에서 줄기차게 협박을 한다. 건강 웰빙을 위해서 무어가 좋다고 연일 주눅 들게 파블로프의 조건반사 실험을 강요당하고 있다.

순간 내 입속에도 침이 고인다. 개처럼…. 원래 주머니에 손 넣고 어슬렁거리기를 좋아한다. 산책하며 볼 거 다 보고 간섭할 거 다하다가 약간이라도 뻐근해지면 그 자리가 안식처다.

산행을 하면 아내 눈치를 먼저 본다.

오늘은 얼마만큼 갈 것인가.

저번 일요일 장모님과 북한산 자락에 있는 삼천사를 참배하기로 하여 나는 계곡물과 초록빛 알싸한 산향 정도 맡을 수 있을 것이라 여겼다. 또한 장모님이 간만에 나들이니 마음 기뻐하실 모습에 내 입가에 미소를 간만에 담아낼 수 있기에 걸음이 가벼웠다.

결론은 삼천사 주변 계곡에서 짙푸른 물과 서늘한 바람과 얕은 폭포소리와 더불어 점심을 맛있게 먹었으나 아내의 눈에서 광채가 흘러 나왔다.

"비봉까지 안 올라갈래요?"

"비봉이라 카면 꼭대기 아이가? 신발도 운동환데…. 그라고 어머니도 심심하실 낀데…."

"우짤란교, 내 혼자 갔다 오까?"

순간 잔머리 알피엠이 높아진다. 혼자 있어 보아야 장모님이 불편할 터 "그러면 쪼금만 올라 가따가 내려오자 어머니도 심심하실 낀데…."

그 쪼금이 쪼금만이 아니었다. 결국 헥헥거리며 또 비봉 꼭대기 덩그런 돌덩이를 보고 말았다. 올라오면 볼거리는 좋다. 산 주변 아래너머로 악다구니 도시가 포위를 해도 넉넉하게 산은 늘 그리 버티고 있다. 한강 물줄기가 개천 물처럼 보이고 양화대교 분수도 애기 오줌발이다. 후둘거리는 하산은 고역이다.

삼천사에서 오랜만에 금강경을 만나다.

"과거심 불가득 현재심 불가득 미래심 불가득…."

마침 주지스님 금강경 설법을 듣게 되었으니 간만의 경건함이 나를 방하착(放下着)시킨다. 과거의 마음도 현재의 마음도 미래의 마음도 가질 수 없음이다.

"그러면 스님 당신은 이 세 마음 중 어느 마음으로 떡을 드시겠소? 맞추면 떡을 보시하리다."

지금 아침, 저녁, 점심 중 점심(點心)은 여기에서 유래한다.

떡 파는 할머니가 덕산에게 묻는다. 덕산은 말이 끊어져 버린다. 금강경에 대해서는 당시 주금강이라고 할 만큼 박학하였으나 노파의 점심 화두에 분별심이 다시 생겨 결국 용담화상 앞에서 일각을 이룬다.

마음은 몸 그림자이며 몸 또한 마음 그림자다.

마음은 일승(一乘)을 원하지만 몸은 일탈을 원한다. 마음은 사성제 육바라밀 팔정도 12인연법을 염(念)하지만 몸은 섹스와 음주와 포만감을 원한다.

이 경계를 어찌 해야 되겠는가? …아직은 나는 행복합니다.

(2004년 9월 16일)

영화보기 그리고 잡설

엊저녁 수능을 채 한 달도 아니 남은 딸아이와 아내까지 셋이서 간만에 영화를 보았습니다. 의도는 딸아이 긴장을 풀어주기 위함이었습니다.

요즘 극장 안에 먹을 것 가지고 못 들어간다기에 미리 준비한 잘 구운 쥐포와 땅콩을 잠바 속에 숨겨 아그작 아그작 잘 잡수었습니다.

잠시 수능의 덫에서 빠져나온 아이의 볼에 복사꽃이 피었습니다.

〈우리 형〉을 보았습니다.

요즘 가족과 휴머니티를 자극하는 영상물이 꽤 많습니다. 잔잔한 화면 처리와 모정, 형제애를 잘 묘사한 작품이지만 구성이 좀 약했습니다.

언제나 나오는 욕설 패싸움 등의 단골 메뉴는 좀은 식상하지만 그래도 경상도 사투리에서 나오는 노골노골한 욕지거리의 구수한 맛은 있는 편입니다.

배우도 촬영도 중요하지만 제일 중요한 것은 바탕이 되는 원작품의 구성력입니다.

근간에 다시 명작을 보는 습관이 생겼습니다.

예전에는 한 번 본 작품을 다시 보는 경우가 없었는데 얼마 전 〈포레스토 검프〉를 다시 보면서 '아… 명작은 이래서 다시 보아야 하는구나.'를 새삼 느꼈습니다.

전혀 기억이 나지 않는 화면과 내용이 대략 반을 넘었습니다. 그리고 작가가 의도하는 숨은 의도를 확실히 재조명할 수 있었고 더구나 몇 년이 지나고 나서 다시 봄으로써 전혀 다른 감동이 전해집니다.

연이어 〈라이언 일병 구하기〉, 〈올드보이〉 등등 다시 보기를 하고 있습니다.

사실 이렇게 한가하게 영화를 볼 수 있는 것도 이 정부가 나에게 준 선물입니다. 경제가 파탄을 넘어 도탄지경에 빠져 있으니 사무실을 열어놓아도 개점휴업입니다.

우리 서민들은 시도 때도 없이 폭탄을 맞고 있습니다. 행정수도 이전 폭탄을 최근에 맞았습니다. 길거리에 나가보면 6.25사변 후 부산 국제시장 길거리에 노점상들이 우글우글했던 모습을 지금 여기저기서 보고 있습니다.

대학 4년을 버젓이 나와 길거리에서 액세서리를 팔고 있는 우리 아들딸들이 부지기수입니다. 전 국민이 아르바이트를 해야 며칠을 겨우 넘길 수 있습니다.

선진국의 자영업자 평균 비율은 대략 8~9%대입니다. 나머지는 직장을 가졌거나 사업체를 운영하거나 1차 산업에서 활동한다는 말입니다.

그런데 우리나라는 대통령 입에서도 30%가 자영업에 종사한다고 말을 하고 있습니다. 말이 30%이지 실제 대략 노동인구의 절반이 장사치로 전락하여 제살 깎아 먹기를 하고 있습니다.

그러니 생존을 걸고 하는 바닥 장사의 분위기가 얼마나 험악할 것이며 수입이 얼마나 되겠습니까. 어설픈 복지정책으로 그 경계선에 있는 서민들은 생존 위험신호를 이미 오래 전부터 보내고 있습니다.

대략 국민총생산의 15% 이상을 점유하는 건설 경기가 최악입니다. 이미 작년 10.29 대책을 내놓을 때 나는 고개를 갸웃

했습니다.

쥐도 고양이를 몰 때 나갈 구멍 하나쯤 남겨놓고 몰아야 합니다. 모든 부동산 흐름을 원천 봉쇄시켜 놓고 부동산 가격 안정시켰다고 입안자들은 자화자찬하는 사이 우리 이웃들… 도배하며 먹고사는 아줌마, 이삿짐 옮기며 입에 풀칠하는 아저씨, 그리고 거주 이전을 해야 함에도 집이 나가지 않아 주인집과 셋집이 소송으로 얼룩져 있습니다.

이제사 정부도 총수요정책의 하나인 뉴딜정책 운운하며 뒷북을 치고 있습니다마는 뒷북이나마 정부도 당도 국가기관도 빨리 쳐야 합니다.

경제란 몸의 피가 도는 것처럼 순환이 중요합니다.

이러다가 유동성 함정에 빠질 수 있습니다. 아니 이미 빠져 있는지도 모르겠습니다. 우리 젊은이들이 인생이란 무엇인가를 논할 틈이 없습니다. 존재론은 이미 잊은 지 오래입니다.

오로지 취직, 돈벌이, 빵빵하게 살기, 내만 잘 살기로 휘둘려 가고 있습니다. 모든 가치관은 흑백논리로 서로의 주장만 매일 매스컴을 울리고 있습니다.

경계면에서 초점 없는 눈만 껌벅거리는 우리 서민들은 그들의 악다구니 같은 외침으로 환청이 들립니다.

이럴 때 딱 멈춰 서서 우리 자신들 모습을 다시 되돌아보기에 좋은 시간입니다. 내가, 우리가, 이 나라가 지금 어디쯤와 있는지 다시 냉철히 보아야 합니다.

지천으로 널린 시간을 웅성거림에 휩쓸려 보낼 것이 아니라 변치 않는 진리를 다시 재조명 할 필요가 있습니다. 다시금 책을 보고 옛 어른들의 지혜에 귀 기울여야 할 때입니다.

토요일은 이리도 빨리 찾아옵니다.

하기사 매일이 토요일, 일요일입니다.

가을이 오늘을 절정으로 빠져 나갈 것이라 합니다. 가을이 스러질 즈음 딸아이도 휴식을 취할 것입니다.

이미 10여 년 전에 개인적으로 도탄에 빠진 경험이 있는지라 내성이 있어 그래도 견딜 만합니다. 당시 군에 간 큰아이 초등학교 때 시장에 장을 보러나가 물건을 고를라치면 "그것 집에 있어요, 필요 없어요." 하며 돈 쓰기를 막았더랬습니다.

먹고사는 일에 모두가 아등바등 휘둘릴 때 조금 한 걸음 뒤로 물러앉아 버둥거리는 자신의 모습을 바라보는 것도 훌륭한 수행입니다.

모든 이의 삶이 각각의 가치가 빛나기를 기원합니다.

(2004년 10월 23일)

다시 또 결혼기념일

오늘이 제 23번째 결혼기념일이란 사실을 조금 전 메일함 정리하면서 알았습니다. 회원가입한 어느 사이트에 기념일 적어 놓은 게 입력이 되어 있었던 모양입니다.

아내는 아무리 그래도 속으론 알고 있겠지요. 입이 무거운 경상도 아지매지만…. 나는 여태 제대로 짚어본 적이 없습니다. 아내 역시 그런 자축하는 모양새에 거의 신경을 쓰지 않으므로 나도 전염이 되어서인가 봅니다.

사실 아들딸이 축하해 주어야지요.

23년 전 결혼함으로써 아이들이 태어났으니까.

하기사 우리 부모 결혼식 내가 기억한 적이 없으니 바라기 좀 그렇습니다. 여하간 오늘이 가기 전에 알았으니까 아는 체라도 하여야지요.

통상 남자가 여자에게 무엇인가 (궁시렁~) 해주어야 하는 게 통념인데 이것 좀 불공평하지 않아요?

아내가 남편에게… 결혼해주어서 고맙다고, 여태 소처럼 묵묵하게 해로해 주어서 무지 감사하다고… 삼겹살 구워 놓고 소주 한 잔 대접하면서 눈을 얍시리하게 깔아도 아름다운 일일 텐데….

혹 모를 일입니다.

이제 집에 가면 눈물처럼 그렁한 소주 한 잔을 오른손에, 왼손엔 잘 구운 삼겹살과 파조래기 듬뿍 그리고 마늘을 상추 한 움큼 쌈 사서 "아~ 입 한 번 벌려 보세요." 하며 다사한 눈을 보게 될지… 꿈이라도 꾸어야지요.

야튼 지금 퇴근하면서 손에 들고 들어갈 일이 좀 난감합니다. 좀 계면스럽기도 하고 이제 중년을 훨씬 넘겼으니 표현함에도 머뭇댐이 있는 게지요. 잠시 늦게까지 문을 열고 있는 선물가게라도 아님 빵집이 눈에 보이면 지갑을 열겠습니다.

1981년 10월 25일, 그날 부산… 이제 이름도 기억이 나지 않는 호텔에서 함석헌 선생님을 주례로 제법 모양새 내고 식을 올렸건만 여태 푸른 꿈 한 번 나투지 못하고 무지렁이처럼 살고 있고 또한 그 옆을 묵묵히 지켜주는 아내가 있습니다.

(2004년 10월 25일)

그냥 아침에

점점 무뎌져 가는 감성과 호기심을 넋 놓은 채 바라만 보고 있습니다.

사는 게 무언지 어떤 색인지 모호해지는 걸 보니 백내장과 치매 초기증상입니다. 구정 부산으로 갑니다.

셋째 동생에게 고래 고기를 부탁했습니다.

소주 한 잔과 특유의 고래 냄새를 맡으며 목구멍에 권태를 털어넣고 싶어서요.

잘 구운 조기 두 마리를 앞에 두고 큰스님과 아침을 합니다.

아침 댓바람에 스님 호출이 있었습니다. 애절갑게 내 밥 먹는 모습을 칠순인 노스님은 쳐다봅니다. 아침을 늘 거르는 탓에 억지 아침 식사에 위장이 놀랍니다.

선물로 들어온 떡 한 상자를 손에 쥐어 줍니다. 참 난감합니다. 전실 자식이라고 추켜세우나 나는 스님을 그리 탐탁하게 생각지 않는데도 그 한결같은 사랑에 일주문을 나서 피우는 담배 맛은 무심결에 씁니다.

내가 이리도 정나미가 없는 상중생인 줄 아실 터인데도 그리하시니….

대략 1월이 쏜살같이 지나감에 2006년도도 제 알아서 지나갈 것입니다. 딸아이가 겨우 한군데 합격을 하던 날 잠시 제 마음이 달뜬 것 빼고는 무미건조한 날들입니다.

아내가 딸아이의 할인 쿠폰을 이용해 영화를 반값에 볼 수 있다고 파발마를 전합니다. 어저께 〈왕의 남자〉를 쥐포와 땅콩으로 아내와 시시하게 보았습니다.

아마 아내 아닌 딴 여인과 보았더라면 권태를 쫓을 만한 엔돌핀이 대량 방출되었을까요. 지극히 편한 관계입니다, 아내와 나는.

마치 신발이 발에 꼭 맞으면 발이 신을 잊듯이 그런 거라 애써 자위합니다.

해 놓은 것이 별반 없으니 앞으로 해야 할 물목도 거의 떠오르지 않습니다. 작위적이고 모든 인위적인 세상 놀음에 대해 한 발 멀찌감치 띄어 놓고 봅니다.

친구야가 "술 한 잔 하자."고 부르면 즉답을 하지 않습니다.

고만고만한 넘들 푸닥거리 장단은 늘 싱겁습니다. 마지못해 나가는 발걸음이 칼바람 맞아 자주 뒤뚱거립니다. 혼자 자작하며 나하고 노는 것이 더 땡기니 아마 사회성 부족이겠지요.

간만에 나오는 이바구가 참으로 시시합니다마는 이래라도 즉흥적으로 써야 겨우 써짐을 양해하십시오.

(2006년 1월 27일)

마늘을 먹으면서

뜬금없다. 아내가 구운 마늘을 내가 눈에 잘 띄게 놓아두었다.

아내의 가장 주된 관심사는 나의 건강임을 모르는 바 아니나 나에겐 뜬금없다.

아침에 생식을 갈아주는 대신 돼지 김치찌개를 해 주었으면 하지만 이젠 그 기대마저도 버린 지 오래다.

고기에 대한 식탐이 일면 '언제 먹었더라?'를 손으로 곱아보며 시장으로 향한다.

며칠 전에 아내의 흰눈을 피할 만큼의 시간이 지난지라 시장으로 발길을 돌려 푸줏간으로 갔으나 국산 생고기는 근당 일만 원을 호가하니 기가 막힌다.

지갑은 충분히 여력이 있으나 그 가격은 내가 용서해줄 가격이 아니다.

눈을 옆으로 돌리니 스페인산 삼겹살의 금액이 눈에 확 들어온다.

두 근 반에 만 원이다. 잠시 고기의 맛에 대한 추리를 해본다. 스페인 돼지도 사료를 먹일 것이고 국산도 마찬가지일 터이니 그냥 지르자.

고기를 사가지고 집으로 향하는 발걸음은 언제나 가벼웠음을 기억한다.

늘 손수 내가 굽는 습관으로 인해 아내는 고개를 외로 돌리고 멀뚱하니 쳐다본다.

아내는 잔소리가 울대 위까지 차 있음을 모르는 바 아니니 조신스럽게, 냄새 나지 않게 환풍기도 틀고 기름도 튀지 않게 얌전히 구워야 한다.

마지막에 남은 기름으로 묵은 김치를 볶는 장면은 아내가 가장 싫어하는 장면이다. 모두 콜레스테롤로 보일 것이라는 점도 안다.

허나 소주 한 병을 식탁에 부처님처럼 모시고 삼겹살 잘 구운 냄새를 흠향하는 내 모습은 바로 구도자의 간절한 모습이다. 아타락치아(쾌락주의)가 따로 없다.

식도에 처음 넘어가는 소주 맛과 뒤이어 동참하는 삼겹살과 잘 볶은 묵은지의 조화는 유불선의 경지를 넘나든다. 아내도 소주 한 잔에 삼겹살 한 점의 아름다움을 눈치 채기를 바라지만 언제나 공공의 적이다.

허나 나는 안다. 아내가 나를 사랑하는 유일한 방법이라는 것을.

해서 아침에 곰 새끼처럼 마늘 한 통을 정성스럽게 먹어주는 행위로 아내에게 화답을 한다.

나는 입에 땡기는 대로 먹어 주어야 한다는 괴팍하게 보일 수도 있는 지론을 가지고 있다.

내가 고기를 먹고 싶어 한다는 뜻은 고기가 내 몸을 유지하는 데 필요하다는 간단한 이론이다. 작년인가 종합검진을 받은 결과 수치가 모두 정상으로 나와 아내는 이상하다는 눈으로 쳐다보기도 했다.

간단하게 말해서 내일 어찌 될지도 모르는 세상인데 먹고 싶은 것 맘껏 먹자는 통속적인 논리를 갖다 부쳐도 족하다.

늘 건강 식단이 즐비한 밥상을 뜨는 둥 마는 둥 맛있게 먹어주지 못하는 점을 미안하게 생각한다. 그러나 고기보다 맛이 정말로 없었음을 자백한다.

일편으로는 지금껏 그래도 건강을 유지하는 것이 보이지 않는 아내의 정성이라고 아내에게 고백하면 오늘 저녁 손수 삼겹살을 구워줄까?

다음 생엔 삼겹살에 소주를 무척이나 즐기는 아내를 맞고 싶다고 하면 아내의 흰눈이 더더욱 내려 깔릴 것이다.

그나저나 더위가 지속되니 몸이 뻑적지근하다.

한줌 소낙비가 은근히 그리워지는 오전이다. 모두가 하고 싶은 대로 해도 해와 달은 시비를 걸지 않을 것이고 세상은 어제처럼 내일도 잘 돌아갈 것이다.

아니해야 된다는 메시지를 항시 지우고 있는 중인데도 오늘 또 하지 마라는 전갈이 수십 건 쌓일 것이다. 내가 이 녀석을 결코 좋아하지 않음을 그놈이 진심으로 알아주기를 고대한다.

"너나 하지 마라."

(2006년 7월 7일)

강제원의 휴먼스토리 가족

2015년 10월 14일 초판 인쇄
2015년 10월 19일 초판 발행

지은이 강제원
펴낸이 이재욱
펴낸곳 새로운사람들
디자인 스튜디오칸
마케팅/관리 김종림

ⓒ 강제원 2015

등록일 1994년 10월 27일
등록번호 제2-1825호
주소 서울 도봉구 덕릉로 54가길25
전화 02)2237-3301, 팩스 02)2237-3389
이메일 ssbooks@chol.com
홈페이지 http://www.ssbooks.biz

ISBN 978-89-8120-516-4(03810)

책값은 뒤표지에 씌어 있습니다.